OPERAÇÃO LAVA JATO E A DEMOCRACIA BRASILEIRA

CONTRACORRENTE

FÁBIO KERCHE
JOÃO FERES JÚNIOR

OPERAÇÃO LAVA JATO E A DEMOCRACIA BRASILEIRA

São Paulo

2018

CONTRACORRENTE

Copyright © **EDITORA CONTRACORRENTE**
Rua Dr. Cândido Espinheira, 560 | 3º andar
São Paulo – SP – Brasil | CEP 05004 000
www.editoracontracorrente.com.br
contato@editoracontracorrente.com.br

Editores
Camila Almeida Janela Valim
Gustavo Marinho de Carvalho
Rafael Valim

Conselho Editorial

Alysson Leandro Mascaro
(Universidade de São Paulo – SP)

Augusto Neves Dal Pozzo
(Pontifícia Universidade Católica de São Paulo – PUC/SP)

Daniel Wunder Hachem
(Universidade Federal do Paraná – UFPR)

Emerson Gabardo
(Universidade Federal do Paraná – UFPR)

Gilberto Bercovici
(Universidade de São Paulo – USP)

Heleno Taveira Torres
(Universidade de São Paulo – USP)

Jaime Rodríguez-Arana Muñoz
(Universidade de La Coruña – Espanha)

Pablo Ángel Gutiérrez Colantuono
(Universidade Nacional de Comahue – Argentina)

Pedro Serrano
(Pontifícia Universidade Católica de São Paulo – PUC/SP)

Silvio Luís Ferreira da Rocha
(Pontifícia Universidade Católica de São Paulo – PUC/SP)

Equipe editorial
Carolina Ressurreição (revisão)
Denise Dearo (design gráfico)
Mariela Santos Valim (capa)

Dados Internacionais de Catalogação na Publicação (CIP)
(Ficha Catalográfica elaborada pela Editora Contracorrente)

K39   KERCHE, Fábio; FERES Júnior, João; et al.
   Operação Lava Jato e a democracia brasileira | Fábio Kerche; João Feres Júnior (coordenadores) – São Paulo: Editora Contracorrente, 2018.

   ISBN: 978-85-69220-50-3

   Inclui bibliografia

   1. Operação Lava Jato. 2. Democracia. 3. Poder Judiciário. 4. Mídia. I. Título.

CDU: 342.7

Impresso no Brasil
Printed in Brazil

SUMÁRIO

SOBRE OS AUTORES 7

INTRODUÇÃO 11
Fábio Kerche; João Feres Júnior

AS CONSEQUÊNCIAS ECONÔMICAS DA LAVA JATO
Luiz Gonzaga Belluzzo 21

OPERAÇÃO LAVA JATO, JUDICIÁRIO E DEGRADAÇÃO INSTITUCIONAL
Leonardo Avritzer 37

JUDICIÁRIO E CRISE POLÍTICA NO BRASIL HOJE: DO MENSALÃO À LAVA JATO
Fernando Fontainha; Amanda Evelyn Cavalcanti de Lima 53

O MINISTÉRIO PÚBLICO NA OPERAÇÃO LAVA JATO: COMO ELES CHEGARAM ATÉ AQUI?
Fabio Kerche; Marjorie Marona 69

OS IMPACTOS DA OPERAÇÃO LAVA JATO NA POLÍCIA FEDERAL BRASILEIRA
Rodrigo Ghiringhelli de Azevedo; Lucas e Silva Batista Pilau 101

O IMPACTO DA OPERAÇÃO LAVA JATO NA ATIVIDADE DO CONGRESSO NACIONAL
Maria do Socorro Sousa Braga; Flávio Contrera; Priscilla Leine Cassotta 137

A LAVA JATO E A MÍDIA
João Feres Júnior; Eduardo Barbabela; Natasha Bachini..............199
LAVA JATO: ESCÂNDALO POLÍTICO E OPINIÃO PÚBLICA
Érica Anita Baptista; Helcimara de Souza Telles.........................229

SOBRE OS AUTORES

AMANDA EVELYN CAVALCANTI DE LIMA

Doutoranda e Mestre em Sociologia pelo Instituto de Estudos Sociais e Políticos da Universidade do Estado do Rio de Janeiro – IESP/UERJ. Pesquisadora do Núcleo de Pesquisas em Direito e Ciências Sociais – DECISO. Bolsista de doutorado da CAPES.

ÉRICA ANITA BAPTISTA

Doutora em Ciência Política pela Universidade Federal de Minas Gerais – UFMG. Pesquisadora do Grupo Opinião Pública da UFMG. Realiza estágio pós-doutoral no Departamento de Comunicação da UFMG. Jornalista.

EDUARDO BARBABELA

Doutorando do Programa de Pós-Graduação em Ciência Política do Instituto de Estudos Sociais e Políticos da Universidade do Estado do Rio de Janeiro – IESP/UERJ. Mestre em Ciência Política pelo IESP/UERJ. Bacharel em Ciência Política pela Universidade Federal do Estado do Rio de Janeiro – UNIRIO. Pesquisador do Laboratório de Estudos de Mídia e Esfera Pública -LEMEP.

FÁBIO KERCHE

Doutor em Ciência Política pela Universidade de São Paulo – USP. Pesquisador e Professor da Fundação Casa de Rui Barbosa no Rio de

Janeiro. Foi pesquisador visitante na *New York University* – NYU e Pesquisador associado na *American University*. Autor de *Virtudes e Limites: autonomia e atribuições do Ministério Público no Brasil* (Edusp, 2009).

FERNANDO DE CASTRO FONTAINHA

Professor do programa de pós-Graduação em Sociologia do Instituto de Estudos Sociais e Políticos da Universidade do Estado do Rio de Janeiro – IESP/UERJ. Doutor em Ciência Política pela *Université de Montpellier 1*. Coordenador do Núcleo de Pesquisas em Direito e Ciências Sociais – DECISO. Bolsista de produtividade do CNPq e bolsista jovem cientista da Fundação de Amparo à Pesquisa do Estado do Rio de Janeiro – FAPERJ.

FLÁVIO CONTRERA

Doutor em Ciência Política pela Universidade Federal de São Carlos – UFScar.

HELCIMARA DE SOUZA TELLES

Doutora em Ciência Política pela Universidade de São Paulo – USP com estágio pós-doutoral na *Universidad de Salamanca* e *Universidad Complutense de Madri*. Professora do programa de Pós-Graduação em Ciência Política da Universidade Federal de Minas Gerais – UFMG. Diretora da Regional Sudeste da Associação Brasileira de Ciência Política – ABCP.

JOÃO FERES JÚNIOR

Doutor em Ciência Política pela *City University of New York, Graduate Center*. Professor de Ciência Política e Diretor do Instituto de Estudos Sociais e Políticos – IESP/UERJ. Coordenador do Observatório do Legislativo Brasileiro – OLB, do Grupo de Estudos Multidisciplinares da Ação Afirmativa (GEMAA) e do Laboratório de Estudos de Mídia e Espaço Público – LEMEP, no âmbito do qual está o site Manchetômetro, dedicado à análise diária da cobertura midiática da política.

LEONARDO AVRITZER

Doutor em Sociologia Política pela *New School for Social Research*. Professor titular da Universidade Federal de Minas Gerais – UFMG. Pós-

Doutor pelo MIT. Autor do livro *The Two Faces of Institutional Innovation Promises and Limits of Democratic Participation in Latin America* (Edward Elger, 2017).

LUCAS E SILVA BATISTA PILAU

Graduado em Direito pela Universidade Católica de Pelotas – UCPEL. Mestre em Ciências Criminais pela Pontifícia Universidade Católica – PUC/RS.

LUIZ GONZAGA DE MELLO BELLUZZO

Graduado em Direito e em Ciências Sociais na Universidade de São Paulo – USP. Pós-Graduado em Desenvolvimento Econômico no *Instituto Latinoamericano y del Caribe de Planificación Económica y Social* – ILPES/CEPAL. Doutor pela Universidade Estadual de Campinas – Unicamp. Ex-Professor colaborador e Professor-titular na Universidade Estadual de Campinas – Unicamp. Incluído em 2001 no *Biographical Dictionary of Dissenting Economists* entre os 100 maiores economistas heterodoxos do século XX.

MARIA DO SOCORRO SOUSA BRAGA

Doutora em Ciência Política pela Universidade de São Paulo – USP. Professora da Universidade Federal de São Carlos – UFScar. Pesquisadora visitante da Universidade de Oxford e uma das organizadoras do livro *A Ciência Política no Brasil 1960-2015* (FGV, 2016).

MARJORIE MARONA

Doutora em Ciência Política pela Universidade Federal de Minas Gerais – UFMG. Professora da mesma universidade. Coordenadora do Observatório da Justiça no Brasil e na América Latina – OJb-AL. Organizadora do livro *Às margens da democracia* (Arraes, 2018).

NATASHA BACHINI

Doutoranda do Programa de Pós-Graduação em Sociologia do Instituto de Estudos Sociais e Políticos da Universidade do Estado do Rio de Janeiro – IESP/UERJ. Pesquisadora do Laboratório de Estudos de Mídia e Esfera Pública – LEMEP e do Núcleo de Estudos de Teoria Social e América Latina – NETSAL. Mestre em Ciências Sociais pelo Programa de Estudos Pós-Graduados em Ciências Sociais da Pontifícia Universidade Católica de São Paulo – PUC/SP, no qual participa como pesquisadora no Núcleo de Estudos em Arte, Mídia e Política – NEAMP. Professora da Fundação Escola de Sociologia e Política – FESPSP.

PRISCILLA LEINE CASSOTTA

Doutoranda em Ciência Política na Universidade Federal de São Carlos – UFScar. Pesquisadora do Núcleo de Estudos dos Partidos Políticos Latino-americanos – NEPPLA da mesma universidade.

RODRIGO GHIRINGHELLI DE AZEVEDO

Doutor em Sociologia pela Universidade Federal do Rio Grande do Sul – UFRGS. Professor-Titular da faculdade de Direito da Pontifícia Universidade Católica do Rio Grande do Sul – PUC/RS. Pesquisador do INCT-Ineac e bolsista de Produtividade do CNPq. É um dos organizadores do livro *Crime, Polícia e Justiça no Brasil* (Contexto, 2014).

INTRODUÇÃO

No dia 7 de julho de 2018, um domingo, o Brasil foi surpreendido com a notícia de que um *habeas corpus* impetrado por três deputados federais do PT pedindo a liberdade de Luiz Inácio Lula da Silva foi acatado pelo desembargador plantonista do 4º Tribunal Regional Federal. A decisão foi baseada no argumento de que Lula, como pré-candidato à Presidência, teria seus direitos políticos desrespeitados por não poder participar de entrevistas e eventos políticos antes do trânsito em julgado de sua ação por corrupção e lavagem de dinheiro no âmbito da Operação Lava Jato. O desembargador mandou a Polícia Federal soltar o ex-presidente imediatamente. A inesperada notícia foi celebrada pelos cidadãos simpáticos ao PT e pela esquerda em geral, mas bastante criticada pela direita, inclusive por seus porta-vozes na imprensa.

Com velocidade surpreendente para um Sistema de Justiça tradicionalmente lento, mas repetindo um padrão de agilidade reservado exclusivamente ao cidadão Lula, um juiz de primeira instância, algoz do ex-presidente, Sérgio Moro, e outros dois desembargadores do TRF-4, aparentemente em parceria com a Polícia Federal, carcereiros do petista, criaram obstáculos para que a decisão fosse cumprida. Num processo sem precedentes, mas revelador, cheio de idas e vindas ao longo do dia, com a cobertura massiva da imprensa, um juiz de instância inferior, desfrutando de férias no exterior, afrontou abertamente a decisão de um magistrado de 2ª instância; um desembargador, que não estava em plantão, deu contraordem desrespeitando um colega, e o presidente da Corte, atuando em pleno domingo, tomou a decisão final em atitude pouquíssimo usual. Lula não foi solto e a decisão foi celebrada como "juridicamente impecável" por um jornalista que nunca se sentou num banco de uma escola de Direito e que ficou horas ao vivo cobrindo os eventos no canal noticioso da TV a cabo de maior audiência no país.

O Brasil, desde 2014, vive momentos dramáticos com perigosa frequência. Atores do Sistema de Justiça – policiais federais, procuradores e juízes –, em parceria com a imprensa, ganham um protagonismo na política que parece maior que o dos partidos e políticos eleitos. A Operação Lava Jato, com suas prisões cinematográficas, coletivas para a imprensa, vazamento de depoimentos de réus e de grampos telefônicos, transformou, pelo menos num primeiro momento, atores distantes das urnas em heróis para parcelas da sociedade brasileira.

Este livro é um esforço de diferentes pesquisadores de diversas universidades e centros de pesquisa em entender como uma operação judicial de combate à corrupção impacta de forma tão abrangente a democracia de um país das dimensões do Brasil, atingindo instituições estatais e a sociedade de forma contundente. Poder Legislativo, Poder Judiciário, Ministério Público, Polícia Federal, além da imprensa, da opinião pública e da economia, todas instituições centrais à arquitetura da democracia brasileira, sofrem o impacto da Lava Jato, como mostram os textos aqui reunidos.

Qualquer observador levemente atento da cena política de nosso país sabe que a Lava Jato tem impacto sobre essas instituições, que ela tem uma ligação umbilical com a grande mídia, que influencia a opinião pública e a maneira como as pessoas pensam a política e valorizam a própria democracia, que ela está tendo um impacto econômico sobre a Petrobras, as grandes empreiteiras nacionais e o setor produtivo a sua volta etc. Pouca gente, entretanto, sabe os detalhes de cada uma dessas interações, os prejuízos, danos e distorções causados a instituições e valores que orientam nossa vida coletiva. Daí a ideia de escalar um time de especialistas para examinar o impacto da Lava Jato em cada uma de suas áreas de especialidade.

OPERAÇÃO LAVA JATO E A DEMOCRACIA BRASILEIRA

O pressuposto incontornável que nos move é pensar a democracia contemporânea como, pelo menos, um sistema baseado numa representação selecionada pelo voto de muitos. Em outras palavras, o aspecto eleitoral é fundamental, inclusive para assegurar que os dirigentes estatais, buscando permanecer no poder, observem os desejos e anseios dos eleitores. A partir das escolhas eleitorais, o sistema é constituído de instituições que, em última instância, só podem preservar o qualificativo "democráticas" por meio de alguma conexão com o poder delegado das urnas. Mesmo órgãos que não passam diretamente pelo processo eleitoral, como as burocracias estatais, devem responder aos políticos eleitos e aos cidadãos.

O problema é que assistimos nos últimos anos, e em especial na Operação Lava Jato, a hipertrofia de burocracias de Estado que tem uma conexão fraca com a legitimidade do voto, combinada com seu insulamento. Instituições como o Ministério Público, a Polícia Federal e, de maneira mais complexa, pelo menos do ponto de vista da teoria política, o Poder Judiciário ganham a arena pública, definindo prioridades e escolhendo seus alvos sem, contudo, prestar contas e sem serem passíveis de punição pelos cidadãos -- aquilo o que a Ciência Política chama de *accountability*. O empoderamento exorbitante dessas instituições redunda em disfunções de vários tipos e no enfraquecimento justamente dos Poderes com conexão eleitoral direta, Executivo e Legislativo. Esse enfraquecimento naturaliza o que deveria ser excepcional: *impeachment* presidencial, deposição de presidentes de Casas legislativas, prisão de políticos em pleno mandato, cassação dos direitos de políticos sem mandato, arresto e congelamento de finanças de partidos etc. O número de ações empreendidas pelas "instituições de controle" distante do voto contra os Poderes baseados no voto é impressionante.

Esse fenômeno – o avanço das instituições do sistema de justiça sobre os Poderes baseados diretamente no voto –, que Ran Hirschl chamou de Judicialização da Megapolítica, pode ser observado em vários países do mundo, sempre com consequências preocupantes para o regime democrático. O caso brasileiro, como esse livro pretende mostrar, é dos mais dramáticos.

Combinado com a entrada de segmentos do Sistema de Justiça na arena política de forma coordenada, os políticos também contribuíram para o momento de desarranjo que se encontra o Brasil. O PSDB, principal força eleitoral nas disputas presidenciais juntamente com o PT, mas derrotado nas últimas quatro eleições, alterou seu comportamento costumeiro na última vitória de Dilma Rousseff. Imediatamente após a eleição de 2014, o partido começou a dar sinais de que não aceitaria os resultados. Quatro dias após o segundo turno, Carlos Sampaio, deputado federal e responsável pela parte jurídica da campanha presidencial de Aécio Neves, entrou com petição no Tribunal Superior Eleitoral (TSE) de auditoria do sistema de votação que incluía a recontagem dos votos realizados por um comitê de especialistas selecionados pelas partes. Em 18 de dezembro, horas antes da posse de Dilma Rousseff e do vice, Michel Temer, o PSDB protocolou no TSE pedido para cassar o registro de candidatura de ambos, e que Aécio assumisse a Presidência da República. Além dessas medidas judiciais, o candidato derrotado passou a dar declarações públicas de que o governo seria inviabilizado.

Apesar da oposição não obter sucesso judicial nessas tentativas iniciais, criou-se um clima político pouco saudável. O PSDB, acreditando que a criminalização da política não atingiria as lideranças tucanas, se engajou na campanha pela remoção de Dilma, que incluiu várias ações, entre elas a aproximação com grupos da nova direita e a articulação, junto com setores do PMDB e outros partidos conservadores, de uma frente de oposição que paralisou o novo governo de Dilma. O partido chegou até a financiar o trabalho de Janaina Paschoal, advogada que formalizou o pedido de *impeachment* na Câmara. Ao não reconhecer sua derrota nas eleições, condição necessária para o processo democrático, o PSDB colocou em risco a democracia brasileira.

A oposição alcançou seu objetivo principal, mas o custo foi alto. Desde o *impeachment* de Dilma instaurou-se um debate na sociedade civil e na academia acerca da ocorrência ou não de golpe. Foi o *impeachment* um golpe ou não? Não é nosso intuito aqui desenvolver reflexão detalhada sobre essa contenda. Do ponto de vista acadêmico, ela é um pouco infrutífera dado que "golpe" é um conceito com baixo grau de teorização, que mais bem pertence à linguagem da política do que à da reflexão científica sistemática. Aqueles que se opõe ao uso do termo golpe costumam se aferrar a argumentos formais, como do tipo "nenhuma instituição foi suprimida ou gravemente violentada no processo". Ora, basta deixarmos os limites estritos do formalismo da análise e insuflá-la de conteúdo para começarmos a enxergar fortes evidências do abuso das instituições. E boa parte desse abuso foi impetrado por meio da Lava Jato.

O dano feito pela Operação à democracia brasileira vai muito além de sua contribuição ao *impeachment* de Dilma e à crise política presente: ela impacta diretamente a eleição presidencial de 2018. Diversos procedimentos judiciais levados a cabo no processamento e prisão de Lula, líder em todas as pesquisas de intenção de voto, são questionáveis, para dizer o mínimo. Juristas respeitáveis apontam que interdição da posse de Lula como ministro de Dilma – justificada por um vazamento de conversa telefônica entre a presidente e o ex-presidente, quando este ainda nem era réu –, sua condução coercitiva, sua condenação sem evidências materiais, o cerceamento das ações de seus advogados de defesa, o tratamento diferenciado dado a seu caso pelo Tribunal Regional Federal-4, a movimentação do STF sempre no sentido de prejudicar o ex-presidente, são exemplos muito preocupantes.

A Lava Jato repete a estratégia de sua predecessora, a Operação Mãos Limpas, na Itália, ao aliar o combate judicial da corrupção ao apoio da opinião pública. Tanto lá quanto cá, seus agentes buscaram esse apoio por meio dos grandes veículos de comunicação. Os brasileiros foram massacrados durante anos por uma cobertura jornalística extremamente enviesada, com pouco espaço para o contraditório, dominada pela mensagem de que a política é sinônimo de corrupção, em que o PT é o maior responsável pela corrupção que assola o país. Essa estratégia surtiu efeito junto à opinião pública, embora haja sinais de que ela tenha atingido um ponto de esgotamento. Mas se isso é real, o dano feito à legitimidade das instituições democráticas também o é.

Certamente, a corrupção é um (dos) problema(s) do sistema político, particularmente porque ela aumenta ilegalmente o poder e influência do dinheiro sobre a política. Mas a maneira de combatê-la faz muita diferença. Seria mais saudável para a democracia que isso fosse feito respeitando o sistema de direitos e garantias, os limites das instituições, tudo isso em um ambiente de debate plural de opiniões. Caso contrário, esse combate se converte em instrumento de poder de alguns atores, que assim garroteiam o sistema democrático para atender interesses que eles declaram ser de todos, embora, ao mesmo tempo, pretendem evitar que esses "todos" sejam consultados.

Este livro é organizado em sete capítulos. Começamos com texto de Luiz Gonzaga Belluzzo, um dos mais importantes economistas brasileiros, que oferece um panorama detalhado e aterrador do desenvolvimento do capitalismo global, no qual localiza a economia brasileira e a Operação Lava Jato.

No capítulo intitulado "Operação Lava Jato, Judiciário e Degradação Institucional" Leonardo Avritzer mostra como a Operação Lava Jato, a partir de um impulso inicial de combate à corrupção vai se tornando um instrumento político de perseguição de políticos, particularmente do PT, e em seu desenvolvimento vai distorcendo procedimentos jurídicos a ponto de colocar em risco não somente o Sistema de Justiça mas o próprio estado de direito criado pela Constituição de 1988.

Em um segundo capítulo sobre o Poder Judiciário, Fernando Fontainha e Amanda Evelyn Cavalcanti de Lima analisam a combinação de elementos técnico-processuais de três momentos da Lava Jato que revelam a tradição inquisitorial e repressiva do direito brasileiro no combate à corrupção. Esses "incidentes político-jurídicos" são a adoção da "teoria do domínio do fato", importada do Direito alemão pelo ex-ministro do STF, Joaquim Barbosa, para julgar o chamado Mensalão; a combinação estratégica de prisão preventiva, delação premiada e divulgação para a imprensa realizada por Sérgio Moro e, finalmente, a anulação da nomeação de Lula como ministro de Dilma Rousseff, feita monocraticamente pelo ministro Gilmar Mendes e que foi uma espécie de pá de cal sobre o governo da presidenta.

O capítulo sobre o Ministério Público, escrito por Fábio Kerche e Marjorie Marona, apresenta o longo caminho percorrido pela instituição para se transformar de um apêndice do governo em uma agência independente que se contrapõe aos políticos, especialmente de um dos lados do espectro partidário-ideológico. É curioso constatar que, embora os governos de Lula e Dilma Rousseff não tenham criado o "monstro" que os devorou, os petistas foram responsáveis em larga medida por alimentá-lo e reforçá-lo, garantindo ainda mais autonomia e novos instrumentos de poder que permitiram que os procuradores do Ministério Público Federal conduzissem a Operação Lava Jato em parceria com a Polícia Federal e com o juiz Sérgio Moro.

A contribuição de Rodrigo Ghiringhelli de Azevedo e Lucas e Silva Batista Pilau sobre a Política Federal começa por mostrar com dados empíricos a crescente autonomização da instituição em relação ao Poder Executivo a partir de 2003. Em seguida, os autores analisam o caso da Operação Omertà, um desdobramento da Lava Jato, e identificam o recrudescimento de traços burocráticos, cartorários e sigilosos em seus procedimentos, entre eles a sujeição criminal dos investigados e acusados pela Operação, em outras palavras, a prática de serem tomados como culpados de crime *ex-ante*.

O impacto da Operação Lava Jato nas atividades do Congresso Nacional é objeto de capítulo escrito por Maria do Socorro Souza Braga, Flávio Contrera e Priscilla Leine Cassotta. O texto, organizado em três seções, é tão rico em detalhes e dados que poderia ser desmembrado em diferentes capítulos. A primeira seção trata do comportamento das coalizões que sustentaram os governos recentes e das oposições, buscando avaliar se houve, e em que momento, mudanças no comportamento das bancadas como reflexo da Operação. Os autores concentram especial atenção no processo de *impeachment* – que, segundo eles, também foi influenciado pela Lava jato – e no comportamento das bancadas quando das denúncias que recaíram sobre Michel Temer.

Na segunda seção, o leitor encontrará uma análise do impacto das denúncias apresentadas pelo Ministério Público Federal sobre os parlamentares e os partidos políticos. Partindo da constatação de que as Comissões têm um papel chave no processo legislativo, e que os cargos nelas são indicadas pelos partidos, os autores analisam as mudanças na composição dessas Comissões como um possível reflexo das denúncias da Lava Jato. Em outras palavras, para além da constatação de que inúmeros parlamentares foram denunciados, Braga, Contrera e Casotta demonstram qual o efetivo impacto dessas denúncias no dia-a-dia do Congresso Nacional.

Por fim, na terceira seção, os autores tomam as "10 Medidas contra a Corrupção" como um bom termômetro da relação entre Congresso e Sistema de Justiça em tempos de Lava Jato. A proposta que chegou ao Congresso Nacional, patrocinada por um grupo do Ministério Público Federal e apoiada por parcelas do Poder Judiciário, inclusive Sérgio Moro, defendia uma ampliação dos poderes dos procuradores e juízes para o combate à corrupção. Os pesquisadores da Universidade Federal de São Carlos respondem a seguinte questão: há algum recorte partidário e ideológico no comportamento dos parlamentares no tocante a esse tema ou os eles reagiram como uma instituição sob ataque respondendo ao seu algoz?

Os dois capítulos finais do livro tratam de questões que afetam o aspecto deliberativo da democracia brasileira. No texto intitulado "A Lava Jato e a mídia", João Feres Júnior, Eduardo Barbabela e Natasha Bachini apresentam a tese de que a relação entre a Operação Lava Jato e a grande mídia brasileira é de sinergia entre parceiros desiguais. As grandes empresas jornalísticas demonstram predileção histórica pela escandalização da política e por seu viés contrário à esquerda, e consequente adesão a forças políticas conservadoras. Segundo os autores, com a Lava Jato esse padrão se alterou e a mídia passou a atacar os poderes políticos como um todo e a promover os agentes do Sistema de Justiça. Para dar lastro empírico ao argumento, os autores analisam uma vasta base de textos jornalísticos publicados pelos jornais *O Globo*, *Estado de S. Paulo* e *Folha de S. Paulo* para demonstrar o impacto da Lava Jato sobre a cobertura negativa de Dilma, Lula e do PT.

O último capítulo, de Érica Anita Baptista e Helcimara de Souza Telles, tem por objetivo avaliar o impacto da cobertura que a mídia faz da Operação Lava Jato na percepção da opinião pública sobre a corrupção e a política. Em um primeiro momento, as autoras analisam a cobertura da Operação Lava Jato nas revistas *Carta Capital*, *Época*, *Isto É* e *Veja*. Em seguida, examinam a percepção da opinião pública sobre a corrupção e sobre a política, a avaliação de Dilma Rousseff, de Lula e do juiz Sérgio

Moro, utilizando dados de várias pesquisas de opinião, para revelar um forte paralelo entre uma coisa e outra.

Como podemos ver, a empreitada é ambiciosa e as contribuições bastante instigantes. A despeito da intensidade da crise que ora se abate sobre nós, acreditamos que soluções só virão por meio do melhor conhecimento dos problemas. Avancemos, portanto, por esse caminho. Boa leitura!

Fabio Kerche e João Feres Júnior

AS CONSEQUÊNCIAS ECONÔMICAS DA LAVA JATO

LUIZ GONZAGA BELLUZZO

Muitos se conformam com a ideia da corrupção inerente à condição humana, um fenômeno a-histórico e independente das condições sociais em que os corruptos desenvolvem suas proezas. Sobram fatos e razões para sustentar essa hipótese, mas é possível vasculhar momentos na história em que as sociedades, seus valores e suas regras de convivência (escritas e não escritas) são mais – ou menos – permeáveis às malfeitorias.

Nos Estados Unidos das últimas décadas do século XIX e no início do século XX, as peripécias financeiras, especulativas e corruptas dos "barões ladrões" levaram a sucessivos episódios de destruição da riqueza e das condições de vida dos mais frágeis. As falcatruas se desenvolveram à sombra de um Estado cúmplice da concorrência darwinista. O Estado deixou-se contaminar de alto a baixo, da polícia ao judiciário, pela lógica da grana.

Na posteridade da Grande Depressão, o sofrimento popular, Franklin D. Roosevelt e o *New Deal* inauguraram os tempos de respeito às instituições democráticas e republicanas. Em 1936, discursando na Convenção do Partido Democrata, Roosevelt disparou contra "os príncipes privilegiados das novas dinastias econômicas" que "sedentos de poder avançaram no controle do Governo, criaram um novo despotismo e o cobriram com as vestes da legalidade. Os mercenários a seu serviço buscaram submeter o povo, seu trabalho e suas propriedades".

Durou pouco o etos do *New Deal*. Nos mandatos de Reagan e de Bush *Father & Son* a promiscuidade era escancarada: difícil dizer se estávamos diante de um governo eleito ou de um escritório de corretagem. Mas os ex-presidentes republicanos não foram exceções: o democrata Clinton protagonizou a façanha de impor os interesses dos "príncipes privilegiados" da alta finança sob os aplausos e o apoio entusiasmado dos endinheirados do planeta.

No ocaso de 2014, a corrupção invadiu o Congresso americano. O Citigroup enfiou um "caco" no Spending Bill (Orçamento de Gasto) de 2015. O intruso anulou um artigo da Lei Dodd-Frank que proibia a utilização dos recursos do FDIC – aqueles destinados a garantir os depósitos dos cidadãos – para socorrer desastres financeiros arranjados por alavancagens imprudentes nos mercados de derivativos. O "caco" foi aprovado por democratas e republicanos sob os protestos da senadora Elisabeth Warren e da deputada Nancy Pelosi.

Na escalada rumo à crise financeira, as temidas Agências de Classificação de Risco – as gigantes Standard and Poors, Moodys, mais a anã Ficht – distribuíram generosamente notas AAA aos instrumentos securitizados de crédito imobiliário (*Mortgage Backed Securities*). Fundos de Pensão, Companhias de Seguros e demais instituições financeiras "encarteiraram" os ativos bem classificados pelas agências.

Já no início de 2007, quando o valor dos imóveis despencava, as três irmãs concediam AAA a torto e a direito, numa velocidade espantosa. Bilhões de dólares foram avaliados com a nota máxima do *investment grade*, o fetiche que transtornava a presidenta Dilma Rousseff e seu ministro Joaquim Levy.

No auge da crise, os "especialistas" da Goldman Sachs rechearam os bolsos apostando na desvalorização de seus próprios papéis carimbados com grau de investimento pelos serviçais da classificação de risco. Em

AS CONSEQUÊNCIAS ECONÔMICAS DA LAVA JATO

outros tempos, imagino, tais "avaliações" seriam tipificadas como crimes de estelionato e de formação de quadrilha. No entanto, na era dos mandos e desmandos da finança, o Departamento de Justiça cobrou US$ 1,4 bilhões pelas avaliações, digamos, precipitadas. A Securities and Exchange Comission sapecou uma multa de US$ 77 milhões na Standard and Poors, penalidade acompanhada da proibição imposta à agência de avaliar por um ano "securities" lastreadas em empréstimos imobiliários.

Pelas bandas de cá, a Lava Jato escancarou as relações carnais que acoplam o Estado à grande empresa privada. A concorrência entre as grandes empresas e as trapaças ideológicas dos mercados financeiros não só arrastam o Estado para a arena dos negócios, como também atraem a rivalidade privada para o interior das burocracias públicas com propósito de cooptar cumplicidade, influenciar as formas de regulação e capturar recursos fiscais.

Norberto Bobbio chamou de *sottogoverno* essa presença das sombras no interior do Estado contemporâneo – o que inclui a influência no processo eleitoral, a propagação desimpedida da corrupção dos funcionários do Estado e, muito importante, o controle da informação e da opinião pelos grandes grupos de mídia.

As burocracias do Estado são convidadas a mediar a concorrência entre os grupos monopolistas ou cartelizados. Leio nos articulistas dos jornalões piedosas lamentações a respeito da "falta concorrência". É o mercado dos tolos ou são os tolos dos mercados?

É falsa a afirmação: "As grandes construtoras e operadoras nos projetos de infraestrutura *organizam* cartéis para vencer as concorrências". E ela é falsa por duas razões: 1) os projetos de infraestrutura em todo o planeta são operados por grandes empresas por conta da existência de economias de escala em sua construção e operação; 2) assim, essas empresas não organizam cartéis, elas *são um cartel*. Basta passar os olhos nas estruturas de mercado em todos os setores da economia global para perceber que os acordos são constitutivos da concorrência "cartelizada" entre as megaempresas.

Em trabalho escrito em colaboração com o professor Davi Antunes, observamos que a globalização provocou uma verdadeira revolução na estrutura econômica mundial. Pouco compreendida pelos analistas do cenário internacional, essa revolução tem graves implicações para os países em desenvolvimento. Há três grandes transformações concomitantes que se não são desconsideradas, são apresentadas como processos desconexos: 1) a reorganização da estrutura produtiva; 2) a onda de fusões e aquisições que transformou o sistema financeiro e 3) a centralização do controle da propriedade.

A desconglomeração, a desverticalização e a centralização da estrutura produtiva ocorreram em conjunto com uma profunda reorganização empresarial que resultou nas cadeias globais de valor. A reestruturação produtiva das últimas décadas atingiu todos os setores da economia mundial, levando a uma redução drástica do número de empresas. Toda a economia mundial passou a ser dominada por pouquíssimas empresas, em geral, de países altamente desenvolvidos. O setor de equipamentos de telefonia móvel, por exemplo, é dominado por 5 empresas, o farmacêutico por 10 empresas e o de aviões comerciais de grande porte por apenas 2.

Grandes Empresas e Participação no Mercado Mundial, 2009		
Setor	Número de Empresas	Participação (%)
Equipamento Agrícola	3	69
Farmacêutica	10	69
Computadores Pessoais	4	55
Equipamentos Telefonia Móvel	3	77
Automóveis	10	77
Aviões Comerciais de Grande Porte	2	100

Fonte: Financial Times *apud* Peter Nolan {2001 #19607}.

Concentrando seus recursos no que fazem melhor, seu *core business* (marca, marketing, design, pesquisa & desenvolvimento [P&D]), as grandes empresas ganharam dimensão global por meio de fusões e aquisições e se tornaram integradoras de grandes cadeias globais de

AS CONSEQUÊNCIAS ECONÔMICAS DA LAVA JATO

produção "terceirizadas". A empresa integradora se desverticalizou, vendendo ativos, terceirizando atividades, e forçando seus fornecedores a também ganharem escala mundial e a se fundirem, num grande efeito cascata. Um exemplo eloquente é a Boeing. O 787 *Dreamliner* foi projetado integralmente em computadores, mas sua produção foi largamente terceirizada: 70% dos 2,3 milhões de componentes foram produzidos por 50 empresas. Isto não significa que houve perda de controle sobre a produção, já que a Boeing, utilizando o software de gestão da cadeia *Exostar*, gerenciava os fornecedores, os fornecedores dos próprios fornecedores, sincronizava pagamentos, ordens de compra e venda, entregas, estoques, prazos etc. Ou seja, mantinha estrito controle sobre as terceirizadas.

Tais mudanças podem ser vistas também no gasto com pesquisa & desenvolvimento. Apenas 100 empresas concentram 60% do gasto em P&D, sendo 2/3 dos gastos realizados em apenas 3 setores (informática, farmacêutico e automotivo). Tamanho grau de concentração empresarial ampliou o poder de mercado das grandes corporações e a condições de concorrência do mercado mundial de modo jamais visto.

O sistema financeiro também passou transformações de monta, graças à globalização e à desregulamentação. Nas últimas décadas, as ondas de fusões e aquisições levaram o grau de centralização a níveis inimagináveis: os 25 maiores bancos do mundo tinham 28% dos ativos dos 1.000 maiores bancos em 1997; em 2009, mais de 45%. Dos US$ 4 tri de transações diárias com moedas, 52% delas são realizadas pelos 5 maiores bancos. No que tange aos bancos de investimento, os 10 maiores concentram 53% das receitas. Baseados principalmente em seus clientes mais ricos, já que os 10% mais ricos geram 80% de suas receitas, os bancos se conglomeraram e se tornaram verdadeiros supermercados financeiros, capazes de oferecer todo tipo de serviço financeiro a pessoas físicas e jurídicas.

Foram os bancos, através das transações eletrônicas *online,* que permitiram a integração financeira das cadeias globais de valor. Os bancos são a cola do sistema ao fazer 95% de toda a movimentação financeira das grandes empresas: transações cambiais, *hedge,* pagamentos, transações comerciais, investimentos. O setor financeiro também é um dos mais importantes no que se refere ao gasto em P&D. O investimento em TI (internet, caixas eletrônicos, servidores) dos grandes bancos alcançou US$ 380 bi em 2006.

No resto do sistema financeiro, o grau de concentração também mudou de escala: US$ 64 tri em 2010 estavam não mãos dos gestores de ativos, sendo que os 50 maiores tinham 61% do total e a Black Rock, maior empresa de gestão financeira do mundo, mais US$ 3,3 tri em ativos. Os fundos de investimento trilionários levaram a uma enorme centralização da propriedade, adquirindo participação nos mais diversos negócios, ao mesmo tempo que não se envolvem na gestão diária destes. Sua participação exige que a administração se submeta à lógica do EBITDA, a da geração do máximo de caixa possível, e a busca incessante da valorização acionária. Transformam a gestão das empresas produtivas em uma gestão financeirizada.

J. Glattfelder, em trabalho bastante inovador, busca mostrar quais são as relações acionárias entre as grandes corporações e sintetiza a situação: 36% das grandes transnacionais detêm 95% das receitas operacionais de todas as 43.000 empresas transnacionais conhecidas. Mais importante: os 737 principais acionistas têm o potencial de controlar 80% do valor destas empresas. Estes acionistas são principalmente instituições financeiras e fundos de investimento dos Estados Unidos e do Reino Unido.

Neste mundo de domínio absoluto das grandes empresas e da finança, o desenvolvimento dos países emergentes se tornou muito difícil. Apenas a China consegue se sobressair. Nas cadeias de valor, apesar de ser a maior indústria do mundo, a China ainda tem papel bastante secundário, com poucas empresas integradoras. Mas, nos bancos, tem 4 dos 10 maiores do mundo em termos de valor de mercado. As regras? Pé no peito, acordos entre rivais e grana no bolso dos funcionários espertos.

A GRANDE DEPRESSÃO BRASILEIRA

Após o crescimento de 0,5% em 2014, a economia do país descambou para dois anos de depressão. Espremida pelo desajuste fiscal,

AS CONSEQUÊNCIAS ECONÔMICAS DA LAVA JATO

a infeliz pulou miudinho em 2017 para crescer 1,0%. Essa é a proeza do senhor Meirelles, ministro-chefe da equipe dos sonhos do mercado. O mercado sonha e o povaréu vive o pesadelo da greve dos caminhoneiros, e das ameaças do desabastecimento, do desemprego e da queda de salários.

O desempenho pífio de 2014 deu voz aos colunistas do mercadismo que perfilham as teorias econômicas do Casseta & Planeta. Baixam a Casseta na ninguenzada esgrimindo argumentos tão lunáticos quanto pedestres.

Com permissão do caro leitor, vou repetir o que já disse em entrevistas e artigos ao longo da grande depressão brasileira. O ajuste de 2015, em trágica sequência, engatou o choque de tarifas, a subida da taxa de juro, a desvalorização do real e o corte dos investimentos públicos. Essa corrente da infelicidade, juntou a elevação da inflação à contração do nível de atividade e, daí, convocou a restrição do crédito. O encolhimento do circuito de formação da renda levou inexoravelmente à derrocada da arrecadação pública. Sob o peso massacrante do colapso da atividade econômica, a inflação despencou para a casa dos 3%.

O mergulho depressivo iniciado entre o crepúsculo de 2014 e a aurora de 2015 pode ser apresentado como um exemplo do fenômeno que as teorias da complexidade chamam de "realimentação positiva" ou, no popular, "quanto mais cai, mais afunda". O déficit primário ameaça estourar a marca dos R$ 150 bilhões e namora as grandezas de R$180 bilhões. Os sonhos da equipe prometem mais contingenciamento de despesas e, possivelmente, mais impostos.

Dentre as despesas que vêm sofrendo reduções mais fortes figuram os investimentos, incluídos na rubrica dos gastos discricionários. As despesas discricionárias caíram 26,7% em termos reais no primeiro quadrimestre de 2017 relativamente ao mesmo período de 2016. Destaca-se nessa comparação a redução real de 65,8% nas despesas do PAC e do Minha Casa Minha Vida (MCMV).

Gráfico 1

RECEITAS E DESPESAS
- Índice de **receita** real primária
- Índice de **despesa** real primária

Brasil

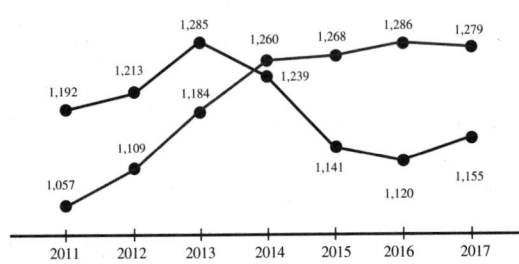

Gráfico 2
Investimento em Infraestrutura – % do PIB e % da Formação Bruta de K Fixo

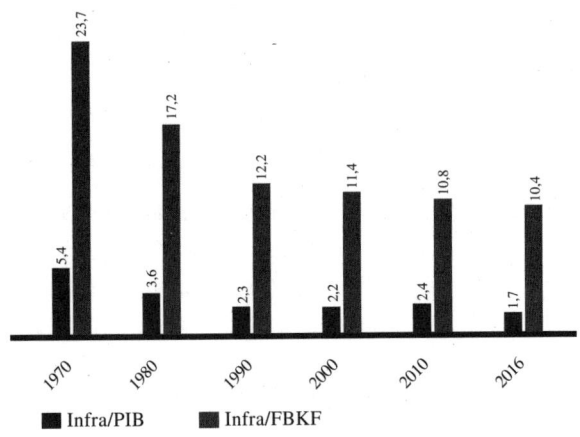

Fonte: ABDIB

Gráfico 3
Evolução dos investimentos em infraestrutura no Brasil (%/PIB)

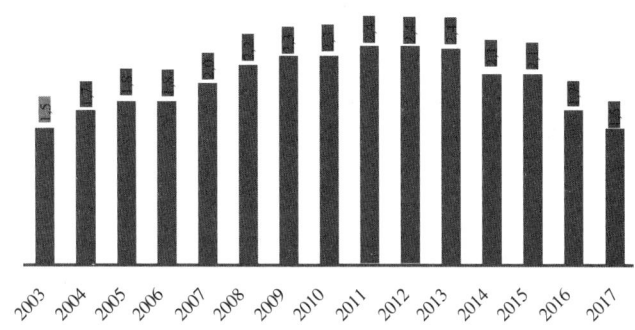

Fonte: ABDIB

Gráfico 4
Relação entre investimento público e investimento privado em infraestrutura nos países da Ásia

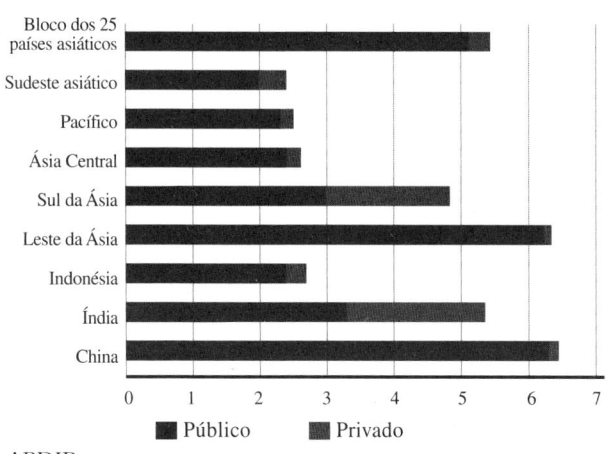

Fonte ABDIB

O investimento público decorrente do gasto fiscal e do setor produtivo estatal é provedor de externalidades positivas para o setor privado. Nas economias capitalistas contemporâneas, quer nas desenvolvidas quanto nas emergentes, investimento público opera como componente "autônomo" da demanda efetiva e oferece uma perspectiva para o investimento privado.

Na edição de outubro de 2014, o World Economic Outlook, Internacional avalia os benefícios do investimento público em uma conjuntura de baixo crescimento nos países centrais e de deficiências na infraestrutura dos emergentes. Em seu segundo capítulo, a publicação semestral do Fundo Monetário, cuida do investimento público como indutor da demanda agregada e de seu papel na irradiação de expectativas favoráveis à formação bruta de capital fixo no setor privado.

O estudo do FMI procura demonstrar que o aumento do investimento público afeta a economia de duas maneiras. "No curto-prazo, impulsiona a demanda agregada mediante a operação do 'multiplicador fiscal', incitando o investimento privado (*crowding in*), dada a forte complementariedade ensejada pelo investimento em serviços de infraestrutura... No longo prazo, há um efeito sobre a oferta, na medida em que a capacidade produtiva se eleva com a construção do novo estoque de capital".

O texto prossegue em sua avaliação das consequências do investimento público sobre o produto potencial. Afirma que o gasto autônomo do Estado em uma economia com capacidade ociosa ou carência de infraestrutura pode determinar a evolução favorável da relação dívida/PIB no médio e no longo prazo.

Dependendo do "multiplicador fiscal" de curto prazo, da eficiência microeconômica dos projetos e da "elasticidade do produto", o novo investimento pode levar a uma queda da relação dívida/PIB. O leitor atilado há de perceber que esses fatores conformam a capacidade de resposta do gasto privado aos estímulos do dispêndio "autônomo" do governo. Reminiscências keynesianas.

O investimento em infraestrutura executado ou organizado pelo setor público, não concorre com o investimento privado, mas, ao contrário, serve como indutor ou o complementa. Desde o imediato pós-guerra, o exame da trajetória das economias emergentes confirma que o bom desempenho do investimento público foi crucial para a obtenção de taxas de crescimento elevadas. Nas economias industriais modernas, o investimento público desempenha uma inarredável função coordenadora das expectativas do setor privado.

A experiência internacional, sobretudo a dos países asiáticos, demonstra a existência de interações virtuosas entre o investimento em infraestrutura, expansão industrial, emprego e crescimento. Esses países executaram estratégias de *export led growth* com câmbio competitivo, fortes incentivos e duras exigências de desempenho impostas pelo Estado para estimular o investimento privado.

A conjugação de esforços entre o setor público e o setor privado organizado sob forma de grandes empresas permitiu durante muitas décadas a manutenção de taxas de investimento e de crescimento econômico elevadas. Na China, o exuberante desempenho da economia brota do circuito virtuoso: expansão do crédito – investimento público em infraestrutura – aumento da produtividade com ganhos de escala – geração de saldos comerciais – elevação dos lucros-liquidação de dívidas.

No Brasil, a retomada do crescimento vai depender da capacidade do Estado de exercer sua função indelegável no estágio atual do capitalismo contemporâneo: coordenar as decisões privadas mediante a elevação substancial do investimento público em infraestrutura com o devido cuidado para garantir a difusão dos efeitos pelos diversos setores industriais que produzem e dão empregos no país.

As condições atuais da economia mundial provavelmente vão dificultar novas experiências de crescimento puxado pelas exportações, o que não significa o abandono dos projetos voltados para uma maior participação do Brasil nas cadeias globais de formação de valor. Essa integração às cadeias globais vai certamente exigir políticas comerciais distintas daquelas executadas nos anos do nacional-desenvolvimentismo. A ênfase, agora, deve ser colocada na busca de construção de nichos que acentuem nossas vantagens dinâmicas apoiadas em programas de inovação, sobretudo os articulados à infraestrutura, aos investimentos no Pré-sal e às novas fontes de energia renovável.

Estes programas tem o potencial de compor os interesses públicos e privados e, assim, reanimar as avaliações empresariais de médio e longo prazo que guiam os investimentos das empresas. Ademais, a demanda gerada pelos gastos daí decorrentes devem irrigar setores importantes da indústria de transformação e o modelo de partilha do Pré-sal pode contribuir para uma perspectiva muito mais favorável no médio prazo para a melhoria da situação fiscal e do balanço de pagamentos.

O que está em juízo é a capacidade do gasto público em despertar os espíritos animais dos empresários e, assim, recolocar a economia na trajetória do crescimento. O multiplicador keynesiano supõe uma animada disposição do setor privado de sair dos confortos da liquidez para arriscar a pele na geração de empregos e de nova capacidade produtiva.

A "racionalidade" dos empresários de carne e osso não recomenda se endividar, investir, ampliar a capacidade produtiva e contratar empregados com ociosidade nas fábricas e na ausência do crescimento da demanda. Sem a retomada das contratações e queda do desemprego, como esperar o retorno do consumo? Isso só acontece no mundo imaginário dos modelos da turma do Casseta & Planeta.

O ajuste empreendido entre 2014 e 2015 tipifica um crime de lesa-inteligência executado com a cumplicidade dos repetidores da mídia. O processo de "realimentação positiva" decorre das relações entre empresas endividadas e inadimplentes, bancos temerosos e consumidores ameaçados pelo desemprego.

As fábricas se encharcam de capacidade ociosa. Endividadas em reais e em moeda estrangeira, as empresas são constrangidas a ajustar seus balanços diante das perspectivas de queda da demanda e do salto do serviço da dívida. Para cada uma delas é racional dispensar trabalhadores, funcionários, assim como, diante da sobra de capacidade, procrastinar investimentos que geram demanda e empregos em outras empresas. Para cada banco individualmente era recomendável subir o custo do crédito e racionar a oferta de novos empréstimos.

Os consumidores, bem, os consumidores reduzem os gastos. Uns estão desempregados e outros com medo do desemprego. Assim, o comércio capota, não vende e reduz as encomendas aos fornecedores que acumulam estoques e cortam ainda mais a produção. As demissões disparam. A arrecadação mingua, sugada pelo redemoinho da atividade econômica em declínio. Isso enquanto a dívida pública cresceu sob o impacto dos juros reais e engorda ainda mais os cabedais do rentismo caboclo.

As decisões "racionais" do ponto de vista das finanças domésticas, prestam homenagem às falácias de composição que infestam os modelos macroeconômicos do Casseta & Planeta: o que parece bom para o 'agente individual', seja ele empresa, banco ou consumidor, é danoso para o conjunto da economia.

OS DESCAMINHOS DA LAVA JATO

Como um pugilista grogue no encerramento de um round desfavorável, a economia brasileira foi para o banquinho do corner receber cuidados. Em vez de aliviar seus incômodos, o treinador lhe desferiu um choque de juros e cortes desordenados dos gastos de investimento na ponta do queixo. Ao receber os novos e fulminantes golpes da Operação Lava Jato, nosso pugilista foi a *knock down*. Isso tudo com o propósito de restaurar a confiança do prostrado em suas forças.

Aplaudidos por seu empenho em combater a corrupção, os rapazes de Curitiba entraram de sola nas empresas brasileiras que mantinham contratos com a Petrobras, com as demais empresas públicas e instâncias do Governo, desde o âmbito federal até a esfera municipal.

No desenvolvimento das apurações da Lava Jato, os procuradores e juízes não cuidaram de separar a punição das pessoas físicas dos efeitos nefastos derramados sobre as empresas. Não seria excessivo repetir que nos Estados Unidos, o Departamento de Justiça e a *Securities Exchange Comission* aplicaram multas, mas preservaram as empresas. No Brasil, os agentes da lei encarregados de vigiar e punir infligiram graves danos aos funcionários e colocaram em risco o cabedal técnico acumulado ao longo dos anos pelas empresas.

LUIZ GONZAGA BELLUZZO

O jurista Walfrido Warde, especialista em Direito Societário, sintetiza com precisão os efeitos danosos da Lava Jato para a economia brasileira:

> Em casos de corrupção sistêmica, como os descobertos pela Lava Jato, o seu combate deve usar técnicas capazes de evitar uma grave deterioração dos ambientes econômico, social, político e jurídico".
>
> A maior parte das empresas alcançadas pela "lava jato" eram donas de usinas de geração de energia, de estaleiros, de estradas, de aeroportos e de outros empreendimentos de infraestrutura. Compunham uma indústria que representava a espinha dorsal da economia brasileira. A sua desgraça causou a paralisia de obras, o impasse sobre o destino de projetos de infraestrutura centrais para o Brasil e, o que é pior, a depreciação de tantos outros, cuja venda – em meio a problemas policiais e judiciais – é, ainda que difícil e arriscada, essencial para a sobrevivência dessas empresas.
>
> Em condições como essas, as empresas e os seus negócios não são vendidos pelo que valem, mas pelo que os compradores querem pagar. Ou seja, saem pelo preço mínimo estrutural, aquele que é estabelecido quando o vendedor é obrigado a se prostrar em frente ao único comprador disponível.

As consequências são muito graves: desorganizar uma cadeia produtiva muito importante, talvez a mais importante, para a recuperação da economia, por seus efeitos sobre o emprego e a renda.

Sou avesso a teorias conspiratórias. O juiz Sérgio Moro, por exemplo, não tem consciência das consequências da destruição das empresas para os brasileiros que dependiam de seu trabalho para sobreviver. Isso é a marca registrada da sociedade em que vivemos. Tanto Moro quanto os que deflagraram o ajuste fiscal não têm consciência das consequências de seus atos e decisões. Há estudos muito aprofundados sobre o caráter performático da informação econômica e jurídica.

No livro *The Phenomenology of The End*, o filósofo italiano Franco Bifo Berardi descreve a "automação psíquica que contamina os indivíduos na sociedade contemporânea. "A sociedade de massas envolve os indivíduos nas cadeias automáticas do comportamento, manipuladas por dispositivos técnico-linguísticos. A automação do comportamento de muitos indivíduos afetados e concatenados por interfaces técnico-linguísticas resultam nos efeitos manada. O homem é um animal que molda um ambiente que, por sua vez, molda seu próprio cérebro. O efeito manada é, portanto, o resultado da transformação humana do ambiente tecnológico, o que conduz à automação dos processos mentais".

Na "automação psíquica", os processos conscientes são substituídos por reações imediatas, simplificadoras e simplistas, quase sempre grosseiras, corpóreas. Nesses soluços de presunção, a consciência inteligente, o pensamento e os próprios sentimentos desempenham um papel modesto. Convencidos da universalidade do seu particularismo, os indivíduos mutilados executam os processos descritos por Franz Neumann, em *Behemoth*, seu livro clássico sobre o nazismo: "aquilo contra o que os indivíduos nada podem e que os nega é aquilo em que se convertem".

O que aparece sob a forma farsista de um conflito entre o bem e o mal, está objetivado em estruturas que enclausuram e deformam as subjetividades exaltadas. A indignação individualista e os arroubos moralistas são expressões da impotência que, não raro, se metamorfoseia em desvario autoritário.

OPERAÇÃO LAVA JATO, JUDICIÁRIO E DEGRADAÇÃO INSTITUCIONAL

LEONARDO AVRITZER

A Constituição de 1988 foi produzida a partir da percepção do desequilíbrio histórico entre os poderes, que sempre penderam na direção do Executivo, e da inefetividade das estruturas de freios e contrapesos no Brasil. Como contraponto a esta tradição, diversos atores, antes e durante o processo constituinte, propuseram a criação de fortes marcos legais para o fortalecimento da divisão de poderes, em especial do Poder Judiciário As principais alterações, nesta direção, foram: (1) o estabelecimento de um complexo e extenso sistema de revisão judicial da constitucionalidade das leis e atos normativos (CRFB/88, arts. 102 e 103); e (2) o reconhecimento e fortalecimento da ampliação das funções do Ministério Público no sentido de fiscalizar políticos e burocratas, aproximando o órgão da figura das agências burocráticas de *accountability* horizontal (CRFB/88, art. 127). Essas alterações, propostas tanto pelos atores ligados às instituições judiciais, como pela Associação dos Procuradores da República (ANPR) e Ordem dos Advogados do Brasil (OAB), impactaram significativamente no fortalecimento das instituições de controle no período pós-Constituição de 1988 a partir do discurso da representação simbólica da cidadania.

Com consequência do texto constitucional, as chamadas instituições de controle foram se fortalecendo paulatinamente no Brasil de 1988 até hoje, com o sentido de apontar um novo equilíbrio entre os poderes e reforçar a ideia de uma representação da cidadania. Adicionalmente, nos últimos anos, registrou-se o aprofundamento dessa dimensão da democracia brasileira, não apenas pela criação de novas instituições de controle, tal como a Controladoria Geral da União (CGU), mas também pela ampliação das prerrogativas de algumas já existentes – a exemplo do que ocorreu com o Tribunal de Contas da União (TCU). Tal tribunal, que originariamente tinha atribuições restritas à análise das contas do Presidente, passou a fazer auditorias da gestão pública e aplicar sanções, e finalmente em 1988 assumiu as funções de controle externo. Ocorreu também uma verdadeira revolução institucional com as chamadas operações integradas da Polícia Federal.

Nesses termos, o marco constitucional, inaugurado em 1988, pode ser apreendido na chave de um giro radical na ideia de cidadania fortemente lastreada nas *instituições de controle,* o que não é completamente compatível com a ideia de soberania democrática. Até 2010, houve alguma articulação entre as instituições de controle e aquelas que exercitam a soberania popular. Contudo, a partir da Operação Lava Jato tal articulação deixou de existir. Permitam-me desenvolver o argumento.

A Operação Lava Jato é uma operação sediada na 13ª Vara da Justiça Federal de Curitiba sob a coordenação de uma força tarefa que envolve o Ministério Público Federal e o próprio juiz da Vara. Esta operação, que se iniciou em março de 2014 com a prisão de Paulo Roberto Costa e segue os dias de hoje, foi capaz de revelar um grande esquema de corrupção na Petrobras. Contudo, ela sofreu forte politização já ao longo do segundo turno das eleições de 2014.

A Lava Jato se baseia em três marcos legais ou na forte reinterpretação de marcos legais. Em primeiro lugar, temos a lei das organizações criminosas de 2 de agosto de 2013, que foi desenhada originalmente para lidar com grupos criminosos e tráfico de drogas, mas passou a ser re-interpretada para alcançar membros do sistema político. Esta lei tem critérios absolutamente pedestres para a avaliação de organizações criminosas que permitem o enquadramento legal de qualquer grupo de pessoas com mais de quatro membros. Em segundo lugar, temos o instrumento da delação premiada, que foi apropriado do direito contratual Norte Americano e fortemente distorcido na Lava Jato devido ao papel do juiz nas delações e à ausência do sistema de júri em crimes dessa natureza no Brasil. Por fim, a Operação Lava Jato reinterpretou o Direito Penal seja no que diz respeito a prisão preventiva quanto no que toca os critérios para condenação por corrupção.

A divisão da Lava Jato em fases, realizada pela própria Procuradoria Geral da República e pelo juiz Sérgio Moro, nos permite diferenciar as ações que miraram o combate à corrupção institucionalizada das ações – em especial na fase que começou na última semana do segundo turno das eleições e levou à condução coercitiva do ex-presidente Lula para depor no dia 4 de Março – cujo objetivo parece ter sido reorganizar o jogo político eleitoral no Brasil.

Em seu primeiro momento, a operação pode ser considerada um avanço na investigação e no combate à corrupção dentro da doutrina de divisão de poderes e de equilíbrio criado no período pós Constituição de 1988. Em suas fases iniciais, atores ligados à corrupção sistêmica na Petrobras foram descobertos e os procedimentos jurídicos cabíveis adotados, por meio de uma inovação que poderia ser considerada produtiva que irei comentar mais abaixo: a delação premiada. No entanto, encerrada tal momento, que conseguiu produzir bons resultados, seja no que diz respeito à revelação da operação de corrupção dentro da Petrobras, seja no que toca à recuperação inédita de ativos da empresa, iniciou-se um segundo momento, de conteúdo eminentemente político, que coincidiu com a campanha eleitoral de 2014 e que, em 2015, adquiriu o contorno de um forte ataque ao sistema político ancorado no apoio midiático. No início de 2016 a Operação Lava Jato pessoalizou o combate à corrupção, passando a investigar, ao arrepio do estado de direito, uma pessoa, o ex-presidente Lula, ao invés de investigar delitos.

A partir do segundo momento da Lava Jato, que se inicia com a sua 7ª fase, em novembro de 2014, é possível perceber a politização de diferentes maneiras: em primeiro lugar, ainda durante o período eleitoral foram realizados vazamentos seletivos sobre a eventual participação da presidenta Dilma e do ex-presidente Lula no esquema de corrupção. Essas informações não se confirmaram quando da revelação da lista de políticos envolvidos no esquema de corrupção da Petrobras, confeccionada pelo Procurador Geral da República. Este ato, nunca investigado a contento, constitui o primeira de suas incursões pela seara política, todas feitas com o objetivo de influenciar o processo político em curso, todas realizadas extenso apoio da grande mídia.

O outro elemento de desequilíbrio trazido pela Lava Jato foram as chamadas delações premiadas dos empreiteiros. Esta fase começa com a prisão dos principais empreiteiros do país, presidentes de empresas como a OAS, UTC e Camargo Correa, entre outras. Nesta fase começa a vigorar o mais forte instrumento da Lava Jato, a prisão preventiva realizada com o objetivo de forçar a delação premiada. A delação premiada, instituto que no direito americano recebe o nome de *plea bargain*, foi introduzida no Direito Penal brasileiro em 2013, com a Lei n. 12.850. No caso da Operação Lava Jato, ela foi associada a uma mudança da interpretação da prisão preventiva, mudança essa surpreendentemente sustentada pelas cortes superiores, com exceção do STF. Ressalte-se, neste caso, que a ideia de prêmio não está apenas no nome, mas é parte essencial da estratégia da Lava Jato. A redução de pena dos réus confessos de corrupção sistêmica confere ao juiz perigoso poder discricionário e cria um forte desequilíbrio do ato de julgar. Assim, réus confessos que aderiram a delação premiada puderam passar o natal de 2015 em casa, ao passo que suspeitos sem condenação não tiveram acesso ao mesmo benefício. Alguns réus empreiteiros aderiram à delação premiada depois de sofrerem pressões no cárcere ou terem informações de sua vida pessoal vazados para a imprensa. E o mais grave, em troca de delações políticas (vide tabela 1 abaixo), o juiz Moro reduziu em quase trinta vezes a pena de condenados por corrupção sistêmica, no caso ex-diretores da Petrobras.

O segundo momento da Lava Jato tem, portanto, características diferentes do primeiro. A prisão dos empreiteiros teve como objetivo principal chegar aos membros do sistema político, que Moro considera o principal objetivo da operação, como o mesmo declara em seu texto sobre a operação "Mãos Limpas" da Itália, publicado em 2004. Assim, a Lava Jato parou de mirar a corrupção na Petrobras e passou a ter uma estratégia de criminalização seletiva do sistema político.

Quadro I
Comparação da pena aplicada antes e depois dos acordos de delação premiada no âmbito da Operação Lava Jato

Delator	Qualificação	Antiga Pena (antes da delação)	Pena negociada (após a delação)
Alberto Youssef	Doleiro	82 anos e 8 meses	3 anos (regime fechado)
Augusto Mendonça	Executivo (Toyo Setal)	16 anos e 8 meses	4 anos (regime aberto)
Dalton Avancini	Executivo (Camargo Corrêa)	15 anos e 10 meses	3 anos e 3 meses (3 meses em regime fechado, com progressão)
Eduardo Leite	Executivo (Camargo Corrêa)	15 anos e 10 meses	3 anos e 3 meses (3 meses em regime fechado, com progressão)
Fernando Baiano	Operador do Esquema	16 anos, 1 mês e 10 dias	4 anos (1 ano em regime fechado, com progressão)
Julio Camargo	Lobista (Toyo Setal)	26 anos	5 anos (regime aberto)
Mario Goes	Lobista	18 anos e 4 meses	3 anos, 5 meses e 25 dias (25 dias em regime fechado, com progressão)

Nestor Cerveró	Burocrata (Ex-diretor internacional da Petrobras)	17 anos, 3 meses e 10 dias	3 anos (regime fechado e prisão domiciliar e prisão domiciliar)
Paulo Roberto Costa	Burocrata (Ex-diretor de abastecimento da Petrobras)	39 anos e 5 meses	2 anos e 6 meses (6 meses em regime fechado, com progressão)
Pedro Barusco	Burocrata (Ex-gerente da Petrobras)	18 anos e 4 meses	2 anos (regime semiaberto)
Rafael Ângulo	Doleiro (Funcionário de Youssef)	6 anos e 8 meses	2 anos (regime semiaberto)
João Procópio	Doleiro (Funcionário de Youssef)	3 anos	2 anos e 6 meses (prisão domiciliar)

Fonte: Folha de São Paulo, a partir dos dados disponibilizados pela Justiça Federal, ao final de 2015.

O terceiro momento da Operação Lava Jato ocorre nos primeiros meses de 2016 e traz um novo elemento. A pressão seletiva sobre o sistema político exercida por Moro recebeu sinal verde do sistema judiciário, que ratificou quase que automaticamente suas decisões, dando assim sinal verde para politização completa da Lava Jato. Agora as decisões já não têm mais a ver com o sistema Petrobras e sim com a política nacional. Os vazamentos são todos ligados às figuras Lula e Dilma. Informações relevantes como a da propina de 100.000 milhões de dólares na venda da Peres Compac durante o governo FHC não são nem sequer investigadas. Três depoimentos mencionando o Senador Aécio Neves levaram seis meses para serem divulgados e não conduziram a quaisquer investigações. Hipóteses de delação premiada que desgastam um partido ou um político são imediatamente vazadas para a imprensa. A ação política tornou-se tão desenfreada neste terceiro momento da Lava Jato, que se perde a necessidade de justificar a investigação em termos de delitos cometidos na Petrobras.

Mas o fato mais curioso, e que aponta para uma clara violação das regras do estado de direito, é a pessoalização de elementos criminais feita pelo juiz Moro. Tal pessoalização se dá, sobretudo, nas atribuição seletiva de ilegalidade feita por Moro às transações da construtora Odebrecht. Assim, são feitas vistas grossas a contribuições de campanha da Odebrecht ao PSDB ou ao Instituto FHC, mas as conferências do ex-presidente Lula pagas pela Odebrecht são criminalizadas. Deste modo, uma empresa que tem negócios muito além da Petrobras, e boa parte deles no exterior, tem os seus recursos criminalizados seletivamente por meio da ação discricionária de um juiz de primeira instância.

O que de fato preocupa àqueles que prezam o estado de direito é o abandono da dimensão investigativa, substituída pela prisão e pela coerção na busca da prova não investigada. Nas palavras de um dos promotores da Lava Jato:

> Existem basicamente dois modos de você responder uma acusação, o primeiro modo é mostrar que aquilo que a pessoa disse é mentira e que está errado, o segundo é desacreditar e tirar a credibilidade das pessoas que te acusam. O que vários acusados têm feito diante da robustez das provas é buscar agredir o acusador, tentando tirar desse modo a credibilidade. Mas isso é criar uma espécie de teoria da conspiração.

O promotor se esquece da terceira possibilidade, pouco utilizada na Lava Jato, que é a comprovação do crime por meio de evidências produzidas na investigação, sem coerção física. Ou seja, a força tarefa da Lava Jato opera com hipóteses, nega a presunção da inocência é substituída por prisões preventivas que tem como objetivo forçar a delação. Assim, temos a criação de uma juristocracia que alega se legitimar em um interesse público não sancionado democraticamente para criminalizar o sistema político.

Fechamos o círculo no que diz respeito ao desenvolvimento da relação entre Poder Judiciário e os outros poderes. Tal relação tem um recomeço com a promulgação da Constituição, por meio da qual o legislador constituinte, com toda razão, tentou estabelecer um novo equilíbrio entre os poderes, fortalecendo o judiciário e as instituições do sistema de justiça frente a um executivo que até então havia sido o todo-poderoso. Com o completo esgarçamento da legitimidade do sistema de representação e um forte enfraquecimento da presidência a partir do ano passado, restou o judiciário como o último poder que retêm elementos de legitimidade. Infelizmente, esses elementos não estão sendo utilizados para restabelecer o equilíbrio necessário para estabilizar o sistema político, mas para instituir uma tutela judicial sobre a luta fraticida que se instaurou no país depois das eleições de 2014.

As ações do juiz Moro rompem com o princípio fundamental que organiza o Poder Judiciário desde Montesquieu, que é o do equilíbrio associado à ocupação de uma posição de pouca visibilidade pública. À medida em que Moro se converte em figura pública e ponta de lança de um processo de politização/radicalização do país pela via judicial, luzes amarelas emergem sobre a estabilidade institucional da democracia brasileira. Caberá ao guardião supremo da Constituição, o STF, avaliar ou não essa aventura de politização do judiciário que arrisca conduzir o país a uma radicalização política e social aos moldes venezuelanos.

A partir de março de 2016, a Lava Jato passou a mirar no ex-presidente Lula tomando como base duas informações produzidas pela imprensa: a notícia do Jornal "O Globo", publicada em 2010, de acordo com a qual teria ilegalmente recebido de presente um apartamento Tríplex, cuja reforma custara valor superior a um milhão de reais. Esta matéria foi considerada prova documental, sem que houvesse uma perícia -- que foi pedida pelos advogados de Lula e negada por Sérgio Moro. A segunda informação vem de matéria do Jornal a Folha de São Paulo atribuindo a propriedade de um sítio em Atibaia a Lula. Os dois processos basearam-se em parcas evidências probatórias. No que toca o tríplex do Guarujá, tudo o que a Lava Jato tinha era um contrato não assinado e uma delação de uma pessoa presa por mais de um ano. Nada disso impediu Sérgio Moro de condenar o ex-presidente Lula e lhe aplicar uma longa pena, sem se preocupar com a consistência da sentença.

Como a propriedade do tríplex do Guarujá não ficou comprovada, optou-se pela intenção do réu em oculta-la, um raciocínio bem mais

OPERAÇÃO LAVA JATO, JUDICIÁRIO E DEGRADAÇÃO INSTITUCIONAL

adequado aos tribunais da época do nacional socialismo do que à boa tradição do direito empírico anglo-saxão. Na sentença não há qualquer tentativa de traçar uma relação entre atos de ofício ou da presidência ou da Petrobras e os recursos que a princípio seriam de Lula, como a lei exige. Mas a grande pérola da sentença é a admissão pelo juiz de que não houve ato de ofício. Como lhe conveio, ignorou decisão do STF segundo a qual é necessário o ato de ofício para a condenação, e citou jurisprudência norte-americana omitindo o fato de que ela havia sido anulada pela Suprema Corte daquele país.

Assim, ao final do julgamento do ex-presidente Lula, pairava a dúvida se a Lava Jato e as ações da 13ª Vara da Justiça Federal eram um ponto fora da curva no que toca a relação entre sistema jurídico e estado de direito ou se havia de fato uma tentativa sistemática do judiciário de atuar fora da sua tradição em relação a corrupção e, em especial, contra atores políticos da esquerda no Brasil.

O julgamento do recurso impetrado pelo ex-presidente Lula junto ao Tribunal Regional da 4ª região nos ajuda a responder esta questão. Primeiro vale anotar que tal corte que já havia reivindicado padrões de excepcionalidade jurídica para o caso do ex-presidente, algo em si já bastante preocupante. A dimensão mais importante do julgamento foi, contudo, a resposta à indagação sobre a legitimidade das ações do poder judicial no Brasil. O Direito Penal é a joia da coroa do sistema jurídico. É ali, antes de tudo, que se coloca a questão se o sistema de justiça é um instrumento de opressão dos fracos pelos poderosos ou se ele tem a missão de garantir direitos a todos, a despeito de sua posição social ou política. Membros da assim chamada força tarefa da Operação Lava Jato justificaram suas ações por meio do mote "ninguém está acima da lei", mas frequentemente eles revelaram ter concepções bastante primitivas acerca da natureza da lei, não raro identificando suas próprias ações com ela. Como mímicos do velho adágio absolutista, reclamavam "a lei somos nós".

O Brasil é o único país entre as grandes democracias do mundo no qual um juiz pode orientar uma delação premiada contra um réu, instruir um processo e julgá-lo. A delação premiada brasileira está mal inserida em um sistema no qual o réu não pode se submeter ao júri popular ou a um juiz diferente daquele que supervisionou a delação. Ou seja, Sérgio Moro, no caso do ex-presidente Lula, orientou a delação premiada, aceitou a denúncia, reconheceu a posse de um apartamento por meio de ilações e alegou ter fórum para todas essas ações, ainda que o STF só tenha lhe concedido foro sobre as ações ligadas à Petrobras. A despeito de tudo isso, condenou o ex-presidente. E isso depois de ser censurado pelo ex-ministro Teori Zavascki acerca de vazamentos de gravações que contrariam a lei brasileira sobre o assunto, chegando inclusive a mandar gravar conversas dos advogados de defesa do ex-presidente.

Vale a pena utilizar dados comparados para analisarmos que condições levam ao impedimento de um juiz de continuar presidindo um julgamento nos Estados Unidos. O fato do juiz ter conhecimento prévio do caso ou ter atuado de forma ilegal é, em geral, suficiente para impedi-lo de atuar no caso. No caso do julgamento do ex-presidente Lula é interessante que coube ao próprio Sérgio Moro justificar porque continuava sendo um juiz neutro. Diz Moro e aqui cito a sentença do caso: "no entendimento deste julgador, respeitando a parcial censura havida pelo Ministro Teori Zavascki, o problema nos diálogos interceptados não foi o levantamento do sigilo, mas sim o seu conteúdo, que revelava tentativas do ex-presidente Luiz Inácio Lula da Silva de obstruir investigações e a sua intenção de, quando assumisse o cargo de Ministro Chefe da Casa Civil, contra elas atuar com todo o seu poder político".

Analisemos o julgamento proferido pelo ex-ministro Zavascki neste caso para ver se de fato Moro interpreta a censura que recebeu de forma correta. Afirmou Zavascki no ponto 7 da sua decisão: "Ainda mais grave, procedeu a juízos de valor sobre referências e condutas de ocupantes de cargos previstos nos artigos 102 I, b e c". Ou seja, Moro tergiversa em questões processuais e reafirma sua capacidade de interpretar intenções dos ocupantes de cargos depois de um juiz do Supremo Tribunal Federal censurá-lo por isso. Fica a pergunta: se um outro juiz avaliasse esta questão, tal como ocorre na França, na Espanha, na Itália e em Portugal, ele tomaria a mesma decisão? Portanto, esta é a primeira questão que precisa ser examinada pelo TRF-4. Houve ou não um juízo neutro no caso do ex-presidente Lula?

OPERAÇÃO LAVA JATO, JUDICIÁRIO E DEGRADAÇÃO INSTITUCIONAL

Vamos ao primeiro ponto: a ideia de propriedade e os critérios para se provar propriedade. É sabido que o tríplex não está em nome de Lula e que nem ao menos um contrato assinado a Lava Jato conseguiu produzir. Nenhuma testemunha foi produzida, com exceção do infeliz Leo Pinheiro, que teve que amargar um tempo extra na prisão porque poderia dar à Lava Jato o que ela queria. Moro, na sua sentença, considerou provada a propriedade na seguinte passagem, 809 a 811:

> Ainda antes das alegações finais, na petição do evento 730, a Defesa de Luiz Inácio Lula da Silva alegou que haveria prova documental de que o apartamento 164-A, tríplex, no Condomínio Solaris, no Guarujá, não seria de propriedade dele pois teria sido arrolado entre os bens da OAS Empreendimentos no processo de recuperação judicial que tramita perante a 1ª Vara de Falência e Recuperações Judiciais da Justiça Estadual de São Paulo (processo 0018687- 94.2015.8.26.01000). Juntou na oportunidade documentos. 810. Ora, como já adiantado nos itens 304-309, não se está aqui a discutir a titularidade formal do imóvel ou questões de Direito Civil, mas sim crime de corrupção e lavagem de dinheiro, este último pressupondo condutas de dissimulação e ocultação.... Estando o imóvel formalmente em nome da OAS Empreendimentos era de se esperar que fosse arrolado no processo de recuperação judicial da empresa, já que esta é obrigada a indicar todos os seus bens. Isso era ainda mais esperado, considerando que a recuperação judicial foi iniciada em 2015, ou seja, após a prisão cautelar de José Adelmário Pinheiro Filho e depois das divulgações de notícias na imprensa acerca de possíveis crimes envolvendo o apartamento tríplex, quando a transferência formal do imóvel ao ex-Presidente tornou-se algo arriscado [...] Então o argumento da Defesa é absolutamente insubsistente.

Temos duas questões procedimentais para discutir aqui: a primeira é se o direito criminal pode ter regras menos precisas do que o Direito Civil, tal como afirma Sérgio Moro. Esta questão mais uma vez nos remete ao direito comparado. No caso dos Estados Unidos, existe uma distinção clara entre direitos civil e criminal. O Direito Civil opera com a ideia de *preponderance of evidence* (evidências que apontam majoritariamente em uma direção) enquanto o direito criminal opera com o princípio de *beyond reasonable doubt*. Quando analisamos a sentença de Sérgio Moro, baseados neste princípio, percebemos o absurdo lógico que a estrutura. O que Moro afirma na sentença do tríplex é basicamente o seguinte: como o caso diz respeito ao direito criminal, me eximo de ter que apresentar evidências relacionadas ao direito de propriedade que reside no campo civil. A afirmação de Moro poderia ainda fazer sentido se ele tivesse evidências preponderantes ou além da dúvida razoável no caso criminal. Sabemos que ele não as tem, já que a única coisa que apresentou foi o testemunho de uma pessoa coagida a depor depois de ser presa, o que mais uma vez é terminantemente proibido em diversos países. Temos aqui o segundo problema procedimental que esperamos que o TRF-4 de Curitiba trate.

É possível que o Direito Penal não se submeta a nenhum critério razoável de prova. Nesse caso, vale a pena observar que já houve um caso criminal relativo a propriedade no TRF-4 que envolve uma pessoa das relações pessoais de Sérgio Moro, Carlos Zucolato Jr.[1] Neste processo de execução criminal devido a dívida fiscal, a sentença do TRF-4 é clara: "O titular do direito de propriedade é aquele em cujo nome está transcrita a propriedade imobiliária". Esta é a jurisprudência do TRF-4 até o dia de hoje. Ou seja, no caso da propriedade do tríplex do Guarujá temos as seguintes excrecências jurídicas: duas varas declaram a propriedade do tríplex de forma diferente (já que ele está sendo executado como propriedade da OAS na 2ª vara de execução de títulos em Brasília), e o TRF-4 declara jurisprudência que vale apenas para um caso, somente para seguir uma sentença sem fundamento da primeira instância.

Por fim, temos o terceiro aspecto que é a relação entre Lula e a OAS, o chamado ato de ofício. Ainda que Moro e o Ministério Público tivessem conseguido provar a propriedade do tríplex (e eles não conseguiram

---

[1] As relações obscuras da Lava Jato quando forem investigadas por historiadores passarão pelos membros desta família que foram denunciados por um advogado espanhol como tendo pedido dinheiro para melhorar as condições de uma delação premiada. É sabido que a Lava Jato exige a mudança de advogado daqueles que optam pela delação premiada e que alguns advogados receberam valores exorbitantes legalizados pelo juiz, como foi o caso da advogada Beatriz Catta Preta ou caixa preta que deixou o Brasil às pressas.

pelo menos de acordo com a jurisprudência válida no TRF-4 até hoje dia 23 de janeiro de 2018), ainda assim, eles teriam de acordo com o Direito Penal brasileiro que mostrar o assim chamado ato de ofício. A lei brasileira é clara em relação a este ponto que foi discutido pelo STF no momento em que examinou a ação do MP contra o ex-presidente Fernando Collor de Melo. Naquela ocasião, o tribunal estabeleceu uma jurisprudência válida até hoje segundo a qual "para a configuração do artigo 317, do Código Penal, a atividade visada pelo suborno há de encontrar-se abrangida nas atribuições ou na competência do funcionário que a realizou ou se comprometeu a realiza-la, ou que, ao menos, se encontre numa relação funcional imediata com o desempenho do respectivo cargo, assim acontecendo sempre que a realização do ato subornado caiba no âmbito dos poderes de fato inerente ao exercício do cargo do agente". Sérgio Moro na sua sentença contra Lula tentou romper com este princípio. Segundo Moro,

> Poder-se-ia ainda cogitar, nestes autos, de ato de ofício ilegal consistente na alteração do procedimento da Petrobras, uma vez que esta começou, por solicitação de José Adelmário Pinheiro Filho junto ao Governo Federal, a convidar a Construtora OAS para grandes obras, mas não restou demonstrado que a alteração dessa praxe, embora motivada pelas propinas, se fez com infração da Lei n. 890. Mesmo na perspectiva do ex-Presidente Luiz Inácio Lula da Silva, a indicação por ele dos Diretores da Petrobras que se envolveram nos crimes de corrupção, como Paulo Roberto Costa e Renato de Souza Duque e a sua manutenção no cargo, mesmo ciente de seu envolvimento na arrecadação de propinas, o que é conclusão natural por ser também um dos beneficiários dos acertos de corrupção, representa a prática de atos de ofícios em infração da lei. É certo que, provavelmente, o ex-Presidente Luiz Inácio Lula da Silva não tinha conhecimento de detalhes e nem se envolvia diretamente nos acertos e arrecadação de valores, pois tinha subordinados para tanto, mas tendo sido beneficiado materialmente de parte de propina decorrentes de acerto de corrupção em contratos da Petrobras, ainda que através de uma conta geral de propinas, não tem como negar conhecimento do esquema criminoso.

Sérgio Moro faz duas alegações em relação à chamada presença de atos de ofício. Em primeiro lugar, ele questiona a jurisprudência vigente no país que ele diz não conclusiva apesar da decisão do STF dos anos 1990. Em seguida, reconhece que não existiu por parte do ex-presidente ato de ofício. Em terceiro lugar, Moro tenta se basear na jurisprudência internacional, em especial, na norte-americana quando afirma no parágrafo 865 da sentença que:

> Basta para a configuração que os pagamentos sejam realizados em razão do cargo ainda que em troca de atos de ofício indeterminados, a serem praticados assim que as oportunidades apareçam. Citando Direito Comparado, "é suficiente que o agente público entenda que dele ou dela era esperado que exercitasse alguma influência em favor do pagador assim que as oportunidades surgissem" ("US v. DiMasi", n. 11-2163, 1st Cir. 2013, no mesmo sentido, v.g., "US v. Abbey", 6th Cir. 2009, "US v. Terry", 6th Cir. 2013, "US v. Jefferson", 4th Cir. 2012, todos de Cortes de Apelação Federais dos Estados Unidos).

Moro afirma corretamente que todos estes casos foram decididos por tribunais de apelação (segunda instância) nos Estados Unidos. O que ele se esqueceu de afirmar é que a Suprema Corte invalidou todos eles, ao estabelecer uma nova jurisprudência no recurso impetrado pelo ex-governador da Virgínia Robert F. McDonnell. Neste caso, decidido por unanimidade, a Suprema Corte reafirma a necessidade de ato de ofício, como mostra citação de seu presidente, juiz Roberts:

> Se o tribunal de primeira instância determinar que existe suficiente evidência para um júri condenar o Governador McDonnell de cometer ou concordar em cometer um 'ato de ofício', seu caso deve passar por um novo julgamento... Se o tribunal determinar que a evidência [de ato de ofício] é insuficiente, a acusação tem que ser retirada.

Ou seja, a Suprema Corte dos Estados Unidos ordenou que os tribunais inferiores fizessem o que Sérgio Moro não fez. Mais uma vez se vê no caso brasileiro um Supremo Tribunal incapaz de estabelecer diretrizes para o sistema de justiça e de cumprir seu papel precípuo que é a defesa do sistema de direitos.

Chegamos, assim, ao cerne do julgamento do ex-presidente Lula pelo TRF-4. Tínhamos três fortes suspeições pesando sobre a sentença: a primeira é sobre a neutralidade do juiz. Coube ao próprio juiz arguir sua neutralidade e interpretar a censura que recebeu do ex-ministro do STF, Teori Zavaski. Não houve qualquer tipo de revisão das decisões de Sérgio Moro por outro juiz, como ocorre na Europa e nos EUA. O segundo problema com a sentença é a banalização do Direito Penal e uma negação de qualquer princípio do Direito Civil. O ex-presidente Lula não só não tem a propriedade, como não esteve, não morou e não usufruiu do bem. Mesmo se a condição fosse o imóvel estar sob a tutela da OAS, esta condição não se cumpre quando ele é executado pela vara de execução fiscal de Brasília. Como diz um articulista no jornal New York Times "a evidência contra o Sr. da Silva está muito abaixo dos padrões que seriam levados a sério, por exemplo, no sistema judicial dos Estados Unidos". Por fim, temos o problema do ato de ofício, mais uma vez negado por Sérgio Moro, e que é condição necessária na maior parte dos sistema judiciários de democracias liberais.

Enganam-se aqueles que acreditam que Sérgio Moro e a Lava Jato colocarão o Brasil em alguma lista seleta de países onde impera a justiça e a democracia. Se o colocarem será no rol dos países que têm um judiciário engajado politicamente, que não têm instituições que sustentem um estado de direito suficientemente forte e que tem um Supremo Tribunal omisso em relação ao direito de defesa. Mais do que o ex-presidente Lula, quem está sob julgamento hoje é o sistema de justiça no Brasil, que permitiu as fortes violações do Direito Penal perpetradas pelo juiz Sérgio Moro.

A sentença do TRF-4 jogou por terra todas as esperanças daqueles que acreditavam que a instância revisora adotaria alguma compatibilização entre a Lava Jato e o estado de direito. Infelizmente, descobrimos no dia 24 de janeiro de 2018, que Moro é um juiz criterioso comparado a seus superiores hierárquicos do TRF-4. Todos os recursos da defesa foram descartados pelo tribunal com a frase "não foi cerceado o direito de defesa". O que o TRF-4 fez foi uma defesa ideológica da Operação Lava Jato que se colocou acima da defesa do estado de direito ou dos princípios do código penal. Ainda mais grave, o tribunal se juntou àqueles que atacam o sistema político com acusações banais e pouco fundamentadas ao presidencialismo de coalizão que justificaram um aumento da pena imposta ao ex-presidente.

Temos o fechamento de um círculo no que toca a relação entre a Lava Jato e as instituições políticas. A operação começa agindo contra a corrupção e rapidamente se transforma em um instrumento ad hoc de redesenho do sistema político e do estado de direito no Brasil. Ela reforça um "pretorianismo jurídico" sobre as instituições políticas que já vinha se configurando desde 2012 e o estende na medida em que consegue apoio midiático e das ruas para redesenhar toda a organização institucional do país. Ela o faz inviabilizando a nomeação de Lula como ministro da Casa Civil e segue com uma reformatação do sistema de Direito Penal a partir de preocupações particularistas ou de singularização de crimes de corrupção cometidos pelo campo de esquerda.

Não há como negar o papel fundamentalmente político e anti-institucional da Operação Lava Jato. A reformatação da vida institucional e da relação entre poder judicial e sistema político é necessária, mas ela não pode ser produzida pela violação dos princípios mais básicos do direito democrático liberal.

JUDICIÁRIO E CRISE POLÍTICA NO BRASIL HOJE: DO MENSALÃO À LAVA JATO

FERNANDO FONTAINHA
AMANDA EVELYN CAVALCANTI DE LIMA

INTRODUÇÃO

A mudança de governo marcada pelo *impeachment* de Dilma Rousseff em 2016 pôs fim a mais de dez anos de presidência da república do Partido dos Trabalhadores no Brasil. Desde o escândalo político conhecido como "Mensalão", o combate à corrupção tornou-se uma bandeira em torno da qual se juntam interesses de forças judiciárias, políticas e midiáticas e serviu de mote para o enfraquecimento da coalizão que mantinha o PT no poder. Ainda assim, o "Mensalão" não impediu a reeleição de Lula em 2006. Seu julgamento no Supremo Tribunal Federal – que teve como resultado a prisão de várias lideranças do PT – não impediu Lula de eleger sua sucessora em 2010. Embora com resultado pouco favorável, o escândalo do "Petrolão" não impediu a reeleição de Roussef em 2014. No entanto, seu governo não resistiu à dita "operação Lava Jato", cujos processos tramitam, em parte, na 13ª Vara Criminal da Justiça Federal de Curitiba, na vara especializada em crimes contra o Sistema Financeiro Nacional e presidida pelo juiz federal

Sérgio Moro. No Supremo Tribunal Federal, o processo é relatado pelo Ministro Luiz Edson Fachin[1], uma vez que certos réus possuem foro privilegiado.

É preciso tornar evidente que o afastamento efetivo da presidenta Dilma Roussef não se deu por uma decisão judicial. A corrosão das bases parlamentares do governo fez com que ela perdesse, por maioria absoluta, duas votações estratégicas: uma na Câmara dos Deputados (abril de 2016), e outra no Senado Federal (agosto de 2016). O pretexto para seu pedido de *impeachment* tampouco diz respeito ao escândalo dito do "Petrolão". Foram invocadas, à titulo da prática de crime de responsabilidade, operações de crédito supostamente não autorizadas pelo parlamento. Aos julgamentos políticos de Dilma, tanto na câmara como no senado, não faltaram juristas dos dois lados como protagonistas da construção argumentativa, pró e contra o governo. Ainda assim, foi o enquadramento jurídico da prática de crime de responsabilidade o pilar narrativo para a defesa política de Dilma: "*impeachment* sem crime de responsabilidade é golpe".

O processo de *impeachment* alçou o envolvimento de corporações jurídicas e jornalísticas nos processos políticos ao patamar de problema público. A principal questão parece ser a pouca *accountability* que tanto corporações jurídicas quanto as jornalísticas possuem já que o controle democrático exercido sobre elas é pouco ou nenhum. O objetivo deste artigo é demonstrar como novos incidentes jurídico-políticos têm se posto em marcha, articulando tribunais e grande imprensa, com duas lógicas paralelas, mas que se ratificam mutuamente: (1) decisões em processos individuais catalisadoras de profundo impacto político e (2) a postulação de uma autonomia relativa destas decisões "jurídicas" em relação ao "político".

Entende-se aqui por *incidentes político-jurídicos* certos atos praticados por profissionais do Direito, combinando elementos intra e extra técnico-

---

[1] O Ministro Luiz Edson Fachin tornou-se responsável pelos processos que envolviam a Lava Jato depois da morte do Ministro Teori Zavascki, devida a um acidente aéreo em janeiro de 2017.

processuais. Nosso argumento é o de que a *análise incidental* – focada nestes atos-momento – pode fornecer bases empíricas frutíferas para uma sociologia política do papel do sistema de justiça na atual crise brasileira. Podem ser citados entre esses incidentes o instituto da colaboração premiada combinado com vazamentos à imprensa, a condução coercitiva combinada com a midiatização do cumprimento dos mandados, ou o oferecimento de denúncia criminal combinada com coletiva de imprensa. Esses dispositivos são político-jurídicos pois, ainda que institutos processuais em sua maioria, têm sido utilizados em associação a ações de cunho claramente político e em processos que envolvem escândalos políticos. Sua utilização é também evidência daquilo que se chamará aqui de "parábola judiciária brasileira", que nada mais é que a expressão da convergência de variáveis sociais, políticas e históricas na produção de atores e instituições jurídicas radicalmente motivadas.

A parábola judiciária brasileira é inspirada na "parábola judiciária italiana" formulada por Antoine Vauchez[2] e que vai de 1960 a 2000 e tem sua expressão mais acabada entre 1992 – início da "Mãos Limpas" – e 2002 – aniversário de 10 anos da operação. A "Mãos Limpas" tornou mais evidente a existência de uma versão unificadora do corpo jurídico que elevou ao patamar de problema público o relacionamento antes existente entre Direito e Política na Itália[3].

O marco inicial da parábola judiciária brasileira foi o uso da chamada "teoria do domínio do fato" no escândalo do "Mensalão", incidente jurídico-político de notável impacto no cenário político brasileiro. Inovação trazida por Joaquim Barbosa, então ministro do Supremo Tribunal Federal e relator do caso, esta teoria fundamentou a prisão de várias lideranças do PT com base na presunção de que, pela posição que ocupavam, comandavam importantes esquemas de distribuição de propinas a parlamentares da base aliada. Neste artigo,

---

[2] VAUCHEZ, A. *L'institution judiciaire remotivée*: Le processus d'institutionnalisation d'une "nouvelle justice" en Italie (1960-2000). Paris: LGDJ, 2004.

[3] VAUCHEZ, A. "Justice et politique. Quelques leçons tirées de la 'parabole judiciaire' italienne". *Pouvoirs*, n. 103, pp. 93–104, 2002; *L'institution judiciaire remotivée*: Le processus d'institutionnalisation

trataremos também de outros dois incidentes jurídico-políticos, desenvolvidos por outros dois atores. Primeiro, Sérgio Moro, juiz responsável pela operação dita "Lava Jato", e pela combinação estratégica da prisão preventiva, da delação premiada, e de divulgação de elementos do processo para a imprensa. Em segundo lugar, Gilmar Mendes, ministro do Supremo Tribunal, relator do pedido de anulação da nomeação de Lula como Ministro do governo Dilma, e autor da "técnica" da conferência de imprensa, bem como da tese do "desvio de finalidade".

Daremos estes três exemplos para, em seguida, refletir como as ciências sociais estão ainda muito atrás da complexidade do fenômeno representado pelo papel dos juristas na atual crise política. Todos estes dispositivos jurídico-políticos convergem ao afirmar a tradição inquisitorial e reivindicar um direito repressivo, em nome do combate à corrupção e da moralidade pública. A reconstrução de agendas de pesquisa urge no nosso campo de estudos. A atual crise representa que os paradigmas sobre os quais temos nos debruçado nos últimos 30 anos se romperam? Ou, por outro lado, explicita dimensões mais profundas do nosso objeto de pesquisa, até então desconhecidas por nós? Apegados à segunda hipótese, seguimos.

JOAQUIM BARBOSA E A TEORIA DO DOMÍNIO DO FATO

Antes de propor uma análise dos três usos de incidentes político-jurídicos, será feita uma breve introdução sobre as expectativas que cercam os trabalhos dos profissionais do Direito. Esta introdução visa mapear possibilidades interpretativas da parábola judiciária brasileira que se inicia no Mensalão e tem sua versão mais acabada na Lava Jato.

Diante do profundo quadro de crise que vivemos, é comum que essas expectativas cresçam. Elas são resultado de duas construções normativas sobre o sistema de justiça. Uma primeira diz respeito à concepção de que os membros do mundo do Direito são seres afastados das paixões e contingências típicas da luta política. Nesta visão, espera-se que a orientação de suas decisões se restrinja às leis, que teriam uma interpretação uniforme e justa. As leis, então, não sofreriam influência das contingências, assim como os seus profissionais. Elas não possuiriam existência fora dos livros. Essa construção normativa refletiu-se, entre outras coisas, na restrição legal do exercício da política por magistrados. Eles não podem ser filiados a partidos políticos, não podem se sindicalizar e também não podem dar declarações públicas sobre processos sob sua responsabilidade. Estas regras visam proteger os cidadãos e garantir a maior objetividade possível no exercício da justiça.

A segunda construção normativa é aquela que dilata a importância das contingências no trabalho dos profissionais da justiça. As decisões e as leis não podem ser estáticas, mas devem ser adaptadas às situações e buscar especialmente atender às demandas por justiça, independentemente daquilo que está já positivado nos códigos. Nesta visão, os profissionais da justiça precisam ser sensíveis aos contextos e buscar com suas ações aproximar a sociedade de um ideal de justiça que não está, ainda, nos livros. Esta visão se expressa através de um catecismo judiciário que se desenvolve a partir das ideias de ativismo profissional e que parecem ter como resultados tanto teorias alternativas do Direito quanto o uso pouco ortodoxo de institutos processuais em casos que envolvem escândalos políticos[4].

Nesse sentido, a dita "Lava Jato" deveria ir além da punição dos eventuais culpados em um caso de corrupção. Ela deveria fornecer à sociedade a radiografia fina de práticas que comprometem nossas instituições. Com base nela, poderíamos ter a chance de conhecer a chave para transformar diversos aspectos da nossa sociedade. Ambos os níveis de expectativas podem parecer evidentes e condizentes com a organização do nosso sistema de justiça, mas nos parecem ideais inalcançáveis e que ignoram diversos aspectos sobre o Poder Judiciário que o desenvolvimento de uma Sociologia Política do Direito tem tentado tornar evidentes, quais sejam 1) a relação entre as elites jurídicas e políticas, 2) dinâmica e atuação das corporações de juristas e 3) usos e mobilizações políticas do Direito[5]. Espera-se, a partir da análise dos incidentes político-jurídicos, evidenciar

---

[4] ENGELMANN, F. "Julgar a política, condenar a democracia? Justiça e crise política no Brasil". *Conjuntura Austral*, vol. 7, pp. 09-16, 2016; VAUCHEZ, A. *L'institution judiciaire remotivée*: Le processus d'institutionnalisation d'une "nouvelle justice" en Italie (1960-2000). Paris: LGDJ, 2004.

[5] FONTAINHA, F. C.; OLIVEIRA, F. L.; VERONESE, A. "Por uma Sociologia Política do Direito no Brasil". *Contemporânea: revista de sociologia da UFSCar*, vol. 5, pp. 29-47, 2017

como as fronteiras entre responsabilidades profissionais e compromissos políticos tornam-se ambivalentes em casos que envolvem políticos.

O primeiro incidente aqui analisado é o uso da Teoria do Domínio do Fato no caso "Mensalão" pelo relator do processo, Joaquim Barbosa. Conforme já explicado, esta teoria fundamentou a prisão de várias lideranças do PT acusadas no processo porque permite a interpretação de que, pela posição que tinham na organização partidária, ocupavam também posição privilegiada no esquema de distribuição de propinas que visava manter o apoio de parlamentares ao governo, sendo razoável a presunção de que sabiam e ao menos endossavam o esquema.

O uso da teoria gerou intenso debate já que foi utilizada pela primeira vez no ordenamento pátrio em um escândalo que envolvia políticos que faziam parte do partido que estava no poder. Na denúncia, o uso da teoria é sugerido pelas expressões "domínio funcional" e "domínio dos destinos". Na relatoria apresentada por Joaquim Barbosa, há a citação "domínio do fato", mas não há uma elaboração teórica sobre como a teoria se aplicaria ao caso. A teoria é mobilizada muito mais nos debates no plenário do Supremo que nos documentos relacionados ao caso. Depois do julgamento, a aplicação da teoria foi alvo de críticas, inclusive de um de seus aperfeiçoadores, o jurista alemão Claus Roxin.[6]

Na sua crítica, Roxin mobiliza o que chama de publicidade opressiva do julgamento, que seria o excesso de publicidade dada ao caso. Isso faria com que o caso mobilizasse a opinião pública[7], isto é, que o Mensalão deixasse de ser um problema essencialmente jurídico e passasse a ser um problema público. Dessa maneira, a aplicação da teoria do domínio do fato inaugura o que aqui chamamos de parábola judiciária brasileira, caracterizada pelo uso de incidentes políticos-jurídicos, por inovações processuais e ampla publicidade dos processos judiciais que envolvem escândalos políticos. A

---

[6] Participação no comando de esquema tem de ser provada. Disponível em: http://www1.folha.uol.com.br/fsp/poder/77459-participacao-no-comando-de-esquema-tem-de-ser-provada.shtml. Acesso em: 12 dez 2017.

[7] Marcelo Odebrecht, um dos investigados da Lava Jato, também afirmou estar sofrendo com publicidade opressiva em carta escrita para o juiz Sérgio Moro. Disponível em: https://veja.abril.com.br/politica/marcelo-odebrecht-contesta-Lava Jato-e-diz-ser-alvo-de-publicidade-opressiva/. Acesso em: 12 dez 2017.

parábola encontra na Lava Jato sua versão mais acabada e por isso, seguimos a dois exemplos de incidentes relacionados a ela.

SÉRGIO MORO E O LEVANTAMENTO DE SIGILO

Na parábola judiciária brasileira, todas as expectativas relativas ao Poder Judiciário recaíram, entre outros, sobre Sérgio Moro. Enquanto titular da 13ª Vara Criminal de Curitiba e, portanto, julgador de parte dos processos da Lava Jato, suas ações são consideradas de interesse público e seguidas com atenção, recebendo tanto apoio quanto críticas. Ele é, provavelmente, o brasileiro que mais teve em suas mãos concentrada a oportunidade de elevar a versão do combate à corrupção e da moralização da política à posição imagem dominante do judiciário. Sua atuação poderia também ajudar a desnudar o conjunto de práticas ilegais que parecem balizar as relações entre o poder público e empresas privadas há muito tempo.

Sérgio Moro, num primeiro olhar, parecia um juiz aguerrido, enérgico e criativo. A principal inspiração de seu trabalho na Lava Jato é a operação italiana "Mãos Limpas", que investigou esquemas de propinas em Milão nos anos 1990. A "Mãos Limpas" influencia o juiz em dois sentidos. O primeiro tem relação com uma visão de boa vida que busca afastar a corrupção da sociedade. O dever moral deste afastamento recai sobre os operadores da justiça, que buscam o apoio da sociedade para realizá-lo. O segundo sentido é o de efetivar o que a "Mãos Limpas" não conseguiu, ou seja, o constrangimento dos poderes legislativo e executivo, impedindo-os de diminuir as prerrogativas dos membros do judiciário. Realizados esses dois sentidos, haveria um efeito pedagógico do processo que impediria que a sociedade reconduzisse ao poder aqueles que fossem corruptos.

Ainda que a sociedade faça parte do processo, o protagonismo é do juiz. É o ele que deve ser sensível à "voz das ruas" e, para atender aos seus pedidos, pode ser criativo. Criatividade esta que é demonstrada no caso de Moro na adoção do que aqui chamamos de incidentes político-jurídicos. Entre eles, a homologação dos acordos de delações premiadas, a autorização para conduções coercitivas, a emissão de notas públicas enaltecedoras e as manifestações pessoais nos processos.

A questão que se coloca é a existência de um limite entre a sensibilidade do juiz e sua atenção aos clamores públicos e a possibilidade de erro judiciário. Embora remédios pouco ortodoxos possam ter efeitos iniciais interessantes, podem também ter como resultado nulidades no processo criminal que, nas suas fases superiores, tragam a absolvição de corruptos, uma vez comprometida a instrução criminal.

O levantamento do sigilo de uma conversa entre os ex-presidentes Luiz Inácio Lula da Silva e Dilma Rousseff em 16 de março de 2016 foi o episódio da Lava Jato até o momento que fez com que o limite exposto acima ficasse ainda mais nebuloso. Após o levantamento do sigilo, o áudio da conversa, em que Dilma convoca Lula para assumir um ministério no seu governo, foi divulgado por diversos veículos da grande imprensa brasileira, junto com a justificativa de Moro. Ele afirmou que era importante que o povo brasileiro tivesse conhecimento do que "a classe política faz nas sombras". Sua "tese" era a de que a nomeação de Lula o imunizaria do julgamento na primeira instância, uma vez que transferiria a competência criminal para o Supremo Tribunal.

O levantamento do sigilo agravou ainda mais a crise que vivia o Governo Federal e fortaleceu o movimento pelo *impeachment* de Dilma. Se Sérgio Moro cometeu crime ao divulgar trechos de conversas telefônicas fora do escopo de sua própria competência, constitui controvérsia ainda não resolvida, ainda que sua postura tenha sido questionada pelo Supremo Tribunal Federal e pelo Conselho Nacional de Justiça. No entanto, ainda que a ação de Moro tenha sido jurídica, sua consequência foi política e de grande impacto. O que causa estranhamento é também a justificativa dada. Ela não é essencialmente jurídica, mas se refere ao ideal de que o juiz possui autoridade moral para decidir o que deve ou não ser de conhecimento da sociedade, independentemente das consequências possíveis e enquadramentos legais.

Essa justificativa desloca do político – aqui no sentido mais abrangente de *público* – para o jurídico a autoridade moral sobre o que deve ser a boa vida. Uma autoridade moral que seria exercida com pouco ou nenhuma *accountability*, essencial até mesmo nos conceitos mais minimalistas de democracia. Mas não é só na primeira instância que incidentes político-jurídicos têm sido colocados em ação. As ações de Gilmar Mendes também foram questionadas por apoiadores e críticos da Lava Jato, como se verá a seguir.

GILMAR MENDES E O DESVIO DE FINALIDADE POLÍTICA

Nos dias 13 de março e 20 de março de 2016, manifestações a favor e contra o governo, aconteceram em todo o Brasil. A polarização era evidente, não havia consenso nas ruas, mas o exercício coletivo da liberdade de expressão foi garantido. Entre elas, ocorreram outros eventos dignos de nota. O levantamento do sigilo da conversa entre Dilma e Lula no dia 16 de março, sua publicização, e a concessão de uma liminar anulando a nomeação de Lula para o posto de Ministro Chefe da Casa Civil no dia 18 de março de 2016, concedida pelo Ministro do Supremo Tribunal Federal, Gilmar Mendes. A consequência imediata desse ato foi a devolução da competência para julgar Lula a Sérgio Moro.

É inquestionável a competência de Gilmar Mendes no que toca a concessão da liminar, medida que a lei processual brasileira prevê para casos onde (1) não haja controvérsia jurídica relevante e (2) a demora no cumprimento da decisão possa comprometer o julgamento final. Evidenciamos então a enorme responsabilidade do Ministro na ação, sobretudo em matéria penal. A liminar foi dada monocraticamente, ou seja, somente por Gilmar Mendes, e só seria julgada pelo plenário em duas semanas. Até lá, vigeu a decisão de Gilmar Mendes. Posteriormente, como sabemos, o plenário confirmou sua decisão liminar que, com a destituição de Dilma, perdeu o objeto.

A decisão de Gilmar pôs fim à guerra de liminares dadas ou negadas em ações populares em todo o Brasil, por juízes de primeira instância, cassadas posteriormente pelos Tribunais Regionais Federais. O caso mais emblemático foi a liminar do juiz federal do Distrito Federal, Catta Preta, cassada pela instância superior por carência de imparcialidade do magistrado. Para evitar controvérsia, Gilmar Mendes poderia ter aguardado o julgamento colegiado do STF, mas preferiu agir monocraticamente.

Gilmar Mendes fez isso porque possui notórias ligações com o PSDB, partido de oposição ao governo de Dilma, e com o ex-presidente Fernando Henrique Cardoso, que o indicou ao STF? Não. Dias Toffoli, outro ministro do STF, possui ligações similares com o PT e Lula, que o indicou. Marco Aurélio, um terceiro ministro, é primo do ex-presidente Collor, que o indicou. Este é o sistema constitucional de composição do STF. No nosso sistema, o Presidente da República indica e o Senado confirma.

Mas como a constituição protege os cidadãos de um tribunal composto em sua maioria por magistrados indicados por governos de um partido, especialmente cidadãos que não são membros desse partido? Justamente desenhando uma corte que é ao mesmo tempo política e jurídica. Concedendo aos seus integrantes enorme poder político, mas a eles impondo as obrigações funcionais típicas de um juiz. Aqui cito apenas duas das mais importantes: o dever de reserva e o dever de fundamentação.

Por dever de reserva se entende que a decisão judicial somente possui validade se proferida sem prejulgamento. Por isto os juízes são proibidos de julgar seus parentes e amigos. Os juízes são igualmente vedados de se manifestar publicamente sobre casos concretos sob sua responsabilidade, ou que possam vir a ser julgados por eles. Isto apenas não impede que Mendes julgue como um opositor, ou que Toffoli julgue como um governista. Mas impediria que eles julgassem controvérsias de fundo político sobre as quais tenham se manifestado anteriormente. Para qualquer juiz, se trata de uma obrigação funcional. Para os ministros do STF, trata-se também de tentar evitar a associação de suas ações com interesses políticos específicos.

Ao lado do dever de reserva, temos o dever de fundamentação. Isto significa que a decisão de um juiz só é válida se fundamentada juridicamente. Isto protege o cidadão ao impor ônus importante ao juiz que queira, com sua decisão, beneficiar um lado da luta política: só pode fazê-lo se houver suporte jurídico para tanto. Esta obrigação não pesa sobre políticos, mas pesa sobre Mendes e todos os demais juízes brasileiros. No entanto, para todos os demais juízes brasileiros, se trata de uma obrigação funcional. Para Gilmar Mendes e os demais Ministros do Supremo, operadores jurídicos e políticos, se trata igualmente de tentar evitar a associação de suas ações com interesses políticos específicos.

Mendes rompeu seu dever de fundamentação? Não. Sua liminar de 18 de março é juridicamente fundamentada. Ainda assim, é possível a qualquer cidadão brasileiro discordar da fundamentação, mas não reformar a liminar. A reforma é dever do STF, que só se reuniu tempos depois. É o tempo da justiça. Tempo este que deveria ter sido respeitado por Mendes. Os dois pontos essenciais da fundamentação sua decisão são: (1) afirmar a desnecessidade de avaliação da legalidade das escutas de Sérgio Moro e (2) considerar pronunciamentos públicos de Dilma após a veiculação das escutas como confissão de culpa.

Nosso ponto: sobre dois temas no mínimo muito controversos, não pode a fumaça do bom Direito ter pairado no gabinete de Gilmar Mendes. Por fumaça do bom Direito (do brocardo latino *fumus boni iuris*) se entende o sinal, a aparência de inconteste questão jurídica, um dos requisitos da antecipação dos efeitos de uma decisão judicial. Isto somente pode se dar em casos excepcionais, pois em regra se deve obedecer a princípios como o da ampla defesa, o do contraditório e o do devido processo legal. No caso em tela, Mendes não ouviu a defesa de Dilma.

Aqui não é tão grave o conteúdo da fundamentação de Mendes, mas suas consequências. O instrumento utilizado, a liminar, tinha efeitos imediatos e sua contestação pelo plenário, ocorreria tempos depois. Além do *timing*, há ainda que se falar do dever de reserva.

No dia 16 de março, dois dias antes da concessão da liminar, Mendes concedeu entrevista coletiva opinando pela falta de juridicidade da nomeação de Lula, comparando-a à nomeação de um empreiteiro preso para um ministério. Mesmo tendo explicitamente antecipado seu julgamento, não se deu por suspeito e concedeu a liminar. Se Mendes fosse membro do parlamento e não tivesse que obedecer ao dever de reserva, não haveria qualquer problema em sua ação, mas não é o caso. O incidente jurídico-político que permitiu a ele se manifestar publicamente sobre caso que depois efetivamente julgou é complexo, mas não é de todo uma inovação.

Há tempos que o Supremo brasileiro vem redefinindo a publicidade de seus julgados. Por aqui, não apenas os ministros deliberam publicamente, como suas falas são televisionadas em canal aberto, muitas carregadas em sites de mídia como o YouTube. Assim, basta que, durante o julgamento de um outro caso qualquer, um ministro se manifeste sobre questão conexa, mas que diga respeito a assunto de grande repercussão no momento. Feito isto, está construído o equivalente funcional da "fala nos autos" do processo. Ato contínuo, esta fala pode ser reproduzida publicamente. Formalmente está resolvido o problema da ruptura do dever funcional. E, formalmente, os problemas político-jurídicos vão se resolvendo e se complicando ao mesmo tempo.

CONCLUSÃO: O JULGAMENTO DE LULA E O DIREITO BRASILEIRO

No curto prazo, em primeiro lugar, o julgamento de Lula é uma catástrofe sem precedentes na história política brasileira. Isto porque uma de suas principais consequências é impedir uma possível vitória eleitoral de Lula em 2018. Por outro lado, é igualmente catastrófica pois outra de suas principais consequências é impedir uma possível derrota eleitoral de Lula em 2018. Meu ponto é que no curso prazo é grande o risco de o eleitor brasileiro, legítimo julgador da política, seja usurpado de seu direito soberano de julgar Lula.

No curto prazo, em segundo lugar, o julgamento de Lula é uma catástrofe sem precedentes na história política brasileira. Isto porque importa na persistência de uma narrativa da corrupção no Brasil onde agentes públicos achacam empreendedores, deixando-os sem alternativa no seu fito de contratar com a administração pública. Fica, num curto prazo, enterrada a possibilidade de se compreender a corrupção no Brasil como a narrativa segundo a qual a formação dos grandes cartéis corporativos passa por sofisticadas formas de cooptação dos agentes políticos. Ou, até, uma complexa trama de cooperação entre ambos. Com ela fica também enterrada a possibilidade de incremento compreensivo acerca da corrupção, e comprometidas as práticas de combate a ela.

No curto prazo, em terceiro lugar, o julgamento de Lula é uma catástrofe sem precedentes na história política brasileira. Isto porque fica validada a versão de "faxineiro moral" que têm reivindicado para si boa parte do sistema de justiça brasileiro, de forma mais organizada desde o julgamento do mensalão. Consagra-se o estado policial vitorioso na sua luta contra o estado garantista. Que fique claro que não se trata de uma disputa doutrinária ou ideológica entre acadêmicos criminalistas. Se trata aqui de, ancorada na ideologia de combate à corrupção, legitimação de novas práticas jurídico-políticas, nocivas ao casamento da democracia com o estado de direito. Práticas como o uso polêmico da teoria do domínio do fato, a combinação da prisão preventiva com a delação premiada, os vazamentos seletivos de material probante, a espetacularização das operações de cumprimento de mandados, as coletivas e notas à imprensa, os descompensados *posts* em redes sociais.

No curto prazo, por fim – e por ora –, o julgamento de Lula é uma catástrofe sem precedentes na história política brasileira. Isto porque valida uma relação que se vem construindo entre o sistema de justiça e os poderes Legislativo e Executivo: a troca de vantagens de curto prazo (4 anos de mandato) por vantagens de longo prazo (o tempo de uma carreira). Se de um lado se investe na domesticação de corporações de burocratas do sistema de justiça, dando-lhes autonomia em sacrifício à independência, de outro se acumulou um rol de ganhos financeiros e um repertório de privilégios sem paralelo no ocidente, mediante sofisticadas arquiteturas de lobby político corporativo.

Entretanto, o curto prazo é lugar reservado à esta nova geração que pede passagem. E vai passar. Os heróis de ocasião do sistema de justiça, como Protógenes, De Sanctis ou Joaquim Barbosa, serão elevados e depois esquecidos pela grande imprensa, como os *hits* de carnaval ano após ano. É num outro prazo, mais alargado, que podem ser feitas projeções um pouco mais significativas.

No prazo mais alargado, está colocada a perspectiva de uma pedagogia política de desencantamento com as potencialidades interventivas do sistema de justiça. O paroxismo das ideias de judicialização e ativismo judicial já foi devidamente recebido e tratado pelos pesquisadores da área. O sistema político também já está alerta. Quero aqui exprimir que o julgamento de Lula pode ser a síntese da experiência que vem fazendo a cidadania com o sistema de justiça pós-88. Ele sintetiza intervenções no mercado, na política, na vida cotidiana, nas políticas públicas, práticas de governança e até orçamentos públicos.

Está colocado o início deste processo de desencantamento, de forma mais generalizada e capilarizada.

No que toca mais especificamente a relação entre os sistemas político e de justiça, o julgamento de Lula encerra um processo que teve início com a prática de acesso sistemático ao judiciário, por parte do PT, como instrumento de oposição institucional ao então governo FHC. A constatação de que o sistema de justiça – sobretudo o STF – significava catalisador de força política gerou a especialização de agentes político-jurídicos. Proliferaram as assessorias jurídicas de partidos, sindicatos, movimentos sociais e empresas, com capilaridade nas faculdades de Direito e nas próprias corporações. A experiência seguinte, já com o PT no governo, movida pela anterior, foi a de incrementar significativamente os ganhos financeiros, privilégios corporativos, capacidades institucionais e a autonomia do sistema de justiça, chegando-se a abrir mão da prerrogativa presidencial, disposta na Constituição, de nomeação do procurador Geral da República.

Assim, o julgamento de Lula encerra este ciclo relacional com a lição de que todos os favores vindos do sistema político em direção ao sistema de justiça não produziram equilíbrio e harmonia republicana, e muito menos cooptação ou domesticação de um exército de burocratas voluntaristas, que se coloca agora como a hiper alimentada serpente que devora seu criador. Recentes sinais vindos desta nova configuração política (mas também da própria grande imprensa) apontam uma nova estratégia, oposta. Recentes cortes orçamentários, ataques públicos ao auxílio moradia (e outros ditos "penduricalhos" remuneratórios) e a nomeação de Raquel Dodge (desde o governo FHC a única PGR nomeada que não encabeçou a consulta interna do Ministério Público) apontam nessa direção.

O julgamento de Lula também estabelece marco transitório nas relações entre elites jurídicas e econômicas, porque permite o estranhamento público de determinadas opções do sistema de justiça que não podem mais ser justificadas simplesmente pela tensão entre compromissos políticos e responsabilidades profissionais. Em primeiro lugar, pela opção de ancorar o combate à corrupção em operações envolvendo uma empresa pública específica, a Petrobras, bem como um setor específico da economia, o da infraestrutura. Só este fato já coloca o sistema de justiça fora do escopo dos agentes potencialmente capazes de impactar as relações público-privadas num sentido oposto ao da corrupção, por não ter focado seus esforços na categorização jurídica de um padrão repreensível de relação público-privada. Não obstante, o roteiro específico das delações de políticos por empresários (e não talvez o contrário), por si só, não é capaz de frear as insatisfações do mercado em relação à ação do sistema de justiça. Por outro lado, impede uma ação concreta e organizada no sentido de desarticulação de cartéis monopolizadores de contratos públicos. A grande imprensa já começou os balanços negativos da "Lava Jato" sobre a economia. A estratégia das grandes empresas de deslocar suas contendas às cortes arbitrais também conhece claros limites, por não poder abarcar a parte significativa do contencioso oriundo de suas operações: os contratos com entes públicos.

Por fim, o que Christian Lynch chama de vanguarda da "revolução judiciarista"[8] fica, após o julgamento de Lula, ainda mais fragilizada no interior das corporações de onde reivindica nesse momento o protagonismo. Em outras palavras, os corpos judiciário, ministerial e policial, fragmentados como são, tenderão a produzir de dentro para fora um movimento de expurgo desta fração portadora da versão do "faxineiro moral". Versão esta que põe em risco um longo histórico de lobby corporativo e de construção de uma imagem pública, ambos tão caros ao sistema de justiça e seu poder de intervenção. Iniciativas neste sentido, inclusive vindas do STF, já se podem perceber.

O que nos resta, após esse verdadeiro ocaso de parte significativa dos planos da Nova República? Poderemos superar o balanço de que não experimentamos um sistema de justiça capaz de administrar as tensões entre democracia e Estado de Direito? Se um só alento nos resta, é o de que as instituições do Direito brasileiro, das faculdades de Direito ao Supremo Tribunal Federal, não são mais monopólio dos juristas. O preço

---

[8] LYNCH, C. E. C. (2017). "Ascensão, fastígio e declínio da 'Revolução Judiciária'". *Insight inteligência*, vol. 79, pp. 158-180.

a pagar por este monopólio sempre foi o comedimento e o autocontrole. É assim que a equação se resolve. O problema é que os juristas não pagarão sozinhos o preço do seu deslumbramento. Até um novo sol raiar, todos nós pagaremos.

REFERÊNCIAS BIBLIOGRÁFICAS

ENGELMANN, F. *Julgar a política, condenar a democracia? Justiça e crise política no Brasil*. Conjuntura Austral, vol. 7, pp. 09-16, 2016

FONTAINHA, F. C.; OLIVEIRA, F. L.;VERONESE, A. "Por uma Sociologia Política do Direito no Brasil". *Contemporânea: revista de sociologia da UFSCar*, vol. 5, pp. 29-47, 2017.

LYNCH, C. E. C. "Ascensão, fastígio e declínio da 'Revolução Judiciária'". *Insight Inteligência*, vol. 79, pp. 158-180, 2017.

VAUCHEZ, A. "Justice et politique. Quelques leçons tirées de la 'parabole judiciaire' italienne". *Pouvoirs*, n. 103, pp. 93–104, 2002.

_____. *L'institution judiciaire remotivée*: Le processus d'institutionnalisation d'une "nouvelle justice" en Italie (1960-2000). Paris: LGDJ, 2004.

O MINISTÉRIO PÚBLICO NA OPERAÇÃO LAVA JATO: COMO ELES CHEGARAM ATÉ AQUI?

FÁBIO KERCHE
MARJORIE MARONA

INTRODUÇÃO

No dia 27 de novembro de 2017, mais de quatro anos após o início da Operação Lava Jato, procuradores federais a ela vinculados nas cidades de Curitiba, São Paulo e Rio de Janeiro reuniram-se na capital fluminense. O objetivo do encontro, segundo o *press release* divulgado pela assessoria de comunicação social do Ministério Público Federal, era "coordenar esforços no combate à corrupção".[1] Além da tradicional entrevista coletiva, marca dos integrantes da Lava Jato, os procuradores federais divulgaram um documento intitulado "Carta do Rio de Janeiro". O texto diz que a corrupção é endêmica no sistema político e que os partidos loteiam cargos de chefia na estrutura do Estado para arrecadar propinas. Apesar do cenário de total ruína e de anos da Operação Lava Jato, os partidos políticos, continuam os procuradores, não afastaram os acusados

---

[1] Disponível em http://www.mpf.mp.br/rj/sala-de-imprensa/noticias-rj/procuradores-de-forcas-tarefas-da-lava-jato-divulgam-carta.

de corrupção e se organizam contra as investigações e os investigadores. O Congresso Nacional, diz a Carta, não aprovou o conjunto de medidas defendidas pelo juiz federal Sérgio Moro e pelos procuradores da Lava Jato que visava a dar mais poder aos integrantes do sistema de justiça brasileiro. Frente a tudo isso, os procuradores federais presentes ao encontro sugeriam que a sociedade acompanhasse os debates do Supremo Tribunal Federal (STF) em relação a temas como foro privilegiado e colaboração premiada e que, nas eleições de 2018, os eleitores só votassem nos candidatos que têm o passado limpo e que estejam comprometidos com a agenda anticorrupção.

Essa reunião fornece várias pistas do atual estado de coisas no Brasil, particularmente o fato de que um grupo de servidores públicos, não eleitos – os promotores e procuradores – possui enorme influência no jogo político partidário-eleitoral, evidenciando a politização do Ministério Público, resultado de uma história de 15 anos de reforço das instituições de *accountability* no Brasil que culmina com a institucionalidade produzida pela Lava Jato.

É significativo, por exemplo, que em uma reunião de coordenação da mais importante operação do Ministério Público Federal desde a redemocratização, a procuradora geral da República, Raquel Dodge, supostamente a chefe da instituição, não estivesse presente, deixando explícito o elevado grau de autonomia em relação a controles internos e externos que os procuradores federais detêm no exercício de suas funções. Essa autonomia é de tal envergadura que é possível pensarmos em duas Lava Jatos que, muitas vezes, parecem trabalhar com lógicas diversas: a do núcleo de Curitiba, que com seus satélites esteve presente na reunião do Rio de Janeiro, e a de Brasília, que foi comandada pelo ex-procurador geral, Rodrigo Janot, e continua de maneira um pouco vacilante nas mãos da atual procuradora geral, que se fez ausente na reunião que estamos discutindo.

O caráter político das manifestações contidas na Carta do Rio de Janeiro somente é possível graças a essa expressiva autonomia. A desenvoltura com que os procuradores se posicionam publicamente e atuam politicamente é bastante incomum quando se observam instituições similares em outras democracias mundo a fora. No Brasil, a visão negativa da política e dos políticos, reduzindo todas as negociações partidárias a negociatas, é inversamente proporcional à exaltação do papel dos procuradores, que não passam pelo crivo eleitoral.

O protagonismo que o Ministério Público tem assumido na cena pública brasileira relaciona-se diretamente com uma estratégia de negação e de criminalização da política, acompanhada de um discurso de exaltação dos atores virtuosos e supostamente neutros que integram a Justiça, um braço do poder estatal distante dos partidos políticos e da prestação de contas aos eleitores. É sintomático, nesse sentido, que experimentemos os piores índices de satisfação (19,4%) e apoio (56,1%) à democracia dos últimos 15 anos e que a corrupção não apenas seja percebida como o principal problema nacional, por 40% dos brasileiros, mas que também, pela primeira vez, a porcentagem de brasileiros que acham justificado um golpe de Estado quando há muita corrupção seja maior do que aquela dos que não acham (46,3%), segundo dados do INCT-Instituto da Democracia e da Democratização da Comunicação.[2]

Este texto analisará o papel do Ministério Público na Operação Lava Jato. Não se trata, contudo, de uma descrição da atuação dos procuradores em sua caçada dos políticos, especialmente petistas, e de empresários de alguns setores da economia. A proposta é analisar aspectos institucionais que tornaram possível a uma burocracia distante do julgamento das urnas ganhar um protagonismo político antes reservado somente aos partidos e seus integrantes, desafiando as instituições

---

[2] A pesquisa "A Cara da Democracia no Brasil" é um dos eixos que articulam a investigação sobre representação, participação, justiça e opinião pública no âmbito do Instituto da Democracia e da Democratização da Comunicação, que faz parte do Programa de Institutos Nacionais de Ciência e Tecnologia (INCT) e é formado por grupos de pesquisas de quatro instituições principais: UFMG, IESP/UERJ, Unicamp e UnB, e por pesquisadores da USP, UFPR, UFPE, UNAMA, IPEA e, internacionalmente, do CES/UC e da UBA. A amostra representa a população brasileira eleitora de 16 anos ou mais de idade. Foram realizadas 2500 entrevistas em todos os estados do Brasil. O campo foi realizado entre 15 e 23 de março de 2018. A pesquisa tem intervalo de confiança de 95% e margem de erro de dois pontos percentuais. Disponível em https://www.institutodademocracia.org/.

democráticas. O argumento aqui é o de que a autonomia institucional e os instrumentos de poder assegurados pela Constituição de 1988, ampliados ao longo dos governos petistas de Lula e Dilma Rousseff, ora por reinterpretação das leis vigentes feitas pelos próprios integrantes do Ministério Público, ora por modificações protagonizadas pelos Poderes Executivo/Legislativo e Judiciário, são condição necessária, se não suficiente, para a configuração do atual padrão de atuação do Ministério Público Federal. O ambiente institucional é terreno fértil para estratégias agressivas, de caráter messiânico e seletivo por parte de muitos dos procuradores (homens, brancos e recrutados entre a elite) que atuam na área criminal.[3]

Os resultados desse novo padrão de atuação não são nada lisonjeiros para a jovem democracia brasileira, particularmente porque gera assimetrias na disputa política e eleitoral. Os procuradores da república detêm uma posição privilegiada na burocracia de controle[4] e, ainda, em relação aos tradicionais órgãos/instituições/atores políticos, justamente porque não respondem aos eleitores, são pouco *accountable* a outros atores estatais e, diferentemente dos juízes, podem selecionar e priorizar casos por iniciativa própria, reunindo força suficiente para introduzir determinadas agendas no debate público de modo bastante heterodoxo, para dizer o mínimo.

Armados institucionalmente para alterar a dinâmica política e eleitoral se assim lhes convier, os procuradores passam a disputar a representação do interesse público[5] sem estarem, eles mesmos, sujeitos

---

[3] Sobre o perfil socioprofissional e concepções de política criminal dos membros do Ministério Público, ver AZEVEDO, Rodrigo Ghiringhelli de. *Perfil socioprofissional e concepções de política criminal do Ministério Público Federal*. Brasília: ESMPU, 2010. Ainda sobre o perfil do Ministério Público e suas funções constitucionais ver LEMGRUBER, Julita et al. *Ministério Público*: guardião da democracia brasileira. Rio de Janeiro: CESeC, 2016.

[4] FILGUEIRAS, Fernando. "Indo Além do gerencial: a agenda da governança democrática e a mudança silenciada no Brasil". *Revista de administração pública*, 52 (1), 71-88, 2018.

[5] AVRITZER, Leonardo; MARONA, Marjorie. "A Tensão entre Soberania e Instituições de Controle na Democracia Brasileira". *Dados*, Rio de Janeiro, vol. 60, n. 2, pp. 359-393, Apr. 2017.

O MINISTÉRIO PÚBLICO NA OPERAÇÃO LAVA JATO

às regras democráticas da disputa eleitoral ou mesmo contidos pelos limites impostos aos juízes de somente atuarem quando provocados. O processo judicial, que culminou com a prisão do ex-presidente Lula, no momento em que lidera todas as pesquisas de intenção de votos para as eleições presidenciais desse ano, é um dos resultados mais evidentes do grau de politização que a burocracia de controle atingiu e, particularmente, do novo tipo de institucionalidade, produzido pela Lava Jato.

1. A CONSTITUIÇÃO DE 1988 E AS MUDANÇAS INSTITUCIONAIS NOS GOVERNOS PETISTAS

Autonomia

O Ministério Público (estaduais e federal) era uma instituição ligada ao Poder Executivo até a Constituição de 1988. Embora algumas conquistas institucionais possam ser identificadas ainda no final da ditadura militar, como a ação civil pública[6], e parte dos promotores e procuradores gostem de ressaltar a atuação excepcional e contrária ao regime de alguns integrantes do órgão no período autoritário, o fato é que o Ministério Público atuava sob a orientação dos governos e sustentava suas ações. Os casos levados aos tribunais militares contra "subversivos", por exemplo, eram conduzidos por membros do Ministério Público, subordinados, em última instância, aos chefes do executivo da época.

A Constituição democrática de 1988 deu o passo decisivo para inverter essa lógica: no lugar de promotores e procuradores respondendo ao governo, se garantiu autonomia ao Ministério Público. Os constituintes desligaram o órgão do controle direto do Poder Executivo e não o subordinaram ao Legislativo ou tampouco ao Judiciário. Trata-se de inovação institucional pouco comum em outros sistemas democráticos. Essa opção parecia fazer sentido naquele momento político e tinha certa coerência em um contexto de avanços dos direitos individuais e sociais

---

[6] ARANTES, Rogério B. *Ministério Público e Política no Brasil*. São Paulo: Fapesp/Educ, 2002.

da nova Carta.[7] A redemocratização deveria ser reforçada por um órgão estatal que se encarregasse da defesa da democracia e dos frágeis cidadãos frente ao poder político e econômico – hipossuficientes, no jargão do Direito – incapazes de lutar por si só na defesa dos novos direitos previstos na Constituição.

A essa autonomia institucional alcançada pelo Ministério Público em relação a atores externos, somou-se a autonomia interna dos próprios membros do Ministério Público em relação aos chefes do órgão: tanto o procurador geral da República quanto os procuradores gerais de justiça dos estados detêm poder limitado em relação aos seus supostos subordinados. As promoções, instrumentos importantes para gerar alinhamento com as metas e prioridades da chefia de qualquer organização, são também garantidas por tempo de serviço e as promoções por mérito são decididas por órgãos colegiados e, portanto, não necessariamente controladas pelo procurador geral. Além disso, as demissões, que também podem incentivar alinhamentos e coibir divergências, são raríssimas e não são monocraticamente decididas pelo procurador geral. Assim, mesmo os promotores e procuradores que não observem as determinações e prioridades do procurador-geral poderão avançar na carreira, gerando espaço para atuações independentes e diversas entre os membros do Ministério Público.

Essa autonomia, nas dimensões externa e interna, é fundamental para que se possa entender o protagonismo que o Ministério Público assumiu na cena pública brasileira nos anos que se seguiram à redemocratização, até que se constituísse o atual padrão de atuação do órgão, ou pelo menos de parte dele, de que é exemplo a Operação Lava Jato. Além disso, é importantíssimo compreender a extensão dessa autonomia como consequência de uma política de justiça que não se restringe ao Ministério Público e que foi paradoxalmente gestada pelos governos do Partido dos Trabalhadores, partido que sofreu forte marcação dos procuradores e da imprensa na Operação. Ao longo dos mandatos de Lula (2003-2010) e Dilma Rousseff (2011-2016) houve também uma

---

[7] KERCHE, Fábio. *Virtude e limites*: autonomia e atribuições do Ministério Público no Brasil. EDUSP, 2009.

forte institucionalização e insulamento da Polícia Federal e, particularmente, o estabelecimento de uma nova prática de nomeação do procurador geral da República.[8]

A escolha do procurador geral da República

De acordo com a Constituição de 1988, a escolha do procurador geral da República seria feita do seguinte modo: o presidente da República indicaria para um mandato de dois anos qualquer procurador de carreira do Ministério Público Federal para a aprovação do Senado. Como não há limites para a recondução, e o pressuposto é que o procurador geral buscará permanecer no cargo, a dinâmica da indicação estabelece uma lógica que incentiva certa dependência do chefe do Ministério Público em relação ao chefe do Executivo, já que este é o "grande eleitor". O Senado, por sua vez, que também poderia ser um ator importante no processo de escolha do procurador geral, na prática

---

[8] Não se ignora, todavia, que nas últimas décadas, anteriormente às administrações petistas, diversos diplomas legais foram promulgados no Brasil, tipificando delitos econômicos e crimes contra a Administração Pública, o que redefiniu o tratamento jurídico-penal de condutas até então estranhas ao sistema penal (AVRITZER, Leonardo; MARONA, Marjorie. "A Tensão entre Soberania e Instituições de Controle na Democracia Brasileira". *Dados*, Rio de Janeiro, vol. 60, n. 2, pp. 359-393, Apr. 2017). Nesse sentido, o que se entende por corrupção, associada ao conceito de "crime do colarinho branco" e crimes econômicos, reúne, atualmente, alguns poucos delitos tradicionais (presentes na redação original do Código Penal), bem como figuras típicas mais recentes, contidas em leis especiais. O Brasil demorou a tipificar condutas de "colarinho branco". Parte significativa dos tipos penais que hoje são associados à corrupção ou é nova ou foi agravada nas décadas de 1990 e de 2000. De fato, nos anos 1990, foram editadas as seguintes leis criminalizadoras: Lei dos Crimes contra a Ordem Econômica e Ordem Tributária (Lei n. 8.137/1990) e Lei dos Crimes Ambientais (Lei n. 9.605/1998), entre outras que criminalizaram condutas de colarinho branco, tudo a partir de aberturas constitucionais, como a Lei dos Crimes contra a Ordem Econômica (Lei n. 8.176/1991), a Lei de Lavagem de Capitais (Lei n. 9.613/1998), a Lei Antitruste (Lei n. 8.884/1994) e a Lei que instituiu Crimes contra o Mercado de Capitais (Lei n. 10.303/2001) (MARONA, Marjorie; BARBOSA, Léon Queiroz. "Protagonismo Judicial no Brasil: do que estamos falando?". *In*: MARONA, Marjorie; DEL RÍO, Andrés (coord). *Justiça no Brasil*: às margens da democracia. Belo Horizonte: Arraes Editores, 2018 [no prelo]).

vem demonstrando acompanhar o presidente, nunca tendo recusado um nome apontado pelo governo[9]. Essa relativa dependência representa um importante instrumento de defesa do presidente em face da hipertrofiada autonomia da instituição, já que somente o procurador geral pode acusar no Poder Judiciário o chefe do Executivo.

Essa é uma dinâmica, contudo, que tende a proteger excessivamente o presidente em casos de corrupção. Ao estimular que o procurador geral busque o apoio do chefe do Executivo para suas reconduções, o ocupante do cargo deve agradar a seu grande eleitor, preservando o presidente, seu gabinete e a base aliada, também protegidos pelo foro privilegiado. Geraldo Brindeiro, por exemplo, foi o procurador geral durante os dois mandatos de Fernando Henrique Cardoso (1995-2002), tendo recebido a alcunha de "engavetador-geral da República" em face da sua preferência pelo arquivamento das denúncias de corrupção que assolavam o governo FHC. A contrapartida a essa fidelidade, reza o folclore político, seriam as várias reconduções ao cargo.

A partir do primeiro governo Lula, no entanto, sem qualquer modificação na legislação, o procurador geral da República passou a ser nomeado, na prática, pelos próprios procuradores. O presidente petista, assim como sua sucessora, passou a indicar ao sempre receptivo Senado o procurador mais bem posicionado em uma lista tríplice votada por parte dos procuradores do Ministério Público da União em um processo organizado pela associação de classe da categoria.[10] Dessa forma, além do mandato fixo do procurador geral que o protege de demissão *ad nutum* por iniciativa dos políticos, atenuaram-se os laços de dependência entre o presidente da República e o procurador geral. Isso é uma pista que ajuda a entender porque o Ministério Público foi mais duro com o

---

[9] Essa postura do Senado tem sua racionalidade. O procurador geral também detém o monopólio da acusação judicial dos parlamentares federais. Acompanhar a maioria e não criar dificuldades ao nome indicado pelo Poder Executivo facilitaria, portanto, a criação de uma convivência mais amena com o potencial algoz.

[10] Os procuradores do trabalho e os procuradores do Distrito Federal, também subordinados ao procurador geral da República, e mais numerosos na estrutura do Ministério Público da União, são excluídos do processo.

presidente Lula e Dilma Rousseff do que com a administração Fernando Henrique Cardoso.[11]

Pela lógica eleitoral centrada nos pares, as campanhas para procurador geral passaram a focar mais em questões corporativas do que em políticas institucionais. O debate acerca das prioridades do Ministério Público, portanto, restou atrelado a uma lógica baseada em promessas de mais ganhos financeiros e vantagens funcionais aos membros da corporação – uma das mais caras do mundo, diga-se de passagem.[12] Esse tipo de campanha, entretanto, não perde de vista a necessidade da construção de uma agenda que dê visibilidade à instituição e permita que a categoria possa reunir forças para fazer valer os seus interesses no Congresso Nacional.

---

[11] Michel Temer ficou no meio do caminho, embora interferindo no processo mais que seus antecessores petistas: ele escolheu a segunda colocada na lista tríplice em 2016.

[12] O orçamento do Ministério Público equivale a 0,32% do PIB, o que somado às despesas com o Poder Judiciário (1,3% do PIB) e mais 0,2% do custo das defensorias públicas e advocacia pública, faz do sistema de justiça no país o mais caro do mundo (1,8% do PIB). Apesar das dificuldades que a variedade de desenhos institucionais impõe, há evidências de uma despesa muito menor com o Ministério Público em outros países: 0,02% na Alemanha e na Espanha, 0,06% em Portugal e 0,09% na Itália (DA ROS, Luciano. "O custo da Justiça no Brasil: uma análise comparativa exploratória". *Newsletter*. Observatório de elites políticas e sociais do Brasil. NUSP/UFPR, vol. 2, n. 9, pp. 1-15, 2015).

Tabela I
Sucessão na procuradoria Geral da República (1995-2016)

	PRESIDENTE(A)	MINISTRO DA JUSTIÇA	PGR
1995-2002	FHC	Nelson Jobim/Milton Seligman/Iris Rezende/José de Jesus Filho/Renan Calheiros/José Carlos Dias/José Gregori/Aloysio Nunes/Miguel Reale Junior/Paulo de Tarso	Geraldo Brindeiro
2003-2010	LULA	Márcio Tomás Bastos	Cláudio Fonteles
			Antônio Fernando de Souza
		Tarso Genro	
			Roberto Monteiro Gurgel Santos
2011-2016	DILMA	José Eduardo Cardozo/Welington César Lima e Silva/Eugênio Aragão	Rodrigo Janot

Fonte: Elaboração própria.

A prática de indicação do procurador geral de acordo com o interesse da categoria, estabelecida pelos governos do PT, ampliou ainda mais a autonomia concedida pelos constituintes ao Ministério Público na dimensão externa. As dificuldades de uma liderança clara do procurador geral em relação aos seus subordinados, contudo, se mantêm e ficaram visíveis em vários momentos da queda de braço entre o procurador geral Rodrigo Janot e os procuradores de Curitiba.

A autonomia interna

Além de não controlar demissões e promoções, o procurador geral seria limitado, segundo a Constituição de 1988, pelo princípio do "promotor natural". Por este princípio, o cidadão somente pode ser processado por um integrante do Ministério Público previamente designado para a função. Ninguém poderia ser acusado por um procurador ou promotor que não seja aquele responsável pelos processos de um determinado local. Assim, se um crime foi cometido na cidade X, um promotor da cidade Y não pode se responsabilizar pela ação penal. Na mesma direção, um procurador geral, seja o de justiça de um estado ou o da República, não escolhe o promotor ou procurador de sua confiança e o designa para um caso que não seja previamente de sua responsabilidade. Este instrumento dificulta a criação de uma liderança mais clara do procurador geral, mas foi pensado como uma defesa da sociedade frente a esta poderosa e independente instituição.

Além da iniciativa dos presidentes petistas de abrir mão do dever e do direito de indicar o procurador geral da República, outra inovação afastou ainda mais o Ministério Público do desenho originalmente concebido pelos constituintes. Referimo-nos à criação de grupos especializados de promotores e procuradores em que o princípio do promotor natural é, no mínimo, relativizado. Os procuradores gerais e os órgãos colegiados da instituição passaram a selecionar quadros de suas preferências para atuar em determinados casos.

No âmbito dos Ministérios Públicos estaduais isso se dá, principalmente, por meio de grupos de atuação especial e, em nível federal, por meio das forças-tarefa. A diferença é que as primeiras são permanentes e as segundas por tempo determinado. Ambas são iniciativas que serviriam para reforçar o combate a crimes de maior complexidade[13] e funcionariam como um instrumento para o procurador geral e a cúpula da instituição criar políticas institucionais mais coerentes e unificadas. O outro lado da moeda é que o princípio do promotor natural é, no mínimo,

---

[13] PALUDO, Januário; DOS SANTOS LIMA, Carlos Fernando; ARAS, Vladimir. *Forças-tarefas*: Direito comparado e legislação aplicável. Brasília: ESMPU, 2011.

fragilizado. A atuação dessas estruturas não é limitada pelas comarcas e os responsáveis pela condução da ação são selecionados discricionariamente pelos respectivos procuradores gerais e pelos órgãos colegiados[14].

As forças-tarefa, embora questionáveis, no sentido de romper o princípio do "promotor natural", paradoxalmente permitiram ao Ministério Público o estabelecimento de um equilíbrio entre seus princípios institucionais: unidade, indivisibilidade e independência funcional.[15] É que a prevalência da independência funcional e do princípio do promotor natural, combinada à ausência de mecanismos que promovam a unidade e a coordenação das atividades, pode gerar atuações isoladas, sobrepostas, divergentes e/ou contraditórias por parte dos promotores e procuradores. É sintomático, nesse sentido, o crescente valor atribuído às Câmaras de Coordenação e Revisão (CCRs), criadas pela LC n. 75/93 com a função de coordenação, integração e revisão do exercício funcional, e a consequente expansão de seu trabalho de promoção de discussões que balizem entendimentos comuns nos seus respectivos temas, embora sem amplos e efetivos instrumentos para incentivar a atuação em determinada direção.

Das sete CCRs que integram atualmente a estrutura do Ministério Público Federal, a 5ª é especializada no combate à corrupção. É por meio dela que se busca coordenar as atividades dos procuradores no combate à corrupção, por meio da promoção de integração e de revisão do exercício funcional na instituição. Isso significa que, através de Grupos

---

[14] No caso da Lava Jato, há duas forças-tarefa: a do Ministério Público Federal no Paraná, composta por 11 membros fixos e 3 colaboradores, designada pelo procurador geral da República, Rodrigo Janot, em abril de 2014. Outra força-tarefa atua junto ao Superior Tribunal de Justiça, e é composta por 5 membros e foi designada pelo Conselho Superior do Ministério Público em dezembro de 2015 (ARANTES, Rogério B. *Ministério Público e Política no Brasil*. São Paulo: Fapesp/Educ, 2002).

[15] O princípio da unidade informa que os procuradores integram um só órgão, de modo que a manifestação de qualquer membro vale como posicionamento de todo o Ministério Público. Já o princípio da indivisibilidade assegura que os membros não fiquem vinculados aos processos nos quais atuam, podendo ser substituídos por outros. Por fim, a independência funcional garante a cada membro do Ministério Público inteira autonomia em sua atuação, desobrigando-o em face das ordens de superior hierárquico do próprio Ministério Público ou de outra instituição.

O MINISTÉRIO PÚBLICO NA OPERAÇÃO LAVA JATO

de Trabalho e dos Encontros Regionais e Nacionais, a 5ª CCR[16] se constitui como um esforço para constituir um mecanismo *top-down* de homogeneização da compreensão e da atuação dos procuradores no que toca o combate à corrupção. A 5ª CCR definiu as regras básicas para o funcionamento de forças-tarefa no âmbito do Ministério Público Federal como instrumento de investigação do crime organizado e de delitos de alta complexidade, bem como de atos de corrupção sob o enfoque da improbidade administrativa.

O Ministério Público Federal tem adotado a estratégia de organização de forças-tarefa já há algum tempo. Uma das mais conhecidas, a Força-Tarefa CC-5 (FT-CC5), atuou no caso Banco do Estado do Paraná (Banestado) e serviu como *case* para que a 5ª CCR, anos mais tarde, inspirada também nas experiências italiana e americana, emitisse documento-guia para a organização de iniciativas análogas pelo Ministério Público Federal. De fato, os trabalhos desenvolvidos a partir de 2003 pela FT-CC5[17] foram inéditos, não apenas pela utilização de novos métodos investigativos e de tecnologias na persecução criminal[18], mas especialmente pelo estabelecimento de uma dinâmica original de colaboração com órgãos estrangeiros e de interação (nem sempre colaborativa e harmoniosa) com instituições domésticas, tais como a Polícia Federal, a Receita Federal, o Banco Central do Brasil[19], o

---

[16] Cada CCR é composta por três membros do Ministério Público Federal, sendo um indicado pelo procurador-geral da República e dois pelo Conselho Superior do MPF.

[17] Embora a identificação de operações suspeitas por meio de contas CC5 tenha ocorrido ainda em 1997, durante a CPI dos Precatórios, que apurava fraudes com títulos públicos, apenas em 2003, primeiro ano do governo Lula, criou-se a Força Tarefa do Caso Banestado (ou Força Tarefa CC5) com vistas à apuração e repressão de crimes contra o sistema financeiro nacional e de lavagem de ativos.

[18] Vale o registro de que a primeira delação premiada da história da persecução criminal brasileira foi a de Alberto Youssef.

[19] Informado das transações, o MPF recorreu ao Banco Central para obter detalhes, mas não houve cooperação. Por esta razão, solicitou a quebra de sigilo de todas as contas CC5 do país, o que foi deferido pela justiça e possibilitou a abertura de milhares de inquéritos. Vale registrar que, editada em 1992, uma carta-circular do Banco Central determinava que movimentações acima de 10 mil reais nas contas CC5 deveriam ser identificadas e fiscalizadas, mas jamais, naquele período, as autoridades de investigação foram comunicadas pelo BC de qualquer transação incomum.

Ministério da Justiça e a Comissão Parlamentar Mista de Inquérito (CPMI) do Banestado.

Durante os governos FHC, entre 1996 e 2002, fatos envolvendo evasão de divisas e lavagem de dinheiro por meio de contas de não residentes, denominadas CC5[20], alcançaram a cifra de aproximadamente 120 bilhões de dólares. Isso teria sido feito por meio de diferentes bancos, como o do Estado do Paraná (Banestado), do Brasil, do Estado de Minas Gerais (Bemge), Real e Araucária. Entre as ações de maior relevo propostas pela força de trabalho encarregada do caso, estão aquelas em que a engrenagem da evasão foi denunciada ainda no ano de 2003. As denúncias, contudo, ficaram restritas aos diretores e ex-diretores de instituições financeiras, não avançando sobre a dimensão política do esquema.

Embora as mesmas construtoras acusadas de participar do esquema na Petrobras, atualmente investigado pela Lava Jato, tivessem também protagonizado o escândalo do Banestado (Odebrecht, Andrade Gutierrez, OAS, Queiroz Galvão, e Camargo Corrêa) e houvesse indícios de envolvimento da alta cúpula do governo Cardoso, a operação foi desarticulada antes que o "braço político" do esquema fosse revelado.[21] A força tarefa responsável pelo caso se aproveitou da experiência norte-americana de combate ao tráfico de drogas e terrorismo, identificando a articulação entre crime organizado e crime econômico. As investidas mais controversas da investigação em face do *due process of law*, contudo, encontraram resistência institucional, particularmente no Supremo Tribunal Federal, não apenas no caso Banestado, mas

---

[20] CC5 é uma modalidade de conta criada em 1969 para permitir a estrangeiros não residentes a movimentação de dinheiro no país. Tornou-se o caminho natural para multinacionais remeterem lucros e dividendos ou internar recursos para o financiamento de suas operações. Como dispensava autorização prévia do Banco Central, as CC5 viraram um canal privilegiado para a evasão de divisas, sonegação de imposto e lavagem de dinheiro.

[21] Em entrevista o delegado José Castilho, da Polícia Federal, que conduziu a Operação Macuco, face policial da FT-CC5, aponta a intervenção direta do governo FHC nos trabalhos investigativos. Disponível em https://www.youtube.com/watch?v=Z4x90cbNKGQ. Último acesso em 18.02.18.

também nas Operações Farol da Colina, Castelo de Areia e Satiagraha, que dele se originaram.[22]

A resistência a medidas menos ortodoxas por parte de forças-tarefa diminuiu na Operação Lava Jato, especialmente no núcleo de Curitiba, liderado pelo procurador Deltan Dallagnol. Uma dessas "licenças em relação à ortodoxia" é que qualquer assunto que remotamente se relacionasse com a Petrobras ficou sob a responsabilidade de um grupo de procuradores com base no Paraná, a centenas de quilómetros da sede da petroleira no Rio de Janeiro.

Os integrantes da Força Tarefa, ademais, ganharam expressiva autonomia, atuando e se posicionando publicamente sem subordinação ao procurador geral. Não se observa o mesmo fenômeno do efeito colateral identificado nos Ministérios Públicos estaduais, em que o procurador geral de justiça ganha uma ascendência mais efetiva sobre seus subordinados por meio da organização e nomeação dos integrantes de grupos especializados. O procurador geral da República, Rodrigo Janot, foi coadjuvante na Lava Jato, pelo menos até o *impeachment* da presidenta Dilma Rousseff, em 2016.

Nem o Congresso Nacional escapou da liberdade quase que absoluta dos procuradores: em certo momento, ameaçaram abandonar a Força Tarefa caso suas propostas de combate à corrupção não fossem transformadas em lei. Essa autonomia provém do modelo institucional, mas também da inteligência produzida pela especialização que o histórico das Forças-Tarefa acentuou. Trata-se de um claro exemplo de aprendizado institucional.

O reforço das forças-tarefa no Ministério Público federal, assim como a ascendência ao poder do grupo de procuradores que fazia oposição deliberada a Geraldo Brindeiro, foram fundamentais para que a agenda do Ministério Público tenha sido fortemente e de forma estratégica reorientada para o combate à corrupção em detrimento da

---

[22] AVRITZER, Leonardo; MARONA, Marjorie. "A Tensão entre Soberania e Instituições de Controle na Democracia Brasileira". *Dados*, Rio de Janeiro, vol. 60, n. 2, pp. 359-393, Apr. 2017

pauta de direitos humanos e da cidadania, que tinha se buscado consolidar no período anterior.

INSTRUMENTOS DE PODER E AÇÃO PENAL PÚBLICA

Mesmo tamanha autonomia não seria de grande utilidade sem instrumentos de poder disponíveis. Desde o início desse *novo* Ministério Público, seus integrantes tinham à disposição um arsenal composto pela ação penal pública, ação civil pública, inquérito civil e termo de ajuste de conduta. Cada qual, à sua maneira, garante meios, com maior ou menor participação do Poder Judiciário e da Polícia, para judicializar praticamente todo assunto que envolve direitos de uma coletividade ou segmento social, ou situações que pudessem ser consideradas criminosas. Do uso de verbetes supostamente inapropriados em um dicionário, passando pelo valor do salário mínimo, até o combate à corrupção, quase tudo tem potencial para se transformar em elemento de acusação por parte de promotores e procuradores.

Em relação à Operação Lava Jato, os procuradores federais utilizaram-se da ação penal pública para buscar a condenação dos políticos e dos empresários por atos de corrupção, abandonando a estratégia adotada pelos promotores dos Ministérios Públicos estaduais de combater a corrupção por meio da ação civil. Portanto, vale nos determos sobre a ação penal, que também foi modificada ao longo dos anos e garantiu ainda mais poder aos procuradores e promotores brasileiros.

Diversos países possuem um órgão responsável pela ação penal. Se um cidadão atira em outro, por exemplo, é o próprio Estado, e não os familiares da vítima, que levam o caso aos tribunais. Embora a organização desse órgão seja diferente de país para país, o monopólio estatal da ação penal é traço comum. Entre inúmeras diferenças, a mais significativa para a presente análise é o grau de discricionariedade. Ou seja, o quão livre é o promotor ou procurador para tomar decisões sobre casos específicos: em alguns modelos, os responsáveis pela ação penal têm certa autonomia para decidir sobre um caso sem precisar consultar um juiz e, em outros, o promotor deve, independentemente da gravidade da infração, necessariamente levá-la ao conhecimento de um membro do Poder Judiciário.

No primeiro caso, regido pelo "princípio da oportunidade", o promotor pode priorizar um crime em detrimento de outro ou negociar a pena com o réu, por exemplo. No segundo, em que impera o "princípio da legalidade", recebido o inquérito da polícia, o integrante do Ministério Público deve necessariamente consultar o Poder Judiciário.[23] No Brasil, os constituintes decidiram que em relação às matérias criminais, os promotores e procuradores teriam baixa discricionariedade.[24] Recebendo o inquérito da Polícia, que teria o monopólio da investigação, os promotores e procuradores precisariam necessariamente encaminhar o processo ao Poder Judiciário. Portanto, cabia ao Ministério Público apresentar a ação penal pública para um juiz de acordo com as indicações oriundas de um órgão estatal diverso. Para o promotor e procurador colherem provas adicionais àquelas fornecidas pelo inquérito penal conduzido pela Polícia, era necessário justificar por escrito e solicitar que os próprios policiais buscassem novos indícios.

O constituinte, portanto, desenhou um mecanismo de *checks and balances*: a Polícia investiga, o Ministério Público acusa e o juiz decide. Essa intenção é clara quando retornamos aos debates da Assembleia Nacional Constituinte.[25] E esse foi mais um ponto em que, mantendo o que já parece ser uma tradição, ocorreram mudanças institucionais que afastaram o Ministério Público daquilo que foi originalmente previsto pelos constituintes, sem que tais mudanças fossem produto de decisão do Congresso Nacional.

---

[23] KERCHE, Fábio. *Virtude e limites*: autonomia e atribuições do Ministério Público no Brasil. São Paulo: EDUSP, 2009.

[24] A baixa discricionariedade à qual nos referimos é melhor percebida comparativamente. Em relação à ação civil pública os constituintes asseguraram altas doses de discricionariedade aos promotores e procuradores, inclusive garantindo ao Ministério Público a condução do inquérito civil. Ainda no âmbito da proteção e defesa dos direitos difusos e coletivos, o Termo de Ajustamento de Conduta (TAC) possibilitou que o Ministério Público ampliasse sua atuação extrajudicial, ou seja, independentemente de um juiz.

[25] KERCHE, Fábio. "O Ministério Público no Brasil: relevância, característica e uma agenda para o futuro". *Revista USP*, São Paulo, n. 101, 2014.

Como não há um artigo na Carta Magna vetando de forma explícita o direito dos promotores e procuradores conduzirem investigações sobre questões que são do âmbito da ação penal, muitos o fizeram ao longo dos anos. Por conta desse exercício não previsto, baseado numa brecha constitucional, o direito de investigar independentemente da Polícia acabou sendo questionado no Supremo Tribunal Federal. Contrariando o desejo daqueles que redigiram a Constituição, claramente identificável nos debates e propostas da Assembleia Constituinte, a maioria dos ministros autorizou em 2015 que os promotores desempenhassem o papel da polícia na fase do inquérito.

A consequência é que o Ministério Público garantiu discricionariedade em aspectos relativos à ação penal e retirou uma das poucas barreiras institucionais que impunham limites ao órgão. Esse movimento é fortemente apoiado pelos próprios membros do Ministério Público[26]: 82,6% tendem a concordar com a coordenação do inquérito policial e 95,8% tendem a concordar com a condução paralela ou complementar de investigações, segundo Azevedo.[27]

O modelo de justiça criminal brasileiro, que poderia ser classificado, até então, como "competitivo", baseado em uma verdadeira divisão de tarefas executadas por órgãos autônomos entre si, transformou-se em um modelo pouco comum em democracias ao combinar discricionariedade e autonomia para um ator estatal não eleito.[28] A atuação do Ministério

---

[26] A quase unanimidade dos membros do MP aponta a morosidade da justiça (94%) e as deficiências do inquérito policial (91,3%) como os principais obstáculos ao bom desempenho de suas funções. 88% atribuem, ainda, aos ataques ao seu poder investigativo uma das grandes dificuldades a serem enfrentadas pela instituição (LEMGRUBER, Julita et al. *Ministério Público*: guardião da democracia brasileira. Rio de Janeiro: CESeC, 2016).

[27] *Perfil socioprofissional e concepções de política criminal do Ministério Público Federal*. Brasília: ESMPU, 2010

[28] O Ministério Público estava muito atento para garantir o poder de promover, por autoridade e iniciativa próprias, procedimentos investigatórios. Protagonizou, ao longo da série de manifestações e protestos ocorridos no Brasil em 2013, uma campanha vitoriosa contra a aprovação da PEC n. 37/2011, que afirmava o monopólio investigatório da Polícia. Em setembro de 2014 o Conselho Superior

O MINISTÉRIO PÚBLICO NA OPERAÇÃO LAVA JATO

Público na Operação Lava Jato transcorreu sob os escombros daquele "modelo competitivo"[29] que garantia, pelo menos, algum nível de controle interinstitucional, compatível com um Estado Democrático de Direito.[30] As mudanças descritas aqui permitiram que o Ministério Público, agora também livre para conduzir investigações de todos os tipos, trabalhasse em um regime mais cooperativo com a Polícia Federal.[31] Grande parte disso deve-se à política de fortalecimento institucional da Polícia Federal, a partir da gestão do ex-ministro da justiça, Márcio Thomaz Bastos, já no primeiro mandato do governo Lula. De fato, algumas iniciativas permitiram que se avançasse no combate aos crimes de colarinho branco[32], visando à reversão da "má fama de milícia governamental adquirida pela PF a partir da ditadura e reforçada, por conta de vários eventos, no governo Fernando Henrique Cardoso".[33]

---

do Ministério Público editou a Resolução n. 77 que normatizou a instauração de procedimento investigatório criminal pelos procuradores e promotores.

[29] ARANTES, Rogério. (2014). *Maluf x Genoíno*: (des) caminhos da Justiça no combate à corrupção no Brasil. Paper apresentado no IX Encontro da Associação Brasileira de Ciência Política. Brasília, 4-7/08.

[30] Vale a pena mencionar, ainda, o fato de que o Ministério Público detém a prerrogativa constitucional de realizar o controle externo da atividade policial (CF/88, art. 129, VII), no desempenho de sua função fiscalizatória em prol da sociedade. Na prática, contudo, o órgão deixou em plano secundário a tarefa de controlar as polícias, com o que reforça o viés punitivista do sistema de justiça criminal brasileira. Apenas 31% dos membros do Ministério Público possui algum envolvimento com aquela atividade, sendo que 20,9% avaliam mal a atuação da instituição no controle externo da polícia (LEMGRUBER, Julita et al. *Ministério Público*: guardião da democracia brasileira. Rio de Janeiro: CESeC, 2016).

[31] Certa harmonia entre Ministério Público e Polícia, pelo menos no núcleo da Lava Jato em Curitiba, parece também se estender ao juiz do caso, Sérgio Moro.

[32] A corrupção, em sua dimensão jurídico-criminal está intimamente ligada ao conceito de "crime do colarinho branco", que aquele que ocorre na ausência de controle do beneficiário de um ato em relação àquele que possui a função de praticá-lo (SHAPIRO, Susan P. "Collaring the crime, not the criminal: reconsidering the concept of white-collar crime". *In*: NELKEN, David (coord.). *White-collar crime*. Brookfield: Dartmouth Publishing Company, 1994, pp. 11-39).

[33] FORTES, Leandro. "O fator da Polícia Federal". *Carta Capital*, São Paulo, ano XII, n. 408, pp. 28-30, 30 ago. 2006, p. 30.

A partir de 2003, a Polícia Federal passou por uma "revolução institucional"[34] caracterizada por um crescimento vertiginoso de seu orçamento e de seu contingente, além de inúmeras mudanças na legislação de interesse da categoria. Isso favoreceu a persecução criminal e ampliou a autonomia da PF em relação ao Poder Executivo, possibilitando que a instituição passasse a atuar como uma agência autônoma de fato.[35] Em termos de gasto direto, houve uma variação positiva de 2.733% entre 2003 e 2016. Nesse período, o número de operações da Polícia Federal saltou de 18 para 3.512. A partir de 2003, houve também uma mudança no tipo de operação em relação ao período anterior. Iniciou-se uma forte tendência com vistas à criminalização de condutas de "colarinho branco".[36] Para que se tenha uma ideia do que representa esse esforço, até 2007, as operações que apuravam crimes contra a administração pública já superavam as de combate ao tráfico de entorpecentes.[37]

---

[34] ARANTES, Rogério B. "Rendición de cuentas y pluralismo estatal en Brasil: Ministerio Público y Policía Federal/Accountability and State Pluralism in Brazil: Public Ministry and Federal Police". *Desacatos*, n. 49, p. 28, 2015.

[35] MARONA, Marjorie; BARBOSA, Léon Queiroz. "Protagonismo Judicial no Brasil: do que estamos falando?". *In*: MARONA, Marjorie; DEL RÍO, Andrés (coord). *Justiça no Brasil*: às margens da democracia. Belo Horizonte: Arraes Editores, 2018 (no prelo).

[36] Não foram produzidos dados confiáveis acerca do número de operações realizadas pela PF nos dois mandatos de Fernando Henrique Cardoso. Estima-se, entretanto, que ao longo desses 8 anos, a PF não realizou mais do que 100 operações FORTES, Leandro. "O fator da Polícia Federal". *Carta Capital*, São Paulo, ano XII, n. 408, p. 28-30, 30 ago. 2006).

[37] CORDEIRO, Pedro Ivo Rodrigues Velloso. *A prisão provisória em crimes de colarinho branco*: redução da desigualdade do sistema penal? Dissertação apresentada ao Programa de Pós-Graduação em Direito da Universidade de Brasília como requisito para a obtenção do título de Mestre em Direito, Estado e Constituição, Brasília, abr. 2013.

Gráfico I

Operações da Política Federal (2013-2016)

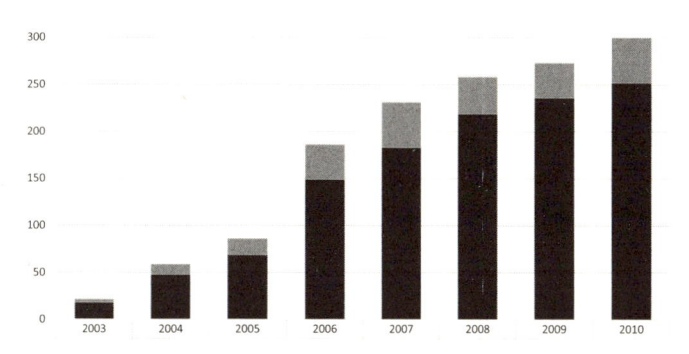

[Bar chart showing values approximately: 2003: 20, 2004: 55, 2005: 70, 2006: 185, 2007: 230, 2008: 255, 2009: 270, 2010: 295]

Fonte: Elaboração própria, com base em Cordeiro (2013)

A autonomia da Polícia Federal ajudou a redefinir a dinâmica de funcionamento da rede de *accountability* da administração pública, não apenas deslocando seu centro da dimensão da prevenção para a da repressão[38], como também, alterando, nesse campo, as estratégias de atuação do Ministério Público em direção à "repressão de práticas delituosas e mediante o uso do, em tese, poder dissuasório da sanção penal".[39] Como se observa, a decisão do STF alterou a relação entre a Polícia e o Ministério Público, não no sentido de necessariamente estabelecer um modelo cooperativo de justiça criminal, mas, ao contrário, reforçando as tendências monopolistas do Ministério Público.

Instrumentos de poder e a "delação premiada"

Mas as mudanças pós Constituição de 1988 não param por aí. Paralelamente, a discricionariedade, que se mostrou necessária para que

---

[38] AVRITZER, Leonardo; MARONA, Marjorie. "A Tensão entre Soberania e Instituições de Controle na Democracia Brasileira". *Dados*, Rio de Janeiro, vol. 60, n. 2, pp. 359-393, Apr. 2017.

[39] MACHADO, Bruno Amaral. *Ministério Público*: organização, representações e trajetórias. Curitiba: Juruá, 2007, p. 163.

os procuradores tivessem um papel tão preponderante no combate à corrupção, ou pelo menos o que eles definem como corrupção, foi reforçada pela promulgação no governo Dilma Rousseff da Lei n. 12.850/2013 (Lei de Organizações Criminosas). Uma série de métodos investigativos invasivos foi prevista pela nova legislação, como delação premiada, infiltração de agentes, ação controlada e captação de sinais ambientais.

Espécie de corolário lógico processual do entrelaçamento entre as categorias de crime econômico e crime organizado, a Lei n. 12.850/2013 tem levado os órgãos de persecução penal "a considerarem que delitos cometidos no âmbito de empresas lícitas legitimam a classificação do fato como sendo cometido sob a égide de uma organização criminosa, bem como justificam o emprego de técnicas investigativas e outras providências excepcionais, como se se tratasse daquela classe de delitos de difícil apuração, cometidos por um grupo estruturado exclusivamente para o cometimento de crimes de exponencial gravidade".[40]

Arriscamos dizer que a análise se estende às condutas que têm configurado a dimensão jurídico-criminal do fenômeno da corrupção. Isto é, infrações administrativas de toda ordem, práticas desviantes de qualquer natureza, no âmbito da Administração Pública, vêm ensejando o tratamento processual indicado pela referida Lei de Organização Criminosas. A frequência com que os debates acerca da ilicitude da prova chegam aos tribunais é um indicativo da disputa em torno da extensão da aplicabilidade do conceito de "organização criminosa" ao campo do combate à corrupção.[41] As decisões do Superior Tribunal de Justiça no âmbito das Operações Sundown, Satiagraha e Castelo de Areia, na primeira década dos anos 2000, são exemplares. O mesmo se diga em

---

[40] CASTELLAR, João Carlos. *Direito penal econômico* versus *direito penal convencional*: a engenhosa arte de criminalizar os ricos para punir os pobres. Rio de Janeiro: Revan, 2013, pp. 227/228.

[41] CORDEIRO, Pedro Ivo Rodrigues Velloso. *A prisão provisória em crimes de colarinho branco*: redução da desigualdade do sistema penal? Dissertação apresentada ao Programa de Pós-Graduação em Direito da Universidade de Brasília como requisito para a obtenção do título de Mestre em Direito, Estado e Constituição, Brasília, abr. 2013.

relação às disputas acerca da tipicidade das condutas apontadas como criminosas, de que o exemplo mais evidente talvez seja a dificuldade de se estabelecer a diferença entre "caixa 2" e "corrupção passiva" no âmbito da Ação Penal 470, que ficou conhecida como "Mensalão".

A Lei de Organizações Criminosas (Lei n. 12.850/13) deu tratamento sistemático ao mecanismo jurídico conhecido como "delação premiada", que favorece práticas negociáveis no âmbito da jurisdição penal[42], e foi originariamente previsto pela Lei dos Crimes Hediondos (Lei n. 8.072/90), passando a integrar outras numerosas legislações nos anos seguintes.[43] Existem importantes críticas dirigidas ao instrumento, não apenas relativas à tensão que estabelece com o sistema de direitos e garantias fundamentais previstos na Constituição de 1988, mas particular e concretamente à falta de critérios e limites seguros para a sua utilização.[44] O fato é que a delação premiada foi amplamente utilizada pelos procuradores da Lava Jato, os quais atuaram com um alto grau de discricionariedade sem a contrapartida da *accountability*, frequentemente escolhendo as denúncias que os interessavam e descartando outras.[45] Isso

---

[42] A "delação premiada" possibilita algum benefício processual ou penal (redução de pena, perdão judicial, a aplicação de regime penitenciário brando etc.) ao acusado (ou indiciado) que contribui com informações sobre a prática delitiva (identificação de cúmplices e dos crimes por eles praticados, revelação da estrutura e funcionamento da organização criminosa, prevenção de novos crimes, recuperação dos lucros obtidos com a prática criminosa, localização de eventual vítima com sua integridade física assegurada etc.). Ver AVRITZER, Leonardo; MARONA, Marjorie. "A Tensão entre Soberania e Instituições de Controle na Democracia Brasileira". *Dados*, Rio de Janeiro, vol. 60, n. 2, pp. 359-393, Apr. 2017.

[43] Lei dos Crimes Contra a Ordem Tributária (Lei n. 8.137/90), Lei do Crime Organizado (Lei n. 9.034/95), Lei de Lavagem de Dinheiro (Lei n. 12.683/12).

[44] LOPES Jr, Aury. "Justiça negociada: utilitarismo processual e eficiência antigarantista". *Diálogos sobre justiça dialogal*. Rio de Janeiro: Lumen Juris, pp. 99-128, 2002; LOPES Jr, Aury. *O novo regime jurídico da prisão processual, liberdade provisória e medidas cautelares diversas*. Rio de Janeiro: Lumen Juris, 2011.

[45] Além disso, o Conselho Nacional do Ministério Público, em outra iniciativa que confronta o que foi desenhado pelos constituintes, determinou que "delitos sem violência ou grave ameaça à pessoa", o Ministério Público "pode propor acordo de não-persecução penal" (Resolução 181/17, art. 18). A resolução foi revogada, mas representa a busca pelo crescente incremento da discricionariedade do Ministério Público no Brasil.

favorece a construção de determinadas narrativas, com impactos significativos no processo de construção de culpa.[46]

A falta de regulamentação do procedimento da delação é, também, um problema: não há momento processual predeterminado para a realização do acordo (pode ser feito em 1 mês ou em 1 ano depois de iniciada a investigação, por exemplo); tampouco há registro formal em atas ou a obrigatoriedade de se ajuntar documentos e demais provas. Seu uso é completamente dependente da vontade do representante do Ministério Público. Tampouco existe uniformidade nos benefícios concedidos aos delatores.

De um modo geral, considerando as penas aplicadas aos "crimes de colarinho branco", pode-se observar que o apenamento individual e geral é, em média, mais grave que o dos crimes contra o patrimônio.[47] Contudo, até meados de 2016, os acordos de delação firmados na Operação Lava Jato já haviam reduzido em pelo menos 326 anos as penas dos condenados em primeira instância: 28% do total dos 1.149 anos aos quais todos os réus, delatores ou não, já foram sentenciados no esquema de desvios de recursos da Petrobras.

---

[46] MISSE, Michel. *O inquérito policial no Brasil*: uma pesquisa empírica. Rio de Janeiro: Booklink, 2010.

[47] BECK, Francis Rafael. *A criminalidade de colarinho branco e a necessária investigação contemporânea a partir do Brasil*: uma (re)leitura do discurso da impunidade quanto aos delitos do "andar de cima". Tese apresentada como requisito parcial para obtenção do título de doutor em Direito pelo Programa de Pós-graduação em Direito pela Universidade do Vale do Rio dos Sinos – Unisinos, São Leopoldo, 2013.

Gráfico II

Delatores e penas: Operação Lava Jato

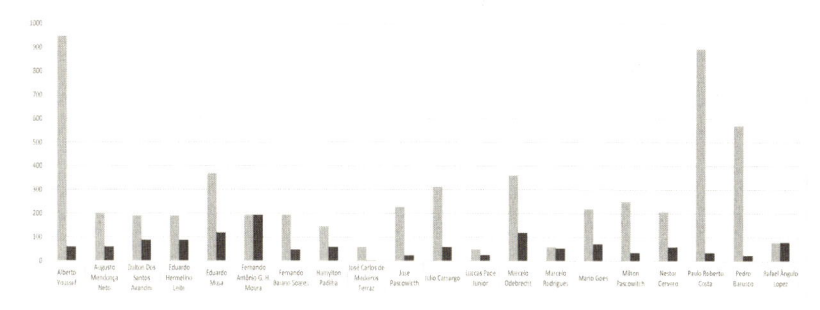

Fonte: Elaboração própria.

Em média, as penas têm sido reduzidas em 81% para aqueles que assinam os acordos de delação no âmbito da Lava Jato. Muitas vezes foram oferecidos benefícios não previstos em lei. Exemplarmente, Alberto Youssef, conhecido delator da Operação, foi beneficiado com uma redução de 78 anos de pena para 5. A ele foi garantida, ainda, a liberação de imóveis em favor da esposa e das filhas, a despeito da comprovação de que sejam ou não produto de crime. Outra peculiaridade do acordo de delação de Youssef é o fato de que ele poderá manter 2% de todo o dinheiro que ajudar a recuperar, quantia que pode chegar a 20 milhões de reais, metade do patrimônio do doleiro confiscado pela Justiça.

É evidente a falta de critérios no estabelecimento dos acordos de delação premiada. Legalmente, as vantagens oferecidas são dependentes do resultado alcançado, pois a validade do acordo entre delator e Justiça demanda que as declarações prestadas sejam tidas como relevantes. Eis aí outra questão fundamental: a avaliação da efetividade do acordo é dependente do juiz que preside o processo, de modo que a homologação da delação se traduz em uma espécie de antecipação do convencimento do magistrado ou, no mínimo, reforça o poder do Ministério Público de protagonizar uma certa narrativa acerca do crime e de sua autoria. Altera-se, assim, o padrão de relação entre o Ministério Público e o Poder Judiciário, antes marcado pela divisão de tarefas, a favorecer uma dinâmica de controle mútuo interinstitucional.[48] Com isso, o Ministério Público busca monopolizar a justiça criminal no Brasil. Não basta conduzir a ação penal, o Ministério Público quer ter o monopólio da investigação e da jurisdição.[49]

CONSIDERAÇÕES FINAIS

Dentre as principais instituições do Sistema de Justiça, o Ministério Público, ao lado do Poder Judiciário, foi a que teve a mais ampla autonomia reconhecida no período democrático. A Constituição de 1988, em um primeiro momento e as diversas mudanças institucionais ocorridas nos anos 2000 combinaram independência, instrumentos de poder e discricionariedade, permitindo que os procuradores atuassem de forma bastante ativa, embora muitas vezes questionável do ponto de vista dos direitos individuais, no combate à corrupção. Como resultado, o Ministério Público arrogou para si uma peculiar representação dos interesses da sociedade.

A atuação do Ministério Público no âmbito criminal, inicialmente menos recompensadora do ponto de vista da visibilidade e da agilidade do que a ação civil, sofria das mesmas mazelas que recaiam sobre a justiça criminal como um todo. Isso começou a mudar em 2003, quando no primeiro governo Lula, sob a batuta do então ministro da Justiça, Márcio

---

[48] Essa atenuação das fronteiras entre Polícia, Ministério Público e Poder Judiciário, além da discricionariedade crescente dos procuradores, em especial na primeira instância, guarda semelhanças ao ocorrido do ponto de vista institucional na Itália e que culminou com a Operação Mãos Limpas.

[49] O STF decidiu que o magistrado deve apenas observar aspectos formais para a homologação do acordo de delação premiada, postergando a análise da eficácia da colaboração para o momento da sentença. Entretanto, a homologação gera efeitos no que tange ao curso da integralidade da persecução criminal. Na prática, o magistrado poderá antecipar o juízo de responsabilidade criminal de outros coinvestigados, quando, por exemplo, o colaborador "indicar os demais coautores e partícipes da organização criminosa e das infrações penais por eles praticadas". A validade da delação, quando o enfrentamento de aspectos formais se entrelaça ao mérito das imputações, deveria tornar o magistrado impedido de atuar em outros julgamentos sobre os fatos que foram noticiados pelo delator.

O MINISTÉRIO PÚBLICO NA OPERAÇÃO LAVA JATO

Thomaz Bastos, se colocou em marcha uma estratégia de reforma do Poder Judiciário, do Ministério Público e da Polícia Federal. Dentre inúmeras medidas no campo do acesso à justiça, destacaram-se esforços de combate ao crime organizado. Do lado da Polícia Federal, houve aumento significativo dos investimentos e um maior insulamento. Em relação ao Ministério Público, a escalada da ampliação da sua já larguíssima autonomia passa pela alteração do método de escolha do procurador geral da República e pelo reconhecimento da sua competência no campo investigatório.

A conjunção dessas medidas, somadas ao apoio tácito que parte do Judiciário fornece à combinação Polícia e Ministério Público, deslocou, ainda que contingencialmente, o centro gravitacional do combate à corrupção da esfera preventiva – onde se realizavam notáveis avanços, diga-se – para a esfera repressiva, a demandar atuação concertada das instituições do sistema de justiça. A prevalência da ação penal em substituição da ação civil e a renovação das relações institucionais entre a Polícia, o Ministério Público e a Justiça tencionam o modelo competitivo de justiça criminal, no entanto.

A cooperação interinstitucional tem a aparente vantagem de facilitar o combate à criminalidade em geral, e à corrupção, em particular. Mas – e isso não é desprezível – enfraquece o arranjo institucional em que a competição servia como instrumento de limitação do poder dos autônomos promotores e procuradores e proteção do réu e de seus direitos. Não é por outro motivo que diversos advogados, juristas e observadores qualificados apontam para um desequilíbrio nos processos da Lava Jato em favor da acusação e em detrimento dos acusados.

A investigação e a persecução criminais são construídas e redefinidas pelas interações institucionais[50] e, obviamente, quando há uma substituição de um modelo de justiça criminal por outro, haverá consequências. No caso brasileiro, um modelo em que o Ministério Público combinava autonomia e baixa discricionariedade foi paulatina-

---

[50] MACHADO, Bruno Amaral. *Ministério Público*: organização, representações e trajetórias. Curitiba: Juruá, 2007.

mente reposto por outro, em que cresce o grau de discricionariedade dos promotores e procuradores sem diminuição de sua autonomia, isto é, sem acréscimo de instrumentos da *accountability* – algo absolutamente incomum em democracias contemporâneas. Isso ficou mais evidente na Operação Lava Jato. A produção de uma narrativa convincente sobre o crime, que é o objetivo último de qualquer processo de investigação criminal, se dá à custa da completa ausência de controle e/ou da *accountability* social ou política sobre aqueles que contam a história.

Diante da realidade da investigação criminal, que é uma atividade inerentemente seletiva, criativa e interpretativa[51], e em face da narrativa socialmente construída sobre o crime[52], a vantagem de um dos lados de privilegiar sua versão da história tem efeitos colaterais consideráveis e, devido à importância da Operação Lava Jato, consequências importantes no jogo político partidário. Além disso, em casos mais extremos, pode inverter o ônus da prova, uma das conquistas fundamentais do Estado de Direito, colocando o acusado na situação de ter que provar sua inocência.

O novo cenário possibilitou que o Ministério Público avançasse em uma política de monopolização do sistema de justiça criminal, afastando toda e qualquer possibilidade de controle externo sobre a sua atuação. Ademais, fruto de aprendizado institucional com as Forças-Tarefas, a partir de 2003, o Ministério Público passou a reunir inteligência localizada suficiente para quebrar de vez com qualquer possibilidade de controle interno. A Operação Lava Jato parece ser o exemplo do padrão de atuação monopolista que partes expressivas do Ministério Público pretendem que se generalize no campo do combate à corrupção.

Reúne a pretensão de representação total do interesse da sociedade brasileira, constituída, portanto, fora da disputa política democrática. Articula de forma reducionista, seletiva e, algumas vezes, de maneira leviana a linguagem e a prática do combate ao crime organizado com o

---

[51] MAGUIRE, Mike. "Criminal investigation and crime control". *In*: NEWBURN, Tim (coord.). *Handbook of policing*. Cullompton: Willan Publishing, 2005.

[52] INNES, M. "The process structures of police homicide investigations". *British Journal of Sociology*, n. 58, 2007, pp. 669-688.

fenômeno da corrupção. Com isso, fere a jovem democracia brasileira. O processo judicial que culminou com a prisão do ex-presidente Lula parece ser um expressivo exemplo do resultado da nova institucionalidade, consolidada pela Lava Jato. Aí todos os mecanismos jurídico-processuais estiveram a serviço de uma convicção acerca do crime e da culpa que estava já na origem das investigações da força-tarefa.

Desde a espetacular condução coercitiva do ex-presidente, que ressignificou o instituto jurídico por completo, até a duvidosa competência jurisdicional de Sérgio Moro e as inúmeras medidas de cerceamento da defesa, pela proibição de realização de perícia e oitiva de testemunhas, passando pela construção de uma decisão judicial condenatória que inova na sua fundamentação teórica ao desconsiderar a ausência de provas, uma revisão recursal inédita e a determinação e execução da prisão antes de todos os prazos recursais serem esgotados, o que se viu foi a imposição da narrativa construída pelo Ministério Público Federal e apresentada à audiência brasileira no famigerado *power point* de Deltan Dallagnol, em setembro de 2016.

A democracia brasileira encontra-se em recessão: menos de 20% dos brasileiros afirmam estarem satisfeitos ou muito satisfeitos com a democracia, o que representa uma queda de quase 20 pontos percentuais nos últimos 4 anos. No mesmo sentido, o apoio à democracia caiu 21% em um intervalo de oito anos, desde 2010. O Congresso brasileiro chegou, em 2018, ao pior nível de avaliação por parte dos brasileiros desde 2002: o desempenho de senadores e deputados federais é avaliado como "ruim" ou "péssimo" para 76,1% da população. Em 2014, a porcentagem era de 30,8%.

As explicações não são apenas de natureza econômica. Existe uma rejeição geral às pessoas identificadas como políticos, vinculada à percepção sobre a corrupção no universo político. Por outro lado, os índices de confiança na justiça brasileira, que acompanhavam o padrão da variação dos índices de satisfação com a democracia, se desincompatibilizam a partir de 2013/2014 (ano da Lava Jato), estabilizando-se, enquanto a avaliação positiva do regime seguiu na descendente, associada a péssima avaliação dos congressistas.

O que parece é que a confiança nas instituições judiciais se desatrelou da percepção acerca da vitalidade do regime democrático e passou, ao contrário, a se alimentar de sua erosão, particularmente pela construção de uma determinada estratégia de combate à corrupção, sustentada por um setor da sociedade brasileira, e protagonizada pelas instituições judiciais e quase-judiciais, particularmente o Ministério Público.

REFERÊNCIAS BIBLIOGRÁFICAS

ARANTES, Rogério B. *Ministério Público e Política no Brasil*. São Paulo: Fapesp/ Educ, 2002.

ARANTES, Rogério. (2014). *Maluf x Genoíno: (des) caminhos da Justiça no combate à corrupção no Brasil*. Paper apresentado no IX Encontro da Associação Brasileira de Ciência Política. Brasília, 4-7/08.

ARANTES, Rogério B. "Rendición de cuentas y pluralismo estatal en Brasil: Ministerio Público y Policía Federal/Accountability and State Pluralism in Brazil: Public Ministry and Federal Police". *Desacatos*, n. 49, p. 28, 2015.

AVRITZER, Leonardo; MARONA, Marjorie. "A Tensão entre Soberania e Instituições de Controle na Democracia Brasileira". *Dados*, Rio de Janeiro, vol. 60, n. 2, pp. 359-393, Apr. 2017.

AZEVEDO, Rodrigo Ghiringhelli de. *Perfil socioprofissional e concepções de política criminal do Ministério Público Federal*. Brasília: ESMPU, 2010.

BECK, Francis Rafael. *A criminalidade de colarinho branco e a necessária investigação contemporânea a partir do Brasil*: uma (re)leitura do discurso da impunidade quanto aos delitos do "andar de cima". Tese apresentada como requisito parcial para obtenção do título de doutor em Direito pelo Programa de Pós-graduação em Direito pela Universidade do Vale do Rio dos Sinos – Unisinos, São Leopoldo, 2013.

CASTELLAR, João Carlos. *Direito Penal econômico* versus *direito penal convencional*: a engenhosa arte de criminalizar os ricos para punir os pobres. Rio de Janeiro: Revan, 2013.

CORDEIRO, Pedro Ivo Rodrigues Velloso. *A prisão provisória em crimes de colarinho branco*: redução da desigualdade do sistema penal? Dissertação apresentada ao Programa de Pós-Graduação em Direito da Universidade de Brasília como requisito para a obtenção do título de Mestre em Direito, Estado e Constituição, Brasília, abr. 2013.

DA ROS, Luciano. "O custo da Justiça no Brasil: uma análise comparativa exploratória". *Newsletter. Observatório de elites políticas e sociais do Brasil. NUSP/UFPR*, vol. 2, n. 9, pp. 1-15, 2015.

FORTES, Leandro. "O fator da Polícia Federal". *Carta Capital*, São Paulo, ano XII, n. 408, pp. 28-30, 30 ago. 2006.

INNES, M. "The process structures of police homicide investigations". *British Journal of Sociology*, n. 58, 2007, pp. 669-688.

KERCHE, Fábio. "Autonomia e Discricionariedade do Ministério Público no Brasil". *Dados*, Rio de Janeiro, vol. 50, n. 2, 2007.

KERCHE, Fábio. *Virtude e limites*: autonomia e atribuições do Ministério Público no Brasil. São Paulo: EDUSP, 2009.

KERCHE, Fábio. "O Ministério Público no Brasil: relevância, característica e uma agenda para o futuro". *Revista USP*, São Paulo, n. 101, 2014.

LEMGRUBER, Julita et al. *Ministério Público*: guardião da democracia brasileira. Rio de Janeiro: CESeC, 2016.

LOPES Jr, Aury. "Justiça negociada: utilitarismo processual e eficiência antigarantista". *Diálogos sobre justiça dialogal*. Rio de Janeiro: Lumen Juris, pp. 99-128, 2002.

LOPES Jr, Aury. *O novo regime jurídico da prisão processual, liberdade provisória e medidas cautelares diversas*. Rio de Janeiro: Lumen Juris, 2011.

MARCHETTI, Vitor. *Justiça e Competição Eleitoral*. Santo André: UFABC, 2013.

MACHADO, Bruno Amaral. *Ministério Público*: organização, representações e trajetórias. Curitiba: Juruá, 2007.

MAGUIRE, Mike. "Criminal investigation and crime control". *In*: NEWBURN, Tim (coord.). *Handbook of policing*. Cullompton: Willan Publishing, 2005.

MARONA, Marjorie; BARBOSA, Léon Queiroz. "Protagonismo Judicial no Brasil: do que estamos falando?". *In*: MARONA, Marjorie; DEL RÍO, Andrés (coord). *Justiça no Brasil*: às margens da democracia. Belo Horizonte: Arraes Editores, 2018 (no prelo).

MISSE, Michel. *O inquérito policial no Brasil*: uma pesquisa empírica. Rio de Janeiro: Booklink, 2010.

PALUDO, Januário; DOS SANTOS LIMA, Carlos Fernando; ARAS, Vladimir. *Forças-tarefas:* Direito comparado e legislação aplicável. Brasília: ESMPU, 2011.

SHAPIRO, Susan P. "Collaring the crime, not the criminal: reconsidering the concept of white-collar crime". *In*: NELKEN, David (coord.). *White-collar crime*. Brookfield: Dartmouth Publishing Company, 1994, pp. 11-39.

OS IMPACTOS DA OPERAÇÃO LAVA JATO NA POLÍCIA FEDERAL BRASILEIRA

RODRIGO GHIRINGHELLI DE AZEVEDO
LUCAS E SILVA BATISTA PILAU

INTRODUÇÃO

O Departamento de Polícia Federal[1] (assim como as polícias civil e militar brasileiras), é marcado por uma tradição cartorária e inquisitorial, disputas internas e novas configurações que, ao longo de diferentes processos históricos, políticos e sociais, o levaram a se adaptar ao contexto vigente. A bibliografia existente sobre a Polícia Federal, no âmbito das Ciências Sociais, é incipiente e focada em vieses bastante particulares, o que não permite uma visão mais ampla e panorâmica sobre a estrutura e as práticas dessa instituição ao longo dos anos. Além disso, a existência de poucos dados anteriores ao ano de 2003 impossibilita traçar uma linha histórica que exceda quinze anos, mesmo o órgão tendo atuação regular no país desde 1967.

---

[1] Por ser mais conhecida, o Departamento de Polícia Federal será denominado somente de "Polícia Federal" ao longo deste trabalho.

Por seu turno, a Operação Lava Jato, deflagrada em março de 2014, também não conta com trabalhos acadêmicos de maior fôlego, em razão de ser ainda muito recente e mesmo em função de sua porosidade e fluidez, vez que, a cada ano que passa, apresenta desafios diferentes tanto ao mundo jurídico quanto da pesquisa social. Com uma articulação sistêmica entre Polícia Federal, Ministério Público Federal e Poder Judiciário, e com veiculação permanente nos meios de comunicação, logo a Operação Lava Jato completará quatro anos de atuação, de modo que este trabalho, dentro de seus limites e focado na análise da Polícia Federal, tem como objetivo responder ao seguinte questionamento: *quais os impactos da Operação Lava Jato sobre a Polícia Federal?*

Na busca de respostas a esse questionamento, duas perspectivas são adotadas: a primeira mais ampla, voltada a análise de dados quantitativos – estatísticos – existentes sobre a Polícia Federal, tenta compreender se a Operação Lava Jato influenciou ou não na estrutura da instituição nos últimos anos. A hipótese que se sustenta é de que a Polícia Federal já caminhava, desde 2003, para um processo de autonomização da instituição em relação ao Poder Executivo. Com isso, apresentam-se três dados considerados mais aptos a responder tal indagação: a) investimento do Governo Federal (2003-2018); b) evolução do efetivo da instituição (2000-2016); c) número de operações realizadas (2003-2016).

A segunda perspectiva adotada parte de uma análise qualitativa – estudo de caso – buscando-se lançar um olhar sobre a atuação da Polícia Federal junto a Operação *Omertà*, desdobramento da Operação Lava Jato, a fim de compreender como a essa última impactou a atuação do órgão. Sustenta-se a hipótese de que a Operação Lava Jato tenha aprofundado os padrões inquisitoriais de atuação presentes na atuação investigatória da Polícia Federal, com traços burocráticos, cartorários e sigilosos. Ligado a esse viés, aponta-se para a possibilidade desses inquéritos policiais terem levado à *sujeição criminal* dos investigados e acusados pela Operação, colocando a Polícia Federal como protagonista desse processo ao estabelecer momentos de deflagração recortados em *fases* e sempre acompanhados de perto pela mídia.

1. O IMPACTO DA OPERAÇÃO LAVA JATO NA ESTRUTURA DA POLÍCIA FEDERAL: UMA ANÁLISE QUANTITATIVA

A emergência da Polícia Federal tem sido vinculada, na pequena bibliografia voltada ao propósito de estudar essa instituição, à criação e ao desenvolvimento do chamado Departamento Federal de Segurança Pública (DFSP). O primeiro momento que marca essa trajetória institucional situa-se na criação do modelo primitivo do Departamento Federal de Segurança Pública durante o segundo governo Vargas, etapa que se constitui e se desenvolve entre os anos de 1944 e 1960. Nessa época, o Departamento Federal de Segurança Pública passa a ser conhecido, principalmente, por sua atuação para a manutenção da ordem pública, através da divisão de Polícia Política e Social (DPS).[2] O segundo momento, que se desenrola a partir de 1960, é marcado pela reestruturação do Departamento Federal de Segurança Pública, quando da transferência da capital do Brasil do Rio de Janeiro para Brasília.[3] O terceiro e último momento é marcado pelo golpe civil-militar de 1964, quando o

---

[2] Essa ligação com a divisão de Polícia e Política Social (DPS) está vinculada ao protagonismo da polícia dentro da ditadura instalada por Vargas. Elizabeth Cancelli afirma que a "ligação da polícia com Vargas foi crucial para um Estado delineado com as características dos 15 anos de governo Vargas", sendo que a ação policial, "substanciada naquele momento na eficácia de um discurso que preparava o advir de uma grande nação e a profilaxia dos inimigos concretos (comunistas, liberais, estrangeiros, sem-trabalho e políticos), começava ela mesma a antecipar a sua própria estratégia de centralização de ação" (CANCELLI, Elizabeth. *O mundo da violência*: a polícia da era Vargas. Brasília: Universidade de Brasília, 1993, p. 47). Essa visão é corroborada pela brasilianista Martha Huggins, ao ter afirmado que "na mesma época em que Uriburu chegara ao poder na Argentina, Getúlio Vargas, ditador civil do Brasil, assumiu a Presidência do país mediante um golpe militar", de modo que, como "Uriburu, Vargas reconheceu a importância de controlar a polícia" (HUGGINS, Martha K. *Polícia e Política*: relações Estados Unidos/América Latina. Tradução de Lólio Lourenço de Oliveira. São Paulo: Corteza, 1998, p. 50).

[3] Para os pormenores dessa etapa, cfr. ROCHA, Bruno Lima. *A Polícia Federal após a Constituição Federal de 1988*. Porto Alegre: Deriva, 2010, p. 90 e também SOARES, Silmária Fábia de Souza. *Entre dados e controvérsias*: a influência dos militares na criação e institucionalização de uma polícia federal brasileira. Dissertação de Mestrado – Universidade Federal de Minas Gerais, 2015, p. 60.

Departamento Federal de Segurança Pública, embora com atuação cartorial e com papel secundário na repressão política levada a cabo pelo regime, se torna responsável pela investigação de crimes federais em todo o país, ampliando sua capacidade de atuação no território nacional – que, alguns anos depois, seria a marca do Departamento de Polícia Federal[4] – através do trabalho em conjunto com o Sistema Nacional de Informações, o qual possuía efetiva abrangência nacional em razão de ter centralizadas as operações e o fluxo de informação.[5]

No fundo, essas três etapas evidenciam o processo de instituição e consolidação de uma polícia federalizada, que só foi ocorrer após a promulgação da Constituição de 1967 e, mais especificamente, com o artigo 210 do Decreto-Lei n. 200 de 25 de fevereiro de 1967, quando expressamente o Departamento Federal de Segurança Pública passa a denominar-se Departamento de Polícia Federal. Diante desse novo quadro, a recém criada Polícia Federal, embora com baixo protagonismo, "atuou durante todo o período da ditadura, prioritariamente, como uma polícia com foco político – polícia política, cuja atividade foi conciliada às suas demais áreas de atuação (contrabando e descaminho, por exemplo)", de modo que as leis e os decretos criados para substanciar tal atuação "acabam por solidificar diversos valores autoritários que deixaram marcas na instituição e que dificultaram o processo de adequação dessa polícia no processo de redemocratização do país [...]".[6]

Mesmo com a promulgação da Constituição Federal de 1988, as polícias brasileiras sofreram com a continuidade autoritária advinda do

---

[4] A reformulação desse Departamento Federal de Segurança Pública se deu através da Lei n. 4.483, de 16 de novembro de 1964 (SOARES, Silmária Fábia de Souza. *Entre dados e controvérsias*: a influência dos militares na criação e institucionalização de uma polícia federal brasileira. Dissertação de Mestrado – Universidade Federal de Minas Gerais, 2015, p. 72).

[5] ROCHA, Bruno Lima. *A Polícia Federal após a Constituição Federal de 1988*. Porto Alegre: Deriva, 2010, p. 88.

[6] SOARES, Silmária Fábia de Souza. *Entre dados e controvérsias*: a influência dos militares na criação e institucionalização de uma polícia federal brasileira. Dissertação de Mestrado – Universidade Federal de Minas Gerais, 2015, p. 87.

regime militar.[7] A Polícia Federal não representou uma exceção, de modo que seu "processo de transição não foi menos conservador".[8] Embora com novas atribuições e passando atuar em um contexto democrático[9], a Polícia Federal passa a agrupar disputas internas entre a busca dos militares por poder sobre o órgão, representada pelo ex-diretor geral Romeu Tuma (1985-1992), e a tentativa de outro setor mais corporativista, representado por funcionários de carreira, de afastar a ingerência dos militares e firmar o comando civil. Esse segundo grupo fortaleceu-se somente a partir da gestão de Vicente Chelloti como diretor-geral (1995-1999), o qual era vinculado aos movimentos sindicalistas protagonizados pela Associação Nacional dos Servidores da Polícia Federal (ANSEF) e Associação Nacional dos Delegados de Polícia Federal (ADPF), sendo reforçado na gestão de Agílio Monteiro (2001-2003), no governo de Fernando Henrique Cardoso, marcada pelo esforço "em ganhar autonomia em relação aos militares e por um processo inicial de modernização da Polícia Federal".[10]

---

[7] Para uma visão sobre os legados ditatoriais das polícias desde a Constituição Federal de 1988, cfr. ZAVERUCHA, Jorge. "Relações civil-militares: o legado autoritário da Constituição Brasileira de 1988". *In*: TELES, Edson; SAFATLE, Vladimir (coord.). *O que resta da ditadura*: a exceção brasileira. São Paulo: Boitempo, 2010.

[8] SOARES, Silmária Fábia de Souza. *Entre dados e controvérsias*: a influência dos militares na criação e institucionalização de uma polícia federal brasileira. Dissertação de Mestrado – Universidade Federal de Minas Gerais, 2015, p. 106.

[9] O artigo 144 da Constituição Federal do Brasil assim define as atribuições da Polícia Federal: § 1º A polícia federal, instituída por lei como órgão permanente, organizado e mantido pela União e estruturado em carreira, destina-se a: I – apurar infrações penais contra a ordem política e social ou em detrimento de bens, serviços e interesses da União ou de suas entidades autárquicas e empresas públicas, assim como outras infrações cuja prática tenha repercussão interestadual ou internacional e exija repressão uniforme, segundo se dispuser em lei; II – prevenir e reprimir o tráfico ilícito de entorpecentes e drogas afins, o contrabando e o descaminho, sem prejuízo da ação fazendária e de outros órgãos públicos nas respectivas áreas de competência; III – exercer as funções de polícia marítima, aeroportuária e de fronteiras; IV – exercer, com exclusividade, as funções de polícia judiciária da União.

[10] SOARES, Silmária Fábia de Souza. *Entre dados e controvérsias*: a influência dos militares na criação e institucionalização de uma polícia federal brasileira. Dissertação de Mestrado – Universidade Federal de Minas Gerais, 2015, p. 128. Segundo Leandro Fortes, no início dos anos 2000 e durante a direção de Agílio Monteiro, 46,8% dos policiais federais

Essa modernização do aparato e também o aumento do efetivo de funcionários[11] coincidiu com a escalada no investimento pelo Governo Federal, o qual passou a ser incisivo somente a partir de 2003, com a posse do Presidente Luiz Inácio Lula da Silva, do Partido dos Trabalhadores, de Márcio Thomaz Bastos no Ministério da Justiça e de Paulo da Costa Lacerda no cargo de Diretor Geral (2003-2007). Mesmo não contando com muito respaldo no interior da instituição[12], quando findada sua gestão, em 2007, a Polícia Federal alcançava 75% de aprovação da sociedade.[13]

No entanto, mesmo com mudanças e disputas internas, além de outras variáveis inerentes ao jogo político, a Polícia Federal passa a receber um novo tratamento orçamentário por parte do Governo Federal. Segundo

---

brasileiros possuíam entre 40 e 50 anos de idade, o efetivo da Polícia Federal não chegava a 10 mil, 71% da frota de veículos do órgão possuíam mais de cinco anos e a maioria dos coletes à prova de balas estavam com a validade vencida. Realidade que o Diretor Geral à época buscava superar (FORTES, Leandro. "A polícia contra a caserna". *Revista Época Online*. Disponível em: http://revistaepoca.globo.com/Revista/Epoca/0,,EMI160653-15518,00.html. Acesso em 21.02.2018).

[11] A Polícia Federal, segundo consta em seu sítio eletrônico, conta com as seguintes funções de carreira, sendo requerido nível superior para tais cargos: Delegado de Polícia Federal (DPF), Agente de Polícia Federal (APF), Escrivão de Polícia Federal (EPF), Perito Criminal Federal (PCF) e Papiloscopista Policial Federal (PPF). No setor administrativo, chamado Plano Especial de Cargos, tem-se para nível superior: Administrador, Arquiteto, Arquivista, Assistente Social, Bibliotecário, Contador, Enfermeiro, Engenheiro Civil, Engenheiro de Aeronaves, Engenheiro de Telecomunicações, Engenheiro Eletricista, Engenheiro Mecânico, Estatístico, Farmacêutico, Médico Cardiologista, Médico Ortopedista, Médico Psiquiatra, Médico Veterinário, Nutricionista, Odontólogo, Psicólogo Clínico, Psicólogo Organizacional, Técnico em Assuntos Culturais, Técnico em Assuntos Educacionais (nas áreas de educação, filosofia, sociologia, pedagogia, relações públicas e jornalismo). E para nível intermediário: Agente Administrativo, Agente de Comunicação Social, Agente de Telecomunicações e Eletricidade, Auxiliar de Assuntos Educacionais, Auxiliar de Enfermagem, Desenhista, Operador de Computador, Programador e Técnico em Contabilidade.

[12] SINDICATO DOS POLICIAIS FEDERAIS DO RIO GRANDE DO SUL. "Plebiscito: 4.100 policiais federais votaram e 91,8% rejeitaram Paulo Lacerda". 29 de setembro de 2003. Disponível em http://www.sinpefrs.org.br/site/plebiscito-4-100-policiais-federais-votaram-e-918-rejeitam-paulo-lacerda/. Acesso em 21.02.2018.

[13] ASSOCIAÇÃO DOS MAGISTRADOS BRASILEIROS. *A imagem das instituições públicas brasileiras*. Brasília/DF: setembro de 2007.

consulta às Leis Orçamentárias Anuais[14] entre os anos de 2003 e 2016, nota-se uma valorização do órgão representada por uma curva ascendente nos recursos destinados à Polícia Federal como demonstra o gráfico abaixo.

Gráfico I
Investimento do Governo Federal (2003-2016)

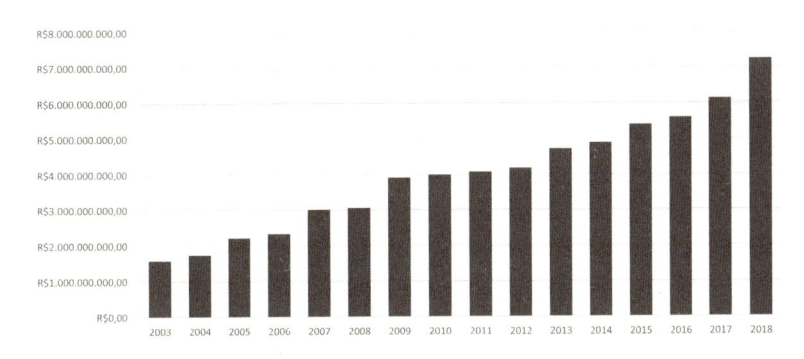

Fontes: Leis Orçamentárias Anuais aprovadas pelo Congresso Nacional (2003-2018).

Por evidente que tais investimentos terminam por refletir em diversas áreas de funcionamento e mais ainda no fortalecimento da Polícia Federal, porém selecionou-se demonstrar o avanço de dois aspectos que, diante das dificuldades em termos de modernização que as polícias brasileiras apresentam – de modo que, para se avançar no debate, "estrutura e formação policial que rompam com uma cultura institucional em meio à precariedade e ao descontrole ainda são fundamentais"[15] –

---

[14] É necessário registrar que os valores apontados nas Leis Orçamentárias Anuais são tão somente o valor destinado a determinadas instituições, o que não significa serem os valores repassados efetivamente e executados a cada ano.

[15] AZEVEDO, Rodrigo Ghiringhelli de. "Elementos para a modernização das polícias no Brasil". *Revista Brasileira de Segurança Pública*. São Paulo, vol. 10, Suplemento Especial, 8-20, Fev/Mar, 2016, p. 19.

podem se mostrar como perspectivas, a nível quantitativo, de crescimento, interno e externo, do órgão.

O primeiro deles está relacionado ao efetivo da Polícia Federal. Nos últimos quinze anos, e com forte crescimento após 2003, o efetivo da Polícia Federal quase dobrou: de 2000 a 2003, manteve-se com baixo crescimento e até redução, finalizando em 9.334 funcionários.[16] Em 2004, já possuía 11.486 e no ano de 2007, 13.717, não baixando da casa dos treze mil desde então. Em 2008, teve um crescimento para 14.410, superado por 2009, ano em que a Polícia Federal contou com 14.530 funcionários, pouco menos do que teria em 2016. De 2011 a 2014 sofreu reduções, podendo-se cogitar o crescimento do número de aposentados pelo órgão, contabilizando 13.974, 13.613, 13.749 e 13.568, respectivamente. Em 2015, manteve-se com 13.633, voltando a crescer em 2016, provavelmente em razão do último concurso realizado, para 14.943.

Gráfico II
Evolução do Efetivo da Polícia Federal (2000-2016)

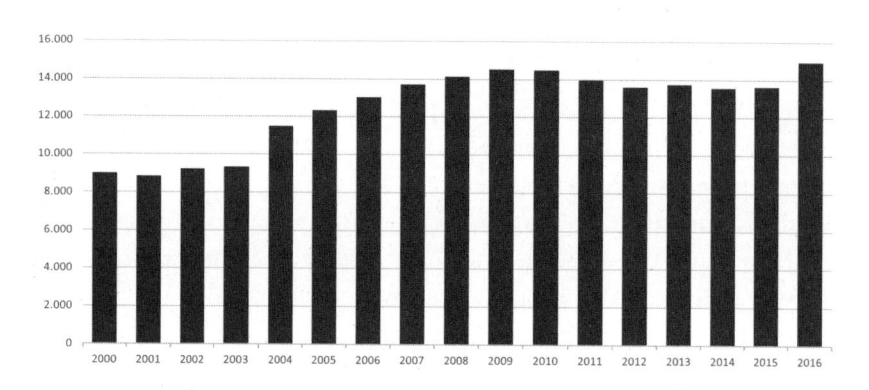

Fontes: Relatório Anual da Polícia Federal (2008) e Prestação de Contas (2016).

---

[16] No caso, estão sendo contabilizados tanto os agentes de carreira quanto os cargos administrativos.

OS IMPACTOS DA OPERAÇÃO LAVA JATO NA POLÍCIA FEDERAL

    O segundo fator está diretamente, mas não só, relacionado com o investimento na Polícia Federal e representa o número de operações realizadas. Quer dizer, além de um maior orçamento, a existência de grandes operações, como a Lava Jato e outras, também propiciam o crescimento no número de investigações realizadas e no cumprimento de mandados de prisão, mandados de busca e apreensão, condução coercitiva etc. Segundo dados disponibilizados no próprio sítio eletrônico da Polícia Federal[17], de 2003 em diante os números só cresceram: entre 2003 e 2005, menos de cem operações foram realizadas por ano, contabilizando 18, 48 e 69, respectivamente. Somente o ano de 2006 já superaria, em quantidade, os três anos anteriores, sendo realizadas 149 operações. Em 2008, supera-se a casa da centena, tendo sido concretizadas 219 operações, números que avançariam até 2012, ano em que se contou 295 operações. O ano de 2014 representa uma guinada em relação ao ano de 2013, sendo 390 para 303 operações. O que não supera o ano de 2015, com 516 operações, seguido de 2016, já sendo contabilizadas 550. Nesses dois últimos anos pode-se apostar em um impacto direto da Operação Lava Jato (iniciada em 2014) sobre a Polícia Federal, vez que o aumento do número de operações é vertiginoso e desproporcional em relação aos avanços dos anos anteriores.

---

[17] POLÍCIA FEDERAL. *Estatísticas de Operações*. Disponível em http://www.pf.gov.br/imprensa/estatistica/operacoes. Acesso em 21.02.2018.

Gráfico III

Operações da Polícia Federal (2003-2016)

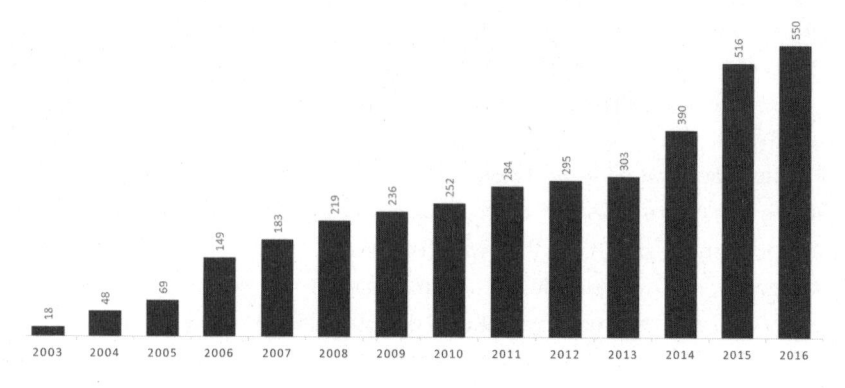

Valores por ano: 2003: 18; 2004: 48; 2005: 69; 2006: 149; 2007: 183; 2008: 219; 2009: 236; 2010: 252; 2011: 284; 2012: 295; 2013: 303; 2014: 390; 2015: 516; 2016: 550.

Fonte: Sítio Eletrônico do Departamento de Polícia Federal – Estatísticas

Nesse sentido, com o fortalecimento da instituição desde o investimento em termos financeiros e o aumento de recursos humanos, e ainda a visibilidade com que contou junto à mídia em razão de suas operações, a Polícia Federal passa, segundo Bajotto, a ser vista por seus funcionários como uma "polícia de elite". Segundo a autora, são quatro os elementos que reforçam essa perspectiva da polícia federalizada brasileira: a) visível investimento pelo Governo Federal; b) valorização pela qualificação; c) crime organizado; d) polícia que prende elite. Já tendo sido abordados os valores introjetados pelo Governo Federal na instituição, a valorização pela qualificação está relacionada, segundo o conteúdo das entrevistas realizadas pela pesquisadora, à obrigação do curso superior para ingresso nas carreiras, exigência imposta pela Lei n. 9.266/96, além da grande exigência intelectual para a aprovação no concurso público. Ainda, colabora para esse quadro o conhecimento adquirido antes do ingresso na corporação, ou seja, os "cursos frequentados, o domínio de línguas estrangeiras e os títulos obtidos possibilitam que o policial siga qualquer tipo de carreira, pela alta qualificação".[18]

---

[18] BAJOTTO, Carolina Cancian. *Polícia Federal*: a elite policial traçando identidades e

OS IMPACTOS DA OPERAÇÃO LAVA JATO NA POLÍCIA FEDERAL

Quanto ao terceiro ponto, o fato de a Polícia Federal não lidar com crimes de sangue ou que envolvam pequenas quantias patrimoniais, mas antes com crimes mais complexos e com vultosas quantias, como tráfico internacional de drogas, corrupção, lavagem de dinheiro, sonegação, contrabando, grilagem de terras, tráfico de pessoas, crimes pela internet, tráfico de animais, crimes ambientais, entre outros, faz com que os policiais federais criem uma percepção diferenciada em relação à própria atuação, tendo como referência o combate ao crime organizado.[19] Por último, os entrevistados pela autora demonstram haver um *status* social resultante do fato de a Polícia Federal ter como alvo indivíduos com capacidade de influenciar pessoas, corromper funcionários e contratar bons advogados, membros da elite brasileira.[20] Assim, "polícia de elite" em duplo sentido: internamente, por ser uma polícia a que se destina larga verba por parte do governo, resultando em equipamentos e estrutura de qualidade, bem como agentes qualificados; externamente, por ser uma polícia que, por ser responsável pela prevenção e repressão de delitos vinculados a organizações criminosas, tem como investigados pessoas ou grupos vinculados à camada mais alta da sociedade.

Diante disso, a análise dos dados confirma a hipótese de que institucionalmente a Polícia Federal já se encontrava no processo de afirmação de sua autonomia, inclusive como "polícia de elite", ao menos desde o ano de 2003. Os dois dados vinculados à estrutura do órgão – investimento do Governo Federal e a evolução do efetivo – mostram não ter havido interferência da Operação Lava Jato (deflagrada a partir

---

distinções. Dissertação de Mestrado – Programa de Pós-Graduação em Ciências Sociais da Pontifícia Universidade Católica do Rio Grande do Sul, 2009, p. 51.

[19] BAJOTTO, Carolina Cancian. *Polícia Federal*: a elite policial traçando identidades e distinções. Dissertação de Mestrado – Programa de Pós-Graduação em Ciências Sociais da Pontifícia Universidade Católica do Rio Grande do Sul, 2009, p. 59.

[20] BAJOTTO, Carolina Cancian. *Polícia Federal*: a elite policial traçando identidades e distinções. Dissertação de Mestrado – Programa de Pós-Graduação em Ciências Sociais da Pontifícia Universidade Católica do Rio Grande do Sul, 2009, p. 62.

de 2014) no orçamento destinado pelo governo à Polícia Federal, vez que esse demonstra regularidade em seu crescimento, assim como no efetivo, o qual também ascende com proporcionalidade aos anos anteriores. Então, se a Polícia Federal não deve sua autonomia institucional, em termos de estrutura, à Operação Lava Jato, pode-se supor que foram justamente a autonomização e melhor estruturação da instituição os elementos cruciais para a deflagração da Operação Lava Jato.

Por outro lado, embora havendo a necessidade de uma análise mais minuciosa e mesmo qualitativa, o número de operações da Polícia Federal cresceu vertiginosamente em relação aos anos anteriores – entre 2011 e 2012, 11 operações a mais; 2012 e 2013, 08; entre 2013 e 2014, 87; entre 2014 e 2015, 126; entre 2015 e 2016, 34 – podendo-se inferir certa influência da Operação Lava Jato, a qual demandou, conforme os números que serão apresentados mais adiante, o cumprimento de inúmeros mandados de busca e apreensão, investigações, conduções coercitivas e prisões – preventivas, temporárias ou em flagrante – por parte da Polícia Federal. Como já descrito acima, a Polícia Federal é um órgão com diversas atribuições, sendo sua atuação na Operação Lava Jato apenas uma de suas facetas – e aquela que tem sido mais veiculada nos meios de comunicação nos últimos anos. Assim, o aumento apontado estaria tão somente vinculado ao excesso, em termos numéricos e em relação aos anos anteriores, das operações quantificadas.

2. APROXIMAÇÕES TEÓRICAS: *TRADIÇÃO INQUISITORIAL, SUJEIÇÃO CRIMINAL E INCRIMINAÇÃO*

Como já colocado, a hipótese central que se busca demonstrar, mediante o estudo de caso, é que a Polícia Federal termina por aprofundar, durante sua atuação no âmbito da Operação Lava Jato, a *tradição inquisitorial* que marca o modelo vigente de investigação no Brasil, atualizando o papel do órgão como protagonista na construção da verdade jurídica através da *sujeição criminal* de indivíduos em posição social privilegiada e que, até pouco tempo na história recente do país, haviam raramente experimentado a *incriminação* por parte do sistema de justiça criminal. Dessa forma, sustenta-se que o impacto da Operação Lava Jato está no descortinamento, ao público e à opinião pública, da atuação inquisitorial da Polícia Federal, demonstrando sua vinculação ao tipo de tratamento dado, desde sempre, pelo sistema de justiça criminal aos mais pobres.

Nesse sentido, a proposta de analisar a atuação da Polícia Federal na Operação Lava Jato, a fim de captar os impactos da segunda sobre a primeira, está vinculada a um conjunto de elementos. Por isso, considera-se importante assentar o referencial teórico que possibilitará a leitura no sentido da hipótese aventada. Os conceitos e ideias acerca da *tradição inquisitorial*, *sujeição criminal* e *incriminação* parecem ser essenciais para a análise que o presente trabalho propõe. O primeiro está vinculado aos trabalhos de Roberto Kant de Lima, enquanto os outros dois aos estudos de Michel Misse.

Segundo Kant de Lima, a tradição burocrático-cartorária do Brasil encontra seus antecedentes históricos na organização judiciária colonial portuguesa, justificando o apreço, mormente do Poder Judiciário, por formas repressivas, não normalizadoras, de controle social. Com isso, através de um método de controle de comportamentos de seus agentes baseado na obrigatoriedade de procedimentos abstratamente definidos e em punições severas, produz-se o que o autor denomina de *suspeição sistemática*, assegurando a fragilização permanente nos quadros da burocracia estatal e estimulando a formação de lealdades pessoais e verticalizadas que permitem neutralizar as ameaças potenciais, porém sistêmicas, de punição, assim como o *abrasileiramento da burocracia*.[21]

Dentro desse quadro, é sabido que a tradição jurídica ocidental, visando a supressão dos testes judiciários medievais de prova legal – "fundadas no desafio das partes a ser decidido por intervenções sobrenaturais" – termina por constituir-se em instituições de inquérito,

---

[21] LIMA, Roberto Kant de. "Éticas e práticas na segurança pública e na justiça criminal". *In*: LIMA, Renato Sérgio de; RATON, José Luiz; AZEVEDO, Rodrigo Ghiringhelli de. *Crime, polícia e justiça no Brasil*. São Paulo: Contexto, 2014, p. 472.

"controladas pelo soberano, ou pelo Estado, através de seus agentes, que se apropriam dos processos de produção e descoberta da verdade jurídica e, consequentemente, do controle de seus resultados".[22] Ou seja, de um lado, o Estado se apropria judiciariamente do inquérito e o torna obrigatório para seus agentes envolvidos com as instituições judiciais e policiais "incumbidas de descobrir juridicamente uma *verdade real*, no caso de se identificarem infrações previstas em certas leis". De outro, forjou-se as "ações de inquérito em um sistema disciplinar, de cunho normalizador e preventivo, que se articula com o sistema judiciário através de formas opcionais de ação em busca de versões verossímeis".[23]

No Brasil, ambas versões foram implantadas, vez que vige o sistema de obrigatoriedade da ação policial e judicial, podendo levar a uma dificuldade burocrática – "reconhecida institucionalmente, no registro e acompanhamento dos procedimentos judiciários criminais, por operar distorções estruturais de difícil avaliação" – que faz ecoar, a título de exemplo, "no Rio de Janeiro, a impossibilidade de a polícia cumprir o princípio da obrigatoriedade de agir de determinada forma, definida em abstrato, diante dos acontecimentos que se apresentam em seu cotidiano funcional", vindo a provocar a "reação correspondente na figura das seleções muitas vezes arbitrárias de seus registros". Isso faz com que tal princípio da obrigatoriedade, no âmbito do Judiciário, leve a um "desnecessário acúmulo de processos iniciados, mas não concluídos".[24]

Para piorar a situação, vinculado a esse sistema abstrato de fiscalização e controle vigente na burocracia brasileira, as instituições policiais no Brasil contam com organização e estrutura funcional

---

[22] LIMA, Roberto Kant de. "Éticas e práticas na segurança pública e na justiça criminal". *In*: LIMA, Renato Sérgio de; RATON, José Luiz; AZEVEDO, Rodrigo Ghiringhelli de. *Crime, polícia e justiça no Brasil*. São Paulo: Contexto, 2014, p. 472.

[23] LIMA, Roberto Kant de. "Éticas e práticas na segurança pública e na justiça criminal". *In*: LIMA, Renato Sérgio de; RATON, José Luiz; AZEVEDO, Rodrigo Ghiringhelli de. *Crime, polícia e justiça no Brasil*. São Paulo: Contexto, 2014, p. 473.

[24] LIMA, Roberto Kant de. "Éticas e práticas na segurança pública e na justiça criminal". *In*: LIMA, Renato Sérgio de; RATON, José Luiz; AZEVEDO, Rodrigo Ghiringhelli de. *Crime, polícia e justiça no Brasil*. São Paulo: Contexto, 2014, p. 473.

fortemente hierarquizadas e excludentes: na polícia militar, por um lado, "temos duas entradas na profissão, que correspondem a formações e funções diferenciadas, uma para oficiais, outra para praças, sendo que estes dificilmente chegam aos postos mais altos do oficialato"; enquanto isso, "na polícia judiciária, temos várias carreiras, mas a principal distinção, a salarial, se verifica entre os delegados e escrivães e agentes de polícia".[25] Na mesma via, a formação de ambas polícias voltadas à formação institucional de caráter repressivo, dogmático e instrucional, ligado ao Direito Penal ou mesmo inspirado na formação militar, revela-se "distanciada daquela necessária ao bom desempenho das funções policiais, que consistem em tomar decisões em tempo real, autônomas e independentes, sujeitas a responsabilização posterior [...]".[26]

Nesse sentido, Kant de Lima constata dois modelos de construção da verdade jurídica: o primeiro vinculado aos princípios da igualdade jurídica formal (todos são iguais perante a lei), dos processos acusatoriais (presunção de inocência) e adversariais (presença de acusação e defesa nos processos), com "a possibilidade permanente de realizar negociações oficiais sobre os fatos ocorridos e sobre seu desfecho judicial, associados ao controle pela responsabilização dos agentes públicos"[27] – tido como modelo disciplinar/normalizador. Além desse modelo, um segundo é constatável, chamado de repressivo, e está fundado na desigualdade jurídica formal e também:

> [...] em processos inquisitoriais (presunção de culpa como resultado de investigações preliminares, sigilosas e escritas, cujo teor é dotado de fé pública) e contraditórios (presença de acusação

---

[25] AZEVEDO, Rodrigo Ghiringhelli de. "Elementos para a modernização das polícias no Brasil". *Revista Brasileira de Segurança Pública*. São Paulo, vol. 10, Suplemento Especial, 8-20, Fev/Mar, 2016, p. 10.

[26] LIMA, Roberto Kant de. "Éticas e práticas na segurança pública e na justiça criminal". *In*: LIMA, Renato Sérgio de; RATON, José Luiz; AZEVEDO, Rodrigo Ghiringhelli de. *Crime, polícia e justiça no Brasil*. São Paulo: Contexto, 2014, p. 475.

[27] LIMA, Roberto Kant de. "Éticas e práticas na segurança pública e na justiça criminal". *In*: LIMA, Renato Sérgio de; RATON, José Luiz; AZEVEDO, Rodrigo Ghiringhelli de. *Crime, polícia e justiça no Brasil*. São Paulo: Contexto, 2014, p. 475.

e defesa nos processos com a obrigação de dissentir) e a obrigatoriedade do agente público atuar de determinada forma, imposta aos órgãos do Estado pela lei em abstrato, com a consequente possibilidade de culpabilização dos agentes públicos em função de seus erros ou omissões que possam ter contrariado essa obrigação.[28]

Por essa via, diferenças significativas de estratégias de controle social aparecem entre esses modelos – normalizador e repressivo. No primeiro, "tanto o processo – *o due process of law* – quanto a acusação, no sistema judicial dos Estados Unidos, são opções, respectivamente, do acusado e dos agentes públicos encarregados da persecução penal [...]", enquanto que no segundo, verificável no Brasil, "tanto o processo quanto a acusação são obrigatórios, para os agentes públicos e para as partes, quando se verificam determinadas circunstâncias".[29] Além disso, as categoriais *acusatorial* e *adversarial*, opostas à *inquisitorial*, "tomam significados bastante específicos no sistema judicial criminal dos EUA", já que complementado por: (a) existência de um sistema de negociações sobre os fatos e sobre a pena a ser atribuída a um acusado – *plea bargain*; (b) regulação da adversarialidade e da acusatorialidade por protocolos escritos, anteriores e concomitantes aos atos judiciais e pré-judiciais, com a transcrição, durante os procedimentos judiciais, de falas havidas nos tribunais ou em frente ao juiz, ou do juiz e dos jurados, "realizados na presença conjunta e obrigatória dos advogados das partes envolvidas, seja na sala em que ocorre o *trial*, seja no gabinete do juiz, condição de transparência para as partes, indispensável para a validade das decisões proferidas [...]".[30]

No Brasil, ao contrário, "o processo se constitui em 'autos', que registram versões cartoriais, dotadas de fé pública, das falas de suas partes,

---

[28] LIMA, Roberto Kant de. "Éticas e práticas na segurança pública e na justiça criminal". *In*: LIMA, Renato Sérgio de; RATON, José Luiz; AZEVEDO, Rodrigo Ghiringhelli de. *Crime, polícia e justiça no Brasil*. São Paulo: Contexto, 2014, p. 476.

[29] LIMA, Roberto Kant de. "Éticas e práticas na segurança pública e na justiça criminal". *In*: LIMA, Renato Sérgio de; RATON, José Luiz; AZEVEDO, Rodrigo Ghiringhelli de. *Crime, polícia e justiça no Brasil*. São Paulo: Contexto, 2014, p. 477.

[30] LIMA, Roberto Kant de. "Éticas e práticas na segurança pública e na justiça criminal". *In*: LIMA, Renato Sérgio de; RATON, José Luiz; AZEVEDO, Rodrigo Ghiringhelli de. *Crime, polícia e justiça no Brasil*. São Paulo: Contexto, 2014, p. 478.

seja nos procedimentos administrativos do inquérito policial, seja nos procedimentos do processo judicial" e, embora digam tratar-se de um processo acusatório, "constitui-se de qualquer forma em um procedimento obrigatório, em geral precedido de um inquérito policial, procedimento inquisitorial que pode fundamentar a denúncia do promotor", regido pelo "princípio da *verdade real*, que atribui poderes investigatórios ao juiz", impondo também fé pública, ou seja, dando às afirmações valor contra terceiros, "aos autos do inquérito policial sigiloso e inquisitorial, quer dizer, sem a participação oficial do acusado, cujos registros se fazem em um cartório da polícia judiciária".[31] Com esse modelo, reproduzido nas práticas burocráticas dos sistemas policial e judicial, não se busca uma versão verossímil e consensualizada dos fatos, "mas para uma suposta verdade real a ser obrigatoriamente descoberta, embora, evidentemente, impossível de ser reconstituída em sua integralidade".[32]

A dimensão e a importância do inquérito policial, e sua tradição inquisitorial dentro do sistema de justiça criminal, leva a pensar em outra lente teórica, que forja os conceitos expostos por Michel Misse[33] de *sujeição criminal* e *incriminação*. A importância de tais conceitos está vinculada à hipótese que se busca demonstrar de que a tradição inquisitorial apresentada pela operacionalidade da Polícia Federal, descortinada e aprofundada pela Operação Lava Jato, e que será analisada mais adiante, leva aquela instituição a ser protagonista no processo de *sujeição criminal* de políticos e empresários, alvos que passam a ser constantemente, somente de modo recente no país, submetidos ao processo de *incriminação*.

---

[31] LIMA, Roberto Kant de. "Éticas e práticas na segurança pública e na justiça criminal". *In*: LIMA, Renato Sérgio de; RATON, José Luiz; AZEVEDO, Rodrigo Ghiringhelli de. *Crime, polícia e justiça no Brasil*. São Paulo: Contexto, 2014, p. 478.

[32] LIMA, Roberto Kant de. "Éticas e práticas na segurança pública e na justiça criminal". *In*: LIMA, Renato Sérgio de; RATON, José Luiz; AZEVEDO, Rodrigo Ghiringhelli de. *Crime, polícia e justiça no Brasil*. São Paulo: Contexto, 2014, p. 479.

[33] MISSE, Michel. *Malandros, marginais e vagabundos & a acumulação social da violência no Rio de Janeiro*. Tese (Doutorado) apresentada junto ao Instituto Universitário de Pesquisas do Rio de Janeiro. Rio de Janeiro, 1999.

Sendo a *sujeição criminal* independente das outras duas categorias colocadas por Michel Misse[34] – *criminação* e *incriminação* – esse a constrói, desde um estudo sobre a violência no Rio de Janeiro, como a "reprodução social de "tipos sociais" representados como criminais ou potencialmente criminais: *bandidos*". No caso, seu estudo revela que no Rio de Janeiro esses eram os "malandros", "vagabundos", "171", "marginais", "traficantes", entre outros.[35] Assim, nesse "processo social pelo qual se dissemina uma expectativa negativa sobre indivíduos e grupos, fazendo-os crer que essa expectativa não só é verdadeira como constitui parte integrante de sua subjetividade" molda-se o conteúdo da *sujeição criminal*, não limitando-o às ideias de *estigma* ou mesmo de *rótulo*, embora enlaçados a elas, vez que está vinculado à um "*set* institucionalizado denominado "Código Penal", historicamente construído e administrado monopolicamente pelo Estado, que se confunde inteiramente com o moderno processo de criminalização".[36]

Misse defende, assim, que a sujeição criminal é a oposição dos valores positivos do caráter ideal do cidadão, também denominados "pessoas de bem", tratando-se então "de alguém ou de um grupo social em relação ao qual "sabe-se" preventivamente que poderão nos fazer mal, assaltar-nos, violar-nos, matar-nos".[37] E embora o conceito de *sujeição criminal* apareça mais vinculado à uma sociabilidade violenta[38], Misse assume que nos últimos tempos assiste-se, "através de campanha

---

[34] MISSE, Michel. "Crime, sujeito e sujeição criminal: aspectos de uma contribuição analítica sobre a categoria 'bandido'". *Lua Nova*. São Paulo, 79: 15-38, 2010.

[35] MISSE, Michel. *Malandros, marginais e vagabundos & a acumulação social da violência no Rio de Janeiro*. Tese (Doutorado) apresentada junto ao Instituto Universitário de Pesquisas do Rio de Janeiro. Rio de Janeiro, 1999, p. 72.

[36] MISSE, Michel. "Sujeição criminal". *In*: LIMA, Renato Sérgio de; RATON, José Luiz; AZEVEDO, Rodrigo Ghiringhelli de. *Crime, polícia e justiça no Brasil*. São Paulo: Contexto, 2014, p. 204.

[37] MISSE, Michel. "Sujeição criminal". *In*: LIMA, Renato Sérgio de; RATON, José Luiz; AZEVEDO, Rodrigo Ghiringhelli de. *Crime, polícia e justiça no Brasil*. São Paulo: Contexto, 2014, p. 208.

[38] Para uma visão do conceito, cfr. SILVA, Luiz Antônio Machado da. "Sociabilidade violenta: por uma interpretação da criminalidade contemporânea no Brasil urbano". *Sociedade e Estado*, Brasília, vol. 19, n. 1, pp. 53-84, jan./jun., 2004.

midiática maciça, à extensão de alguns atributos da sujeição criminal a políticos e corruptos em geral, tema frequentemente usado nas campanhas eleitorais do passado, como parte do conflito político em voga".

> Todo o investimento feito no Brasil, no sentido de construir-se um sistema de administração da justiça moderno, esbarrou (como ainda esbarra) no predomínio de uma tradição inquisitorial que privilegia mais a "cabeça" do suposto autor e dos envolvidos no evento, do que a definição da situação em que se deu o crime. A sujeição criminal antecipa-se à busca de evidências empíricas no processo de construção da verdade "real" (eis o eufemismo através do qual a polícia distingue a "sua" verdade da "verdade" judicial).[39]

Porém, não basta "que se considere apenas a dimensão cognitiva que interpreta o evento como crime", havendo necessidade e interesse em levar tal reconhecimento cognitivo ao conhecimento "de uma agência de proteção (no caso, o Estado) de modo a convencê-lo não apenas quanto ao aspecto cognitivo, mas também quanto à validez e à racionalidade em iniciar o processo de *incriminação*".[40] Ou seja, da quantidade existente de crimes na sociedade e mesmo entre os indivíduos sujeitos criminalmente, somente alguns serão identificados e selecionados para que o Estado – mediante o processamento legal de suas agências – realize suas incriminações.

Contudo, quando a demonstração de um evento tido como criminoso não é evidente, exigindo investigação com o aprofundamento na produção de provas, existe a possibilidade de se iniciar – ou não, a depender da autoridade policial – um inquérito policial, defendendo Misse que é ele "a peça mais importante do processo de incriminação

---

[39] MISSE, Michel. "O papel do inquérito policial no processo de incriminação no Brasil: algumas reflexões a partir de uma pesquisa". *Revista Sociedade e Estado*, vol. 26, n. 01, Janeiro/Abril de 2011, p. 18.

[40] MISSE, Michel. "O papel do inquérito policial no processo de incriminação no Brasil: algumas reflexões a partir de uma pesquisa". *Revista Sociedade e Estado*, vol. 26, n. 01, Janeiro/Abril de 2011, p. 17.

no Brasil", na medida em "que interliga o conjunto do sistema, desde o indiciamento de suspeitos até o julgamento".[41] Porém, "é preciso não confundir o inquérito policial com a investigação policial", vez que o primeiro, "resultado sumário de uma investigação, é uma peça composta de laudos técnicos, depoimentos tomados em cartório e de um relatório juridicamente orientado, assinado por um delegado de polícia [...]".[42]

Em outras palavras, a sujeição criminal pode ocorrer sem que haja o processo de incriminação. Caso haja a necessidade de mais elementos e dentro do modelo inquisitorial adotado pelo sistema de justiça criminal brasileiro, como demonstrado, termina-se por se instaurar uma investigação policial que resultará em um inquérito policial, sendo essa, segundo Michel Misse, a peça mais importante, eis que guiará outras fases do processo de incriminação levadas a cabo por promotores (ou procuradores) e juízes. Embora independente, a sujeição criminal afeta e é afetada por esse modelo de incriminação adotado e que se reproduz através de práticas inquisitoriais, vez que, como posto, ela se antecipa "na busca de evidências empíricas no processo de construção da verdade "real" (eis o eufemismo através do qual a polícia distingue a "sua" verdade da "verdade" judicial)".[43]

3. OPERAÇÃO LAVA JATO NA DINÂMICA DE FUNCIONAMENTO DA POLÍCIA FEDERAL: UMA ANÁLISE QUALITATIVA

Além da autonomização e estruturação da Polícia Federal, outros dois elementos parecem ter influenciado para a deflagração da Operação

---

[41] MISSE, Michel. "O papel do inquérito policial no processo de incriminação no Brasil: algumas reflexões a partir de uma pesquisa". *Revista Sociedade e Estado*, vol. 26, n. 01, Janeiro/Abril de 2011, p. 19.

[42] MISSE, Michel. "O papel do inquérito policial no processo de incriminação no Brasil: algumas reflexões a partir de uma pesquisa". *Revista Sociedade e Estado*, vol. 26, n. 01, Janeiro/Abril de 2011, p. 19.

[43] MISSE, Michel. "O papel do inquérito policial no processo de incriminação no Brasil: algumas reflexões a partir de uma pesquisa". *Revista Sociedade e Estado*, vol. 26, n. 01, Janeiro/Abril de 2011, p. 18.

OS IMPACTOS DA OPERAÇÃO LAVA JATO NA POLÍCIA FEDERAL

Lava Jato: a autonomia galgada pelo Ministério Público Federal[44] e seu protagonismo no combate aos crimes econômicos e o refinamento de leis voltadas aos crimes de colarinho branco. Desse conjunto, aliado ao novo protagonismo do Supremo Tribunal Federal em matéria penal, a Operação Lava Jato ganha proporções – alimentada substancialmente por um discurso generalizado de "combate à corrupção" – até então desconhecidas no Brasil no que se refere a investigação e condenação de políticos e grandes empresários, e que, conforme se sustenta, impactará a atuação da Polícia Federal ao aprofundar os traços inquisitoriais de sua ação, tornando-a a instituição protagonista pela *sujeição criminal* seletiva de indivíduos privilegiados.

Nesse sentido, Rogério Arantes afirma que foi nos últimos anos que o Ministério Público ganhou autonomia funcional e seus integrantes passaram a receber as mesmas garantias – caráter vitalício, inamovibilidade e irredutibilidade – dos juízes.[45] No entanto, para o autor, o processo de autonomia da instituição não se inicia somente após a promulgação da Constituição de 1988, mas antes, quando o Código de Processo Civil de 1973 autorizou o Ministério Público a intervir em todos os processos em que o "interesse público" estivesse presente. E é na trajetória de separação entre o órgão e o Poder Executivo, segundo o autor, que há a afirmação daquele como representante da sociedade. Além disso, Arantes coloca que outra legislação teria contribuído para tal autonomia: a Lei n. 7.347/1985, a qual disciplina a Ação Civil Pública e que levou o ordenamento jurídico brasileiro a reconhecer a categoria dos *direitos difusos e coletivos*, como os relacionados com o meio ambiente, com as relações de consumo e o patrimônio histórico e cultural. Com isso, instrumentalizaram-se também outras vantagens institucionais ao Ministério Público, como o Inquérito Civil Público – passando a contar

---

[44] Para uma visão do perfil socioprofissional dos procuradores do Ministério Público Federal, cfr. AZEVEDO, Rodrigo Ghiringhelli. *Perfil socioprofissional e concepções de política criminal no Ministério Público Federal*. Brasília: Escola Superior do Ministério Público da União, 2010.
[45] ARANTES, Rogério B. "Rendición de cuentas y pluralismo estatal en Brasil: Ministério Público y Policía Federal". *Desacatos 49*, septiembre-diciembre 2015, p. 35.

com o poder coercitivo para solicitar informações e produzir provas – e o Termo de Ajustamento de Conduta: tratado como título extrajudicial, obriga aqueles que causam danos a assumir a responsabilidade, interromper as ações danosas e comprometer-se a repará-los.[46]

  Mouzinho, buscando compreender o papel assumido pelo Ministério Público na punição de ricos e privilegiados no Brasil, sugere que ao ter como atribuição a defesa de direitos difusos e coletivos na esfera cível, o Ministério Público passará a utilizar-se dessa estratégia para deslocar casos do âmbito cível para o penal, podendo "iniciar um caso com uma acusação de improbidade administrativa, cuja sanção cabe ao Direito Civil, e a partir das provas coletadas contra o acusado, deslocar a investigação para o Direito Penal [...]".[47] Além disso, uma segunda estratégia é a legitimação das investigações via publicação na imprensa, selecionando os casos que serão divulgados e enfatizando os de maior vulto e com vinculação a pessoas de renome, sejam políticos ou empresários, capazes de mobilizar os meios de comunicação. Nesse ponto, "as ações do Ministério Público acabam corroboradas por jornalistas denominados investigativos, e que alimentam diariamente o sucesso da investigação, somando outras "provas" ao trabalho inicial dos procuradores".[48]

  Por seu turno, demonstra-se que houve um esforço do legislativo na *criminação,* com a criação de normas voltadas ao combate aos crimes de colarinho branco no Brasil: primeiro, a Lei n. 12.683, de 09 de julho de 2012, a qual justifica-se na busca em tornar mais eficiente a persecução penal dos crimes de lavagem de dinheiro, explicitados pela Lei n. 9.613/98; além dela, a Lei n. 12.846 de 1º de agosto de 2013, conhecida também como "Lei Anticorrupção", entra em vigor para prever a

---

[46] ARANTES, Rogério B. "Rendición de cuentas y pluralismo estatal en Brasil: Ministério Público y Policía Federal". *Desacatos 49*, septiembre-diciembre 2015, p. 36.

[47] MOUZINHO, Glaucia Maria Pontes. *Sobre culpados e inocentes:* o processo de criminação e incriminação pelo Ministério Público Federal brasileiro. Tese (Doutorado), Programa de Pós-Graduação em Antropologia, Universidade Federal Fluminense, p. 107.

[48] ARANTES, Rogério B. "Rendición de cuentas y pluralismo estatal en Brasil: Ministério Público y Policía Federal". *Desacatos 49*, septiembre-diciembre 2015, p. 109.

punição, tanto no âmbito administrativo quanto civil, de atos de corrupção praticados por empresas contra a administração pública nacional ou estrangeira; por último, tem-se a Lei n. 12.850 de 02 de agosto de 2013, conhecida como Lei das Organizações Criminosas, promulgada para tentar delinear o conceito de "organizações criminosas" e dispor sobre a investigação criminal, os meios de obtenção de provas, as infrações penais correlatas e o procedimento criminal que deverá ser adotado para a o processamento daqueles que são incluídos nessa categoria.

Assim, resultado desse conjunto de fatores, a Operação Lava Jato é deflagrada pela Polícia Federal no dia 17 de março de 2014. Com a proposta de investigar um esquema de lavagem de dinheiro através de doleiros – indivíduos responsáveis pela compra e venda de dólares no mercado paralelo – essa operação deve seu nome ao uso, por parte dos investigados, de postos de combustíveis como forma de movimentar os valores ilícitos. Após algum tempo, o núcleo das investigações terminou por ampliar-se e passou a focar supostos esquemas de desvios de recursos da estatal Petrobras, mormente nas Diretorias de Abastecimento, Serviços e Internacional, tendo sido empreendidos esforços no sentido de provar, já no âmbito judicial, que tais desvios teriam como destinatários empreiteiras e partidos políticos. Em razão dos investigados e réus não serem aqueles comumente *incriminados* pelo sistema de justiça criminal, a operação passa a receber atenções em nível nacional e internacional, sendo impulsionada também pelo modo de atuação dos atores jurídicos que lhe dão vida – entre eles, a Polícia Federal.

Com uma forma bastante peculiar de funcionamento, a Lava Jato opera a partir de *fases* que são deflagradas com um recorte cronológico de alguns meses entre si, vindas a público com o intento de cumprir ordens judiciais que implicam, na maioria das vezes, em restrições à liberdade de investigados ou réus ou mesmo de seus bens. Segundo dados do Ministério Público Federal, atualizados até fevereiro de 2018, a Operação Lava Jato instaurou 1.765 procedimentos, cumpriu 881 mandados de buscas e apreensões, 222 mandados de conduções coercitivas, 101 mandados de prisões preventivas, 111 mandados de prisões temporárias e 06 prisões em flagrante. Além disso, 340 pedidos de cooperação internacional, sendo 201 pedidos ativos para 41países e 139 pedidos passivos com 31 países. A Operação Lava Jato também já firmou, inclusive tornando seu principal instrumento investigativo[49], ao contrário de outras operações, 163 acordos de *colaboração* premiada – eufemismo para o antigo instituto de delação premiada – 11 acordos de leniência, onde empresas privadas podem *colaborar*, e somente um Termo de Ajustamento de Conduta.[50]

Nesse sentido, os principais crimes que a Operação Lava Jato investiga e processa estão relacionados à corrupção, contra o sistema financeiro internacional, tráfico transnacional de drogas, formação de organização criminosa e lavagem de dinheiro, entre outros, devendo-se sublinhar os alvos privilegiados contra quem opera. Ainda, os dados de atuação na primeira instância demonstram que 72 acusações criminais, contra 289 pessoas, já foram apresentadas; dessas, advieram 38 sentenças, contabilizando 182 condenações contra 118 pessoas e o total de 1.809 anos e 08 meses entre as penas cominadas.

Um dos juízes responsáveis por tais sentenças em primeiro grau é o titular da 13ª Vara Federal de Curitiba, Sérgio Fernando Moro, o mesmo que atuou junto ao processo do Banestado e que também atuou como juiz convocado pelo Supremo Tribunal Federal em outro processo famoso pela condenação de políticos e empresários: a Ação Penal n. 470, também conhecida como *Mensalão*. Sua atuação com incentivos a prisões preventivas, delações premiadas, conduções coercitivas e os repetidos vazamentos de informações, inclusive de investigados que não deveriam estar sob sua jurisdição[51], assim como seus vídeos em redes sociais e palestras

---

[49] LIMA, Roberto Kant; MOUZINHO, Glaucia Maria Pontes. "Produção e reprodução da tradição inquisitorial no Brasil: entre delações e confissões premiadas". *DILEMAS: Revista de Estudos de Conflito e Controle Social*, vol. 09, n. 03, set-dez 2016, p. 514.

[50] MINISTÉRIO PÚBLICO FEDERAL. *A Lava Jato em números no Paraná*. Disponível em: http://www.mpf.mp.br/para-o-cidadao/caso-lava-jato/atuacao-na-1a-instancia/parana/resultado. Acesso em 23 de fevereiro de 2018.

[51] MACEDO, Fausto. *Moro pede desculpas ao Supremo por divulgação de áudios de Lula e nega motivação política*. Disponível em http://politica.estadao.com.br/blogs/fausto-macedo/moro-pede-desculpas-ao-supremo-por-divulgacao-de-audios-de-lula-e-nega-motivacao-politica/. Acesso em 28.02.2018.

requerendo o apoio da opinião pública para a continuidade da Operação Lava Jato, o tornaram o mais famoso dos juízes que atuam na operação.

Dentre os investigados e réus, figuram presidentes e diretores de grandes empresas, mormente aquelas ligadas ao mercado da construção no Brasil, como as empreiteiras Odebrecht, Andrade Gutierrez, OAS, Camargo Corrêa, Queiroz Galvão, Galvão Engenharia[52], entre outras. Também figuram políticos do alto escalão, em exercício ou não, como deputados estaduais e federais, senadores, governadores, diretores de empresas de economia mista, entre outros, com destaque ao ex-presidente Luiz Inácio Lula da Silva, recentemente condenado em segunda instância pelo Tribunal Regional Federal da 4ª Região em julgamento colegiado.

Ainda, considerando que a Constituição Federal de 1988 institui o chamado "foro por prerrogativa de função", dando ao presidente da República, deputados, senadores, governadores, prefeitos, conselheiros dos Tribunais de Contas, juízes, procuradores da República e promotores, o direito de serem julgados somente por Tribunais Superiores de decisão colegiada, evidenciando assim que "a distribuição de direitos constitucionais no Brasil não se configura de maneira uniforme entre os cidadãos"[53], fazendo com assumam a "forma de privilégios tais como eram no Brasil Colônia ou na nossa monarquia", a Operação Lava Jato tem acusados com foro de julgamento exclusivo no Supremo Tribunal Federal. Assim, segundo os números apresentados pelo Ministério Público Federal, nessa instância foram instaurados 193 inquéritos, oferecidas 36 denúncias contra 100 acusados e submetidos 121 acordos de *colaboração* premiada.[54]

---

[52] G1 – POLÍTICA. *7 das 10 maiores empreiteiras tiveram executivos investigados na Lava Jato*. Disponível em http://g1.globo.com/politica/operacao-lava-jato/noticia/2015/06/7-das-10-maiores-empreiteiras-tiveram-executivos-investigados-na-lava-jato.html. Acesso em 28.02.2018.

[53] LIMA, Roberto Kant; MOUZINHO, Glaucia Maria Pontes. "Produção e reprodução da tradição inquisitorial no Brasil: entre delações e confissões premiadas". *DILEMAS: Revista de Estudos de Conflito e Controle Social*, vol. 09, n. 03, set-dez 2016, p. 508.

[54] MINISTÉRIO PÚBLICO FEDERAL. *A Lava Jato em números – STF*. Disponível em http://www.mpf.mp.br/para-o-cidadao/caso-lava-jato/atuacao-no-stj-e-no-stf/resultados-stf/a-lava-jato-em-numeros-stf. Acesso em 23.02.2018.

Como já frisado, a Operação Lava Jato opera com a deflagração de *fases*, ou seja, após certo tempo de investigação – seja para angariar novas provas seja para seguir o rastro das delações premiadas realizadas por investigados e acusados – a Polícia Federal, em seu papel de polícia judiciária, passa a cumprir mandados de prisões preventivas, prisões temporárias, por vezes prisões em flagrante, assim como buscas e apreensões e conduções coercitivas. Antes disso, os resultados das investigações são articulados com o Ministério Público Federal – que pode ou não dar prosseguimento ao caso – e com o Poder Judiciário, o qual autoriza tais medidas.

Segundo Minayo, embora as pesquisas quantitativas e qualitativas se complementem, sua natureza é diversa, vez que enquanto a primeira trata da magnitude dos fenômenos, a segunda aborda sua intensidade. Enquanto a pesquisa quantitativa "busca aquilo que se repete e pode ser tratado em sua homogeneidade", a pesquisa qualitativa visa "as singularidades e os significados", ou seja, está menos preocupada com os elementos que terminam por se repetir "e muito mais atenta com sua dimensão sociocultural que se expressa por meio de crenças, valores, opiniões, representações, formas de relação, simbologia, usos, costumes, comportamentos e práticas".[55] No presente trabalho, optou-se pelo chamado *estudo de caso*, na medida em que esse método, sobre os outros, se distingue quando existe na pesquisa "uma questão do tipo "como" ou "por que" sobre um conjunto contemporâneo de acontecimentos sobre o qual o pesquisador tem pouco ou nenhum controle".[56] Mesmo tratando-se de um caso particular, escolhido pelo pesquisador, o que esse método possibilita é a leitura de tal caso para além de suas especificidades, servindo de "via de acesso" a outras questões e fenômenos que possam ser relevantes na compreensão geral do fenômeno.[57]

---

[55] MINAYO, Maria Cecília de Souza. "Amostragem e saturação em pesquisa qualitativa: consensos e controvérsias". *Revista Pesquisa Qualitativa*. São Paulo (SP), vol. 5, n. 7, pp. 01-12, abril. 2017, p. 02.
[56] YIN, Robert K. *Estudo de caso: planejamento e métodos*. Tradução Daniel Grassi – 2ª ed. – Porto Alegre: Bookman, 2001, p. 28.
[57] PIRES, Álvaro. "Amostragem e pesquisa qualitativa: considerações epistemológicas, teóricas e metodológicas". *In*: POUPART, Jean *et al*. *A pesquisa qualitativa*: enfoques epistemológicos e metodológicos. 3ª ed. Petrópolis, Rio de Janeiro: Vozes, 2012, p. 180.

OS IMPACTOS DA OPERAÇÃO LAVA JATO NA POLÍCIA FEDERAL

O caso escolhido para análise é a 35ª fase da Operação Lava Jato, também conhecida como *Operação Omertà*, deflagrada em 26 de setembro de 2016, com o objetivo de investigar também indícios de uma relação criminosa entre um ex-ministro da Casa Civil e da Fazenda com uma das maiores empreiteiras do país.[58] Cumpriu-se somente nessa fase, segundo informa a Polícia Federal, 45 ordens judiciais, sendo 27 mandados de busca e apreensão, 3 mandados de prisão temporária e 15 mandados de condução coercitiva, abarcando os estados de São Paulo, Rio de Janeiro, Espírito Santo, Bahia, Mato Grosso, Mato Grosso do Sul e Distrito Federal.[59] A escolha dessa operação se deu em razão da plena disponibilidade de acesso ao relatório final do Inquérito Policial realizado pela Polícia Federal, estando disponível em diversos sites de notícias. Contudo, após a escolha por esse critério, notou-se que se tratava de investigação que comportava outros elementos característicos da Operação Lava Jato, acima apontados, tornando-a de maior interesse: a) investigados situados tanto no campo da política quanto do empresariado; b) decorre de provas adquiridas por delação premiada; c) prisões, temporárias ou preventivas, decretadas no início da investigação, com base em indícios; e d) operação realizada sob sigilo.

O inquérito policial[60] que suporta a narrativa da investigação se inicia no dia 03 de novembro de 2015 e finaliza no dia 25 de outubro de 2016, com seu relatório final apresentando indícios e provas, em sua maioria apreendidas em outras fases da Operação Lava Jato: uma planilha, contendo o suposto codinome do político investigado e de outros como destinatários de pagamentos advindos da empresa investigada; anotações do empresário investigado; dados presentes em uma planilha resgatada

---

[58] Preferiu-se não referir o nome dos investigados – atualmente condenados – envolvidos na Operação *Omertà*, a fim de não reforçar a estigmatização sobre suas pessoas e também por não ser essencial ao estudo de caso que ora se pretende realizar.

[59] POLÍCIA FEDERAL. *Fases da Lava Jato – 2016*. Disponível em http://www.pf.gov.br/imprensa/lava-jato/fases-da-operacao-lava-jato-1/fases-da-lava-jato-2016. Acesso em 1.03.2018.

[60] ESTADÃO. *Relatório – Inquérito Policial n. 2255/2015 SR/DPF/PR*. Disponível em http://politica.estadao.com.br/blogs/fausto-macedo/wp-content/uploads/sites/41/2016/10/relatoriofinalindiciamentopalocci.pdf. Acesso em 12.03.2018.

que comprovaria os pagamentos ilícitos realizados pelo empresário investigado ao político investigado; documentos apreendidos com o empresário anteriormente processado que comprovariam, através de outra fonte, a alcunha de "italiano" do político investigado, presente em diversas programações de pagamentos do empresário investigado; extratos bancários de instituição financeira de outro país; interrogatório de outros dois réus, um publicitário e uma empresária, já realizados em outra fase da operação; cópia de contratos apreendidos da 9ª fase da operação; termos de colaboração premiada realizada por uma ex-secretária da empreiteira investigada; resultados do afastamento de sigilos bancários; representações policiais por medidas cautelares e pela conversão de prisão temporária dos investigados – presos no dia 26 de setembro de 2016 – em prisão preventiva, convertida no dia 30 de setembro de 2016; por fim, o despacho de indiciamento dos investigados.

O inquérito policial, que resultou no relatório dividido em oito partes, demonstra ser – desde Kant de Lima – fruto da obrigatoriedade de agir que o sistema impõe, vindo a construir uma narrativa calcada na lógica burocrática e cartorária, claramente voltada a compor os "autos" da ação penal que se seguiu. Em torno dos elementos apresentados ao juiz federal e aos procuradores do Ministério Público Federal destinatários, busca a Polícia Federal a todo momento juntar as peças, muitas provenientes de outras *fases* vinculadas à Operação Lava Jato, para que se comprove ter havido o repasse ilícito de valores ao político investigado, não trazendo, em momento algum, o seu depoimento ou mesmo dando-lhe oportunidade de apresentar outros elementos que, talvez, possibilitariam formar uma visão consensualizada e verossímil dos fatos.

Além disso, o sigilo dos elementos produzidos antes da deflagração de tal *fase* da Operação Lava Jato, tendo a mídia noticiado certo exagero nessa *fase* em específico[61], demonstra também um afastamento do modelo *consensual* de construção dos fatos, estando o inquérito policial sustentado

---

[61] ESTADÃO. *PF diz que não avisou ministro sobre Omertà, que prendeu Palocci*. Disponível em http://politica.estadao.com.br/blogs/fausto-macedo/pf-diz-que-nao-avisou-ministro-sobre-omerta-que-prendeu-palocci/. Acesso em 1.03.2018.

na construção de uma *verdade jurídica* sob o manto da tradição inquisitorial, tão constante no tratamento dado pelo sistema de justiça criminal a sua clientela preferencial – pobres, negros e moradores de periferia.

Ainda, dentro do referencial proposto por Michel Misse, não se pode negar que a Operação Lava Jato, dentro dos elementos passíveis de serem generalizados pelo estudo de caso acima apresentado, termina por estender, no imaginário social, a ideia de "bandido", até pouco tempo dirigida tão somente aos indivíduos que praticavam ou potencialmente poderiam praticar crimes violentos (roubo, homicídios etc.), aos poderosos, políticos e empresários, sujeitando-os criminalmente na medida em que a cada deflagração de *fase* há o acompanhamento por parte da mídia e a aparição, repetida e diária, em todos os noticiários, de agentes da Polícia Federal realizando buscas e apreensões ou mesmo cumprindo mandados de prisão na casa de tais indivíduos.

Porém, ao que parece, isso só se torna possível desde o aprofundamento de uma tradição inquisitorial no modo investigativo da Polícia Federal, operado pela Operação Lava Jato. Da composição entre o interesse intenso e constante da mídia nas fases deflagradas e a atuação da Polícia Federal junto a Operação Lava Jato, esse órgão parece galgar nos últimos tempos o papel de protagonista nesse processo de *sujeição criminal*, atuando sobre "tipos sociais" vinculados aos crimes de colarinho branco. O *set* institucionalizado que leva a essa sujeição criminal é vinculado à "corrupção" e às leis que a sustentam. Assim, discursos propagados do tipo "político é tudo ladrão" ou "todos são corruptos", parece levar à crença de que se a Polícia Federal está investigando ou mesmo cumpriu determinada medida sobre o investigado é porque algo incriminador há, criando-se o "tipo social" daqueles submetidos à criminação por leis que buscam o combate ao crime de colarinho branco como "bandidos".

CONSIDERAÇÕES FINAIS

O problema que moveu o presente artigo – *quais os impactos da Operação Lava Jato sobre a Polícia Federal?* – levou a duas abordagens distintas, porém complementares: uma quantitativa, com a análise de dados estatísticos, e outra qualitativa, através de um estudo de caso. A primeira demonstrou que tanto o aumento de investimentos provenientes do Governo Federal, assim como do efetivo de funcionários do órgão, já eram políticas consolidadas, não havendo interferência da Operação Lava Jato. Já o número de operações realizadas apontam para uma mudança considerável, consolidada após o período de deflagração da Operação Lava Jato – 2014 – mas que somente um exame mais minucioso das operações deflagradas nos últimos anos poderia confirmar.

A segunda calcou-se em um referencial teórico específico: buscou ler a dinâmica de atuação da Polícia Federal e seu modo de investigação a fim de demonstrar estarem essas vinculadas a uma tradição inquisitorial – conceituada por Roberto Kant de Lima – que encontra suas raízes em uma cultura burocrática e cartorária, vinculada a lógica de sigilo nas investigações. Além disso, tomou como possível a ideia de *sujeição criminal* de Michel Misse para pensar o quanto a tradição inquisitorial atualizada para o foco do combate à corrupção estaria contribuindo para tornar esse órgão protagonista no processo de sujeição criminal de ricos e poderosos, raramente tomados como investigados e réus em ações penais.

Posteriormente, o método de estudo de caso se mostrou frutífero na descrição de um inquérito policial produzido pela Polícia Federal durante sua atuação na Operação Lava Jato, mais especificamente no âmbito da Operação *Omertà*. A partir desse inquérito, pode-se demonstrar ter a Operação Lava Jato tornado evidente estar a Polícia Federal operando segundo os moldes inquisitoriais e, por consequência, atuado como protagonista na sujeição criminal dos alvos da Operação Lava Jato.

Com isso, nota-se que, com o aprofundamento de práticas inquisitoriais, são deixadas de lado aquelas voltadas ao fortalecimento da democracia, mormente pelo fato de se ter uma polícia autonomizada – através de um aparato e de leis que lhe dão subsídios jurídicos – agindo a serviço de uma operação com proporções de nível nacional. Quer dizer, desvelando estar a Polícia Federal no circuito do funcionamento regular do sistema de justiça criminal, o qual tem como característica a violação constante dos direitos de sua clientela, demonstra-se haver uma perigosa e intensiva expansão de abusos a direitos e garantias tão caros aos indivíduos e, principalmente, ao cada vez menos valorado processo penal democrático. Em nome de uma maior eficiência e de uma lógica segundo à qual os fins justificam os meios em matéria penal, assiste-se ao aprofundamento de características históricas de nossas instituições de justiça e segurança.

Há quem acredite estarmos diante de um processo de modernização das instituições. Nos parece, ao contrário, que se reafirmam padrões de atuação que distanciam as relações entre o Estado e o cidadão no Brasil daquilo que se espera em uma democracia, em que pese a legitimidade da demanda por criminalização dos corruptos. Esta poderia ser alcançada, no entanto, sem ampliar os poderes de uma polícia carente de mecanismos de controle, e sem reforçar a lógica do processo penal do espetáculo, que condena antes de processar e julgar.

Da forma como se dá a atuação policial, judicialmente legitimada, deixamos de lado uma agenda de reformas do processo penal em sentido garantista, com a criação de figuras como o juiz de garantias, como fez o Chile, para acompanhar o inquérito e não contaminar o juiz do caso com as definições que ocorrem na fase investigativa, ou a adoção do ciclo completo de polícia, com papel mais relevante do Ministério Público na coordenação e controle da atividade investigativa. Ao contrário, se consolida uma tendência de manutenção do modelo vigente, com poder cada vez mais ilimitado das corporações policiais na definição dos seus próprios rumos, alheias à necessidade de mudanças estruturais que viabilizem tanto o aumento da eficiência quanto a preservação dos direitos e garantias individuais.

REFERÊNCIAS BIBLIOGRÁFICAS

ARANTES, Rogério B. "Rendición de cuentas y pluralismo estatal en Brasil: Ministério Público y Policía Federal". *Desacatos 49*, septiembre-diciembre 2015, pp. 28-47.

ASSOCIAÇÃO DOS MAGISTRADOS BRASILEIROS. *A imagem das instituições públicas brasileiras*. Brasília/DF: setembro de 2007.

AZEVEDO, Rodrigo Ghiringhelli de. "Elementos para a modernização das polícias no Brasil". *Revista Brasileira de Segurança Pública*. São Paulo, vol. 10, Suplemento Especial, 8-20, Fev/Mar, 2016.

AZEVEDO, Rodrigo Ghiringhelli. *Perfil socioprofissional e concepções de política criminal no Ministério Público Federal*. AZEVEDO, Rodrigo Ghiringhelli de; CUNHA, Eduardo Pazinato da; VASCONCELLOS, Fernanda Bestetti de (coord.). Brasília: Escola Superior do Ministério Público da União, 2010.

BAJOTTO, Carolina Cancian. *Polícia Federal*: a elite policial traçando identidades e distinções. Dissertação de Mestrado – Programa de Pós-Graduação em Ciências Sociais da Pontifícia Universidade Católica do Rio Grande do Sul, 2009.

CANCELLI, Elizabeth. *O mundo da violência*: a polícia da era Vargas. Brasília: Editora Universidade de Brasília, 1993.

HUGGINS, Martha K. *Polícia e Política*: relações Estados Unidos/América Latina. Tradução de Lólio Lourenço de Oliveira. São Paulo: Corteza, 1998.

MOUZINHO, Glaucia Maria Pontes. *Sobre culpados e inocentes:* o processo de criminação e incriminação pelo Ministério Público Federal brasileiro. Tese (Doutorado), Programa de Pós-Graduação em Antropologia, Universidade Federal Fluminense.

LIMA, Roberto Kant de. "Éticas e práticas na segurança pública e na justiça criminal". *In*: LIMA, Renato Sérgio de; RATON, José Luiz; AZEVEDO, Rodrigo Ghiringhelli de (coord.). *Crime, polícia e justiça no Brasil*. São Paulo: Contexto, 2014.

LIMA, Roberto Kant; MOUZINHO, Glaucia Maria Pontes. "Produção e reprodução da tradição inquisitorial no Brasil: entre delações e confissões premiadas". *DILEMAS: Revista de Estudos de Conflito e Controle Social*, vol. 09, n. 03, set-dez 2016, pp. 505-529.

MINAYO, Maria Cecília de Souza. "Amostragem e saturação em pesquisa qualitativa: consensos e controvérsias". *Revista Pesquisa Qualitativa*. São Paulo (SP), vol. 5, n. 7, pp. 01-12, abril. 2017.

MISSE, Michel. "Crime, sujeito e sujeição criminal: aspectos de uma contribuição analítica sobre a categoria 'bandido'". *Lua Nova*. São Paulo, 79: 15-38, 2010.

_____. *Malandros, marginais e vagabundos:* a acumulação social da violência no Rio de Janeiro. Tese (Doutorado) apresentada junto ao Instituto Universitário de Pesquisas do Rio de Janeiro. Rio de Janeiro, 1999.

_____. "Sujeição criminal". *In:* LIMA, Renato Sérgio de; RATON, José Luiz; AZEVEDO, Rodrigo Ghiringhelli de. *Crime, polícia e justiça no Brasil.* São Paulo: Contexto, 2014.

_____. "O papel do inquérito policial no processo de incriminação no Brasil: algumas reflexões a partir de uma pesquisa". *Revista Sociedade e Estado* – vol. 26, n. 01, Janeiro/Abril de 2011.

PIRES, Álvaro. "Amostragem e pesquisa qualitativa: considerações epistemológicas, teóricas e metodológicas". *In:* POUPART, Jean *et al. A pesquisa qualitativa:* enfoques epistemológicos e metodológicos. 3ª ed. Petrópolis, Rio de Janeiro: Vozes, 2012.

ROCHA, Bruno Lima. *A Polícia Federal após a Constituição Federal de 1988.* Porto Alegre: Deriva, 2010.

SILVA, Luiz Antônio Machado da. "Sociabilidade violenta: por uma interpretação da criminalidade contemporânea no Brasil urbano". *Sociedade e Estado,* Brasília, vol. 19, n. 1, pp. 53-84, jan./jun., 2004.

SOARES, Silmária Fábia de Souza. *Entre dados e controvérsias:* a influência dos militares na criação e institucionalização de uma polícia federal brasileira. Dissertação de Mestrado – Universidade Federal de Minas Gerais, 2015.

YIN, Robert K. *Estudo de caso:* planejamento e métodos. Tradução Daniel Grassi – 2ed. – Porto Alegre: Bookman, 2001.

ZAVERUCHA, Jorge. "Relações civil-militares: o legado autoritário da Constituição Brasileira de 1988". *In:* TELES, Edson; SAFATLE, Vladimir (coord.). *O que resta da ditadura:* a exceção brasileira. São Paulo: Boitempo, 2010.

SITES E NOTÍCIAS

ESTADÃO. "PF diz que não avisou ministro sobre Omertà, que prendeu Palocci". Disponível em http://politica.estadao.com.br/blogs/fausto-macedo/pf-diz-que-nao-avisou-ministro-sobre-omerta-que-prendeu-palocci/. Acesso em 1.03.2018.

ESTADÃO. "Relatório – Inquérito Policial n. 2255/2015 SR/DPF/PR". Disponível em http://politica.estadao.com.br/blogs/fausto-macedo/wp-content/

uploads/sites/41/2016/10/relatoriofinalindiciamentopalocci.pdf. Acesso em 12.03.2018.

FORTES, Leandro. "A polícia contra a caserna". *Revista Época Online*. Disponível em http://revistaepoca.globo.com/Revista/Epoca/0,,EMI160653-15518,00.html. Acesso em 21.02.2018.

G1 – POLÍTICA. "7 das 10 maiores empreiteiras tiveram executivos investigados na Lava Jato". Disponível em http://g1.globo.com/politica/operacao-lava-jato/noticia/2015/06/7-das-10-maiores-empreiteiras-tiveram-executivos-investigados-na-lava-jato.html. Acesso em 28.02.2018.

MINISTÉRIO PÚBLICO FEDERAL. "A Lava Jato em números – STF". Disponível em http://www.mpf.mp.br/para-o-cidadao/caso-lava-jato/atuacao-no-stj-e-no-stf/resultados-stf/a-lava-jato-em-numeros-stf. Acesso em 23.02.2018.

MINISTÉRIO PÚBLICO FEDERAL. "A Lava Jato em números no Paraná". Disponível em http://www.mpf.mp.br/para-o-cidadao/caso-lava-jato/atuacao-na-1a-instancia/parana/resultado. Acesso em 23.02.2018.

POLÍCIA FEDERAL. "Estatísticas de Operações". Disponível em http://www.pf.gov.br/imprensa/estatistica/operacoes. Acesso em 21.02.2018.

POLÍCIA FEDERAL. "Fases da Lava Jato – 2016". Disponível em:http://www.pf.gov.br/imprensa/lava-jato/fases-da-operacao-lava-jato-1/fases-da-lava-jato-2016. Acesso em 1.03.2018.

POLÍCIA FEDERAL. "Relatório de Atividades da Polícia Federal – 2008". Disponível em http://www.pf.gov.br/institucional/acessoainformacao/acoes-e-programas/relatorio-anual-pf/RA%20%202008.ppt/view. Acesso em 21.02.2018.

POLÍCIA FEDERAL. "Relatório de Gestão do Exercício de 2016". Brasília, DF, 2017. Disponível em http://www.pf.gov.br/institucional/acessoainformacao/auditorias/prestacao-de-contas/prestacao-de-contas-2016/relatorio-de-gestao-consolidado.pdf. Acesso em 21.02.2018.

SINDICATO DOS POLICIAIS FEDERAIS DO RIO GRANDE DO SUL. "Plebiscito: 4.100 policiais federais votaram e 91,8% rejeitaram Paulo Lacerda". 29 de setembro de 2003. Disponível em http://www.sinpefrs.org.br/site/plebiscito-4-100-policiais-federais-votaram-e-918-rejeitam-paulo-lacerda/. Acesso em 21.02.2018.

LEIS CITADAS

BRASIL. *Lei n. 4.483, de 16 de novembro de 1964.* Brasília, DF, nov./1964.

BRASIL. *Decreto-Lei n. 200 de 25 de fevereiro de 1967.* Brasília, DF, fev./1967.

BRASIL. *Lei n. 10.640, de 14 de janeiro de 2003.* Lei Orçamentária Anual para 2003. Brasília, DF, jan./2003.

BRASIL. *Lei n. 10.837, de 16 de janeiro de 2004.* Lei Orçamentária Anual para 2004. Brasília, DF, jan./2004.

BRASIL. *Lei n. 11.100, de 25 de janeiro de 2005.* Lei Orçamentária Anual para 2005. Brasília, DF, jan./2005.

BRASIL. *Lei n. 11.306, de 16 de maio de 2006.* Lei Orçamentária Anual para 2006. Brasília, DF, mais/2006.

BRASIL. *Lei n. 11.451, de 07 de janeiro de 2007.* Lei Orçamentária Anual para 2007. Brasília, DF, jan./2007.

BRASIL. *Lei n. 11.647, de 24 de março de 2008.* Lei Orçamentária Anual para 2008. Brasília, DF, mai./2008.

BRASIL. *Lei n. 11.897, de 30 de dezembro de 2008.* Lei Orçamentária Anual para 2009. Brasília, DF, dez/2008.

BRASIL. *Lei n. 12.214, de 26 de janeiro de 2010.* Lei Orçamentária Anual para 2010. Brasília, DF, jan./2010.

BRASIL. *Lei n. 12.381, de 09 de fevereiro de 2011.* Lei Orçamentária Anual para 2011. Brasília, DF, fev./2011.

BRASIL. *Lei n. 12.595, de 19 de janeiro de 2012.* Lei Orçamentária Anual para 2012. Brasília, DF, jan./2012.

BRASIL. *Lei n. 12.798, de 04 de abril de 2013.* Lei Orçamentária Anual para 2013. Brasília, DF, abr./2013.

BRASIL. *Lei n. 12.952, de 20 de janeiro de 2014.* Lei Orçamentária Anual para 2014. Brasília, DF, jan./2014.

BRASIL. *Lei n. 13.115, de 20 de abril de 2015.* Lei Orçamentária Anual para 2015. Brasília, DF, abr./2015.

BRASIL. *Lei n. 13.255, de 14 de janeiro de 2016.* Lei Orçamentária Anual para 2016. Brasília, DF, jan./2016.

BRASIL. *Lei n. 13.414, de 10 de janeiro de 2017.* Lei Orçamentária Anual para 2017. Brasília, DF, jan./2017.

BRASIL. *Lei n. 13.587, de 02 de janeiro de 2018.* Lei Orçamentária Anual para 2018. Brasília, DF, jan./2018.

O IMPACTO DA OPERAÇÃO LAVA JATO NA ATIVIDADE DO CONGRESSO NACIONAL

MARIA DO SOCORRO SOUSA BRAGA
FLÁVIO CONTRERA
PRISCILLA LEINE CASSOTTA

INTRODUÇÃO

Desde que fora deflagrada em 2014 a Operação Lava Jato tem causado forte repercussão na mídia, na opinião pública e, particularmente, na população. Não por menos, Sérgio Moro, um dos magistrados à frente da Operação tem sido tratado por parte da mídia e da opinião pública, como o símbolo do combate à corrupção. A narrativa colocada por esses setores da sociedade defende que a Lava Jato seria responsável por iniciar uma profunda limpeza nas nossas instituições, com o intuito de expurgar a corrupção do seio político, muitas vezes representado pelo Congresso Nacional.

Diante deste cenário, a Lava Jato afetou negativamente a imagem dos partidos políticos. O desgaste causado pela Operação levou algumas agremiações à retirarem a palavra "partido" de suas nomenclaturas, para se apresentarem como novas alternativas e se descolarem da crise política, tendo em vista a necessidade de aproximação com os eleitores. Nesses casos se encontram o PMDB, que passou a identificar-se como MDB; o

PTN, que passou a identificar-se como PODEMOS; o PTdoB, que agora identifica-se como AVANTE e o PEN, que tornou-se PATRIOTA.

Considerando que as investigações ainda estão em andamento e que as eleições gerais para o Executivo e o Legislativo irão ocorrer somente em outubro de 2018, ainda é cedo para avaliarmos o impacto da Operação Lava Jato sobre a classe política em geral e sobre seu desempenho eleitoral. Todavia, já é possível avaliarmos o impacto parcial desta Operação sobre o Congresso e sobre a atividade legislativa até o presente momento. Este é, precisamente, o objetivo deste capítulo.

Não são poucas as comparações entre a Operação Lava Jato e o caso italiano chamado *Mani pulite*. O caso italiano é notório pelo impacto que teve sobre o sistema eleitoral e partidário, que acarretou com a prisão de inúmeros políticos proeminentes de quase todos os partidos políticos nacionais.[1] No que concerne ao caso brasileiro, defendemos o argumento de que a Operação Lava Jato causou um impacto modesto sobre a atividade legislativa no Congresso Nacional. Ainda que a Operação Lava Jato possa ter contribuído, em alguma medida, para o *impeachment* da ex-Presidenta Dilma Rousseff, as condições de funcionamento da atividade legislativa não teriam se alterado.

O *impeachment* levou muitos pesquisadores a revisitar uma antiga discussão sobre o presidencialismo de coalizão no Brasil. No cerne dessa discussão, está o debate institucional sobre os possíveis males a estabilidade política resultante da combinação entre presidencialismo, multipartidarismo, sistema de lista aberta e partidos políticos frágeis.[2] Por consequência, os fatos que levaram ao *impeachment* tornaram oportuno os diagnósticos negativos sobre as nossas instituições, de forma que a Lava Jato teria exposto os custos pagos pelo Executivo para obter apoio do Legislativo.[3]

---

[1] DELLA PORTA, D.; VANNUCCI, A. *Corruption and Anti-Corruption*: the political defeat of 'clean hands' in Italy. West European Politics, 30 (4), 830-853, 2007.

[2] KINZO, M. D. G. *Radiografia do Quadro Partidário Brasileiro*. São Paulo: Fundação Konrad Adenauer, 1993; MAINWARING, S. *Rethinking Party Systems in the Third Wave of Democratization*: the case of Brazil. Stanford: Stanford University Press, 1999; LAMOUNIER, B. "O 'Brasil Autoritário' revisitado: o impacto das eleições sobre a abertura". *In*: STEPAN, A. (coord.). Democratizando o Brasil. Rio de Janeiro: Paz e Terra, 1988; AMES, B. *Os entraves da democracia no Brasil*. Rio de Janeiro: Fundação Getúlio Vargas, 2003.

[3] LIMONGI, Fernando; FIGUEIREDO, Argelina. "Partidos Políticos na Câmara dos

Por sua vez, argumentamos que no governo Temer ocorreu um realinhamento de forças que manteve em grande parte a coalizão que sustentava sua predecessora. Nesse sentido, o sistema teria continuado a operar sob as bases do presidencialismo de coalizão, mantendo o *status quo*.

O capítulo está organizado da seguinte forma. A próxima seção discute o comportamento das coalizões de governo e oposição no Congresso em face das mudanças que ocorreram no contexto político a partir da deflagração da Operação Lava Jato. Para tal feito, recorremos à análise da taxa de sucesso de Dilma e Temer no Legislativo e à análise do comportamento dos partidos nas votações do *impeachment* de Dilma e das denúncias contra Temer. A segunda seção avalia o possível impacto das denúncias relacionadas à Lava Jato contra os parlamentares e seus respectivos partidos na arena legislativa. Este impacto é mensurado por meio da confrontação dessas denúncias com possíveis mudanças na titularidade de cargos chave na Câmara dos Deputados e no Senado, especificamente na composição da Mesa Diretora e das Comissões Parlamentares Permanentes. Finalmente, na terceira parte, avaliamos o conteúdo da produção legislativa relacionada à corrupção que se seguiu após a Lava Jato, por meio da análise da tramitação das "10 medidas contra a corrupção" propostas pelo Ministério Público Federal.

1. ATUAÇÃO DAS COALIZÕES PARLAMENTARES FRENTE ÀS MUDANÇAS NO CONTEXTO POLÍTICO DA OPERAÇÃO LAVA JATO

Uma das bases necessárias para o funcionamento efetivo do sistema presidencialista de coalizão está no modo como se dão as relações entre Executivo e Legislativo. Num sistema presidencialista multipartidário, como o brasileiro, será a habilidade do presidente na formação de maiorias que respaldem suas ações a garantia da governabilidade. Ou seja, num

---

Deputados: 1989 – 1994". *Dados – Revista de Ciências Sociais*, Rio de Janeiro: IUPERJ, vol. 38, n. 3, pp. 497-525, 1995

contexto de alta fragmentação partidária como o brasileiro, onde predominam presidentes com partido minoritário no Congresso, a formação de coalizões governamentais e legislativas tornou-se crucial para a eficácia político-operacional desse sistema.[4] Nesse sentido, um outro aspecto importante para avaliarmos o sucesso dos governos é o de que a formação de *coalizões legislativas* resulta de negociações *ad hoc,* enquanto *coalizões governamentais* envolvem o acesso a cargos e posições de poder em troca de apoio legislativo.[5] Quanto mais eficiente o governante for nessas transações, mais duradouro e seguro será o apoio partidário ao longo da legislatura.

Visando identificar possíveis alterações no *modus operandi* do presidencialismo de coalizão após a deflagração da Operação Lava Jato, esta seção desenvolve dois objetivos. Primeiro, avaliamos as condições de funcionamento da atividade legislativa por meio do exame do comportamento das coalizões dos governos da ex-presidenta Dilma Rousseff (PT) e do atual presidente Michel Temer (PMDB), bem como da oposição. Segundo, avaliamos o comportamento das coalizões de governo e oposição nas votações do *impeachment* da ex-presidenta Dilma e das denúncias de corrupção contra o presidente Temer.

1.1 O comportamento das coalizões nos Governos Dilma e Temer

Após sete meses de atuação da Operação Lava Jato, ocorreram as eleições gerais de 2014 em meio a forte crise política e econômica. Com a reeleição da ex-presidenta Dilma Rousseff por poucos mais de 3% dos votos de diferença do seu principal opositor, a crise política teve forte acirramento com a postura da oposição, liderada pelo PSDB, de não aceitar o resultado da eleição presidencial, alargando a instabilidade política. Esse clima de desconfiança institucional também acabou incentivando a reação da sociedade civil, levando para as ruas movimentos

---

[4] ABRANCHES, Sérgio Henrique Hudson de. "Presidencialismo de coalizão: o dilema institucional brasileiro". *In: DADOS – Revista de Ciências Sociais.* Rio de Janeiro, Volume 31, n. 1, 1988, Pp. 5-34; FIGUEIREDO, A., Rosa, G. "Coalizões governamentais na democracia brasileira". *Primeiros Estudos,* (3), pp. 159-196.

[5] MÜLLER, Wolfgang C.; STROM, Kaare (coord.). *Coalition Governments in Western Europe.* Oxford: Oxford University Press, 2000.

pro-governo e contrários, expressando a polarização popular que perduraria até a saída da ex-presidente do governo.

Contudo, apesar desse cenário, as taxas de sucesso do Executivo ainda foram altas, comprovando que o presidencialismo de coalizão continuou a operar de modo a garantir governabilidade. Ao compararmos a taxa de sucesso do primeiro governo Dilma Rousseff com o segundo, pois foi neste último que começaram as denúncias e apuração da operação contra a maioria da elite política, e a desses dois mandatos com o desempenho do governo Temer, verificamos que o impacto da Lava Jato foi modesto sobre a atividade legislativa. Conforme o Gráfico 1, as taxas de sucesso obtidas pelos governos Dilma no primeiro e no segundo mandato foram estáveis ao longo do período, chegando a uma média de 76,24%. A menor taxa foi alcançada em 2014, (54,84%), ano de início da Lava Jato e também das eleições gerais.

Gráfico I
Taxa de Sucesso do Executivo no Legislativo

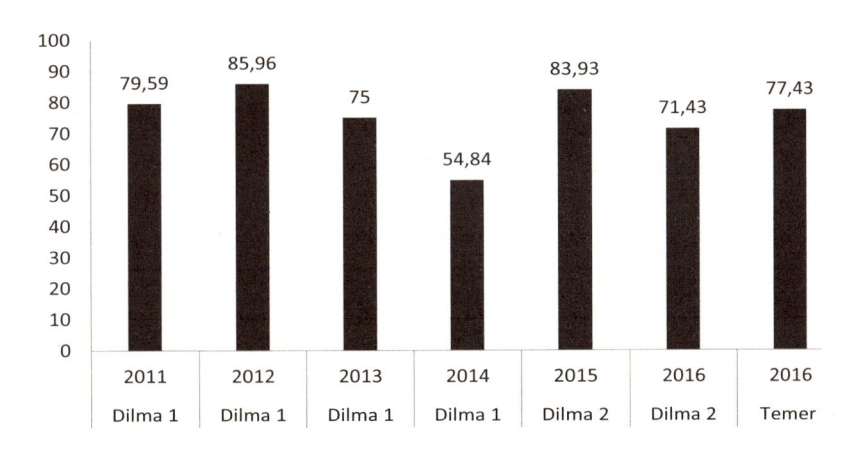

Ano	2011	2012	2013	2014	2015	2016	2016
Governo	Dilma 1	Dilma 1	Dilma 1	Dilma 1	Dilma 2	Dilma 2	Temer
Taxa (%)	79,59	85,96	75	54,84	83,93	71,43	77,43

Mesmo no contexto do acirramento da crise política que culminou com o impedimento da presidenta seu desempenho no Legislativo ficou acima dos 70%. No Governo Temer essa taxa também se manteve alta, resultado do jogo estratégico de Michel Temer e Eduardo Cunha ao produzirem o realinhamento de forças que manteve em grande parte a coalizão que sustentava sua predecessora. Conforme argumentamos, mesmo no contexto de funcionamento da Operação Lava Jato o sistema continuou a operar sob as bases do presidencialismo de coalizão.

No que diz respeito à base de apoio parlamentar ao governo Rousseff, conforme informações da Tabela 1, embora seu partido se mantivesse com representação minoritária, a coalizão atingiu ampla maioria no Legislativo no primeiro ano do seu segundo governo, resultando em um ministério bem estruturado, sob o ponto de vista da divisão de poder entre o PT e as legendas aliadas, das quais dependeria de apoio no Congresso. Em março de 2016, com a saída do PMDB e de outros partidos da base de apoio no Legislativo, esse cenário mudaria radicalmente. Ainda em fins de março sairia o PRB, e em meados de abril, o PP. Sem esses partidos, e as demais legendas formadoras do Centrão, a ex-presidente passou a contar com uma coalizão minoritária no Legislativo, perdendo o apoio partidário necessário para salvar o seu governo. Esse quadro se agravaria ainda mais com a migração de onze deputados petistas, passando dos 68 parlamentares eleitos em 2014 para 57 em abril de 2016.

Tabela I
Composição Partidária e Proporcionalidade das Coalizões de governo – Rousseff e Temer

Coalizão	Partido do presidente	Partidos na Coalizão	Período		% de cadeiras na Câmara Deputados	
			Início	Fim	Partido do Presidente	Coalizão
Dilma I	PT	PMDB--PDT--PCdoB--PROS--PP-PR--PSD-PRB	01/01/2015	01/10/2015	13,6	59,2
Dilma II	PT	PMDB--PTB-PR--PRB--PP-PSD--PROS--PDT--PCdoB	02/10/2015	29/03/2016	13,6	61,9
Dilma III	PT	PTB--PROS--PSD--PDT--PCdoB	29/03/2016	30/08/2016	11,1	42,1
Temer I	PMDB	PMDB-PSDB-DEM-PSD-PPS-PRB-PP-PR-SD-PSC-PTB-PV-PSB-PROS-PTN-PHS-PEN-PRP-PSL-PTdoB	02/09/2016	05/2017*	13,1	77,5

Fonte: Braga, 2018 e dados do Governo Temer no Tribunal Superior Eleitoral (TSE).
*Entre Maio e Junho de 2017 deixaram a base de Temer PSB, que se tornou oposição, e PTN (então Podemos), PHS e PPS, que se tornaram independentes.

No que se refere a formação do seu segundo Ministério, a ex-presidente Rousseff, buscou promover maior equilíbrio dos partidos da coalizão na distribuição das pastas ministeriais, alcançando uma base de apoio majoritária, tendo em vista que o seu partido, o PT, reduziu ainda mais sua representação na Câmara dos Deputados e sua reeleição dependeu de uma margem de voto mais apertada.

O governo de Rousseff passaria ainda por grave alteração em março de 2016 com a saída do PMDB de seu Ministério após os conflitos entre as duas forças políticas se ampliarem. Apesar do desembarque peemedebista, Temer continuou na Vice-Presidência da República sob o argumento de que teria sido eleito pela população na chapa de Dilma e de que não ocuparia, portanto, cargo de submissão à presidente.

A decisão do PMDB influenciaria outros partidos da base aliada que acabaram saindo do governo à medida que o processo de *impeachment* foi avançando, resultando no aumento dos ministérios apartidários, chegando a 48,4%. Ademais, apesar da entrega de cargos, a ala do PMDB descontente com o governo ganhou força com a queda continuada de popularidade da presidenta, agravada pela paulatina gama de denúncias relacionadas à Operação Lava Jato.

O comportamento do PMDB, diga-se, das ações de suas principais lideranças, entre as quais, o ex-presidente da Câmara dos Deputados, o deputado federal Eduardo Cunha, e o ex-vice-presidente da República, Michel Temer, foi decisivo para entendermos o resultado final do processo que levou ao *impeachment*. Neste sentido, é importante salientar que a relação do PMDB com o governo da petista foi tensa desde o primeiro mandato.

Ao longo do primeiro ano do segundo mandato de Dilma, a crise se agravou. O primeiro desentendimento entre PT e PMDB ocorreu na disputa pela presidência da Câmara dos Deputados, quando o governo de Rousseff iniciou uma campanha ostensiva para que o deputado Arlindo Chinaglia (PT/SP) vencesse a eleição e derrotasse o deputado Eduardo Cunha (PMDB/RJ). Mas Cunha se elegeu em primeiro turno por grande margem de votos (267 a 136) o candidato do Palácio do Planalto, tornando-se um dos principais inimigos do governo e artífice do *impeachment*. Um fator que colaborou para chegar a essa situação foi o fato de o PT também ter ficado sem cargos na Mesa Diretora, por conta da negociação pelo apoio do PR e PSD ao candidato petista na disputa pela presidência da Câmara, quando também perdeu o comando de comissões importantes, como a cobiçada Comissão de Constituição e Justiça (CCJ).

Sob o comando de Cunha, a Câmara derrotou o Planalto em diversas ocasiões, com a votação de matérias desfavoráveis ao governo, ainda que, no geral, a taxa de sucesso do Executivo tenha se mantido alta. Além disso, houve ainda na Câmara a instalação da CPI da Petrobras para investigar o escândalo de corrupção na estatal, cujos desdobramentos implicariam lideranças petistas e vários políticos oriundos dos partidos da base governamental, mas também da oposição. Logo em seguida, no Senado, Rousseff teve outra derrota desfavorável ao seu governo, quando medidas de ajuste fiscal foram barradas pelo presidente daquela Casa, o peemedebista Renan Calheiros. O fato de ambos os presidentes das Casas Congressuais, tanto Cunha quanto Calheiros estarem sendo investigados na Operação Lava Jato pioraria ainda mais o clima entre eles e Rousseff.

1.1.1 O *Impeachment* de Dilma Rousseff

O processo de *impeachment* da ex-presidenta Dilma Rousseff iniciou-se com a aceitação, em dezembro de 2015, pelo presidente da Câmara dos Deputados, Eduardo Cunha, de denúncia por crime de responsabilidade fiscal, encerrando-se em agosto de 2016. No âmbito das denúncias, a ex-presidente, ao mesmo tempo que foi acusada de desrespeito à lei orçamentária e à lei de improbidade administrativa, foram lançadas suspeitas de seu envolvimento em atos de corrupção na Petrobras, objeto de investigação no âmbito da Operação Lava Jato. Enquanto isso, a sociedade brasileira foi às ruas realizando, durante todo o processo, grandes manifestações a favor e contra o *impeachment*.

Na Câmara, o relatório da comissão especial de admissibilidade foi favorável ao impedimento da presidenta Dilma: 38 deputados aprovaram o relatório e 27 se manifestaram contrários. Em abril de 2016, conforme informações da tabela 2, o plenário da Câmara dos Deputados aprovou o relatório com 367 votos favoráveis e 137 contrários.

Tabela II
Votação do *impeachment* de Rousseff na Câmara dos Deputados

Partido	Sim	Não	Ausente	Abstenção
PMDB	59	7	1	0
PT	0	60	0	0
PSDB	52	0	0	0
PP	38	4	0	3
PR	26	10	1	3
PSD	29	8	0	0
PSB	29	3	0	0
DEM	28	0	0	0
PRB	22	0	0	0
PTB	14	6	0	0
PDT	6	12	0	1
SD	14	0	0	0
PTN	8	4	0	0
PCdoB	0	10	0	0
PSC	10	0	0	0
PPS	8	0	0	0
PHS	6	1	0	0
PSOL	0	6	0	0
PROS	4	2	0	0
PV	6	0	0	0

REDE	2	2	0	0
PTdoB	2	1	0	0
PEN	1	1	0	0
PSL	2	0	0	0
PMB	1	0	0	0
Total	367	137	2	7

Fonte: Elaboração dos autores com dados da Câmara dos Deputados.
Obs: voto SIM representava voto pela abertura do processo de *impeachment*

No Senado, o relatório da comissão especial foi aprovado por 15 votos favoráveis e 5 contrários. E, em maio daquele ano, de acordo com os dados da Tabela 3, o Senado aprovou por 55 votos a 22 a abertura do processo, afastando Dilma da presidência até que o processo fosse concluído. Neste momento, o vice-presidente Michel Temer assumiu interinamente o cargo de presidente. Em 31 de agosto de 2016, Dilma Rousseff perdeu o cargo de Presidente da República após três meses de tramitação do processo iniciado no Senado, que culminou com uma votação em plenário resultando em 61 votos a favor e 20 contra o impedimento. O principal argumento que levou ao *impeachment* foi a alegada continuidade, em 2015, da prática das pedaladas fiscais pelo Executivo, que, ao contrariar a Lei de Responsabilidade Fiscal tipificaria uma ação de improbidade administrativa. Houve uma segunda votação para decidir se Dilma deveria perder seus direitos políticos, com placar de 42 votos favoráveis e 36 desfavoráveis. Como houve três abstenções e seriam necessários 54 votos a favor, consequentemente ela não perdeu os direitos e ainda pode se candidatar a cargos públicos.[6]

---

[6] Informações do *site* G1 retiradas no dia 24.09.2017 disponíveis em http://g1.globo.com/politica/processo-de-*impeachment*-de-dilma/noticia/2016/08/senado-aprova-impeachment-dilma-perde-mandato-e-temer-assume.html

Tabela III
Votação do *impeachment* de Rousseff no Senado

Partido	Sim	Não	Ausente	Abstenção
DEM	4	0		
PCdoB	0	1		
PDT	3	0		
PMDB	17	2		
PP	6	1		
PPS	1	0		
PR	4	0		
PRB	1	0		
PSB	5	2		
PSC	2	0		
PSD	3	1		
PSDB	11	0		
PT	0	10		
PTB	1	2		
PTC	1	0		
PV	1	0		
REDE	0	1		
S/Sigla	1	0		
Total	61	20		

Fonte: Elaboração dos autores com dados do Senado.
Obs: voto SIM representava voto pela abertura do processo de *impeachment*.

No que diz respeito ao comportamento do partidos das coalizões verifica-se que, conforme as tabelas 2 e 3, a maioria dos parlamentares do PMDB e dos maiores partidos do Centrão envolvida com as denúncias da operação Laja Jato, antes na base de apoio do governo, votou a favor do *impeachment*. Enquanto a coalizão de oposição encabeçada pelo PSDB votou majoritariamente no mesmo sentido. Em contrapartida, partidos de esquerda na oposição como o PSOL, votaram contra o *impeachment*, já a REDE se dividiu em seu voto.

A atitude dos partidos da base parlamentar que votaram contra a continuidade do mandato presidencial da ex-presidenta Dilma revela o realinhamento das forças para formação da coalizão do governo Temer.

1.1.2 As denúncias contra Michel Temer

O governo de Michel Temer (setembro de 2016 a 2018), empossado em seguida ao impedimento da ex-presidenta Dilma Rousseff, contou, logo de início, com uma ampla coalizão parlamentar (PMDB-PSDB-DEM-PSD-PPS-PRB-PP-PR-SD-PSC-PTB-PV-PSB-PROS-PTN-PHS-PEN-PRP-PSL-PTdoB), na Câmara dos Deputados (77,5%). A oposição passou a ser formada pelos seguintes partidos: PT, PDT, PCdoB, PSOL e REDE. Essa ampla maioria propiciou ao Executivo conseguir aprovar diversas medidas impopulares, como a criticada Reforma Trabalhista, aumentando a rejeição ao seu governo na sociedade. Mas, sobretudo, ela possibilitou que Temer se salvasse das sérias denúncias de corrupção amplamente divulgadas pelos meios de comunicação.

Na votação da primeira denúncia, em agosto de 2017, eram necessários 172 votos, mas o plenário da Câmara dos Deputados rejeitou a autorização para que o Supremo Tribunal Federal julgasse a denúncia por corrupção passiva contra o presidente Michel Temer. O parecer do deputado Paulo Abi-Ackel (PSDB/MG), que recomendava o arquivamento da acusação formal feita pela Procuradoria-Geral da República recebeu 263 votos favoráveis (51,3%) e 227 contrários (44,2%). Foram registradas 19 ausências e 2 abstenções, conforme dados na Tabela 4. A coalizão oposicionista, embora tenha sido derrotada, conseguiu uma margem de votos considerável ao contar com os votos favoráveis à denúncia de políticos da base governista. Entre esses partidos é digno de nota o comportamento da bancada do PSDB que rachou nessa matéria, evidenciando fortes divergências entre dirigentes e quadros parlamentares quanto a permanência no governo Temer. Já na bancada do PSB, que havia saído da base do governo, quase 69% dos parlamentares votaram a favor da denúncia. De todo modo, com a decisão majoritária da coalizão governista, a denúncia contra Temer por este crime só poderia ser, eventualmente, analisada após o peemedebista deixar o cargo.

Tabela IV
Votações das denúncias contra Temer na Câmara

Partido	Votação da 1ª. denúncia contra Temer					Votação da 2ª denúncia contra Temer				
	Sim	Não	Ausente	Abstenção	Art. 17	Sim	Não	Ausente	Abstenção	Art. 17
PMDB	52	6	3	1		51	6	3	1	
PT		58					57			
PSDB	22	21	4			20	23	3		
PP	37	7	2 + 1**			37	6	1		
PR	28	9	3			26	10	3		
PSD	22	14	2			20	18	1		
PSB	11	22	2			11	22	2		
DEM	23	6		1	1	20	7	1	1	1
PRB	15	6	1			16	4	1		
PTB	15	2	1			14	3	1		
PDT	1	17					17	3		
PTN	9	5				8	7	2		
SD	8	6				8	5	1		
PSC	5	4	1			6	4			
PPS	1	9				1	8			
PCdoB	0	10					11			
PHS	1	6				1	6			
PV	3	4				3	4			
PSOL		6					5	1		
PROS	3	2				3	3			
REDE		4					4			
PSL	3					3				
PTdoB	1	2				1	3	1		
PEN	3					2		1		
PMB*		1								
TOTAL	263	227	19+1**	2	1	251	233	25	2	1

Fonte: Elaboração dos autores com dados da Câmara dos Deputados.

OBS: Voto sim pelo aceite do arquivamento da denúncia contra Temer

* O partido tinha representante na Câmara somente na votação da primeira denúncia contra Michel Temer.

** O deputado Adail Carneiro (PP-CE) estava licenciado e não foi substituído por seu suplente.

No que diz respeito à segunda votação para investigar o chefe do Executivo, em outubro de 2017, o plenário da Câmara dos Deputados impediu, pela segunda vez, o prosseguimento de denúncia apresentada pela Procuradoria-Geral da República (PGR). O presidente foi acusado pelo ex-procurador-geral Rodrigo Janot de obstruir as investigações da Operação Lava Jato e de integrar uma organização criminosa ao lado dos ministros peemedebistas da Casa Civil, Eliseu Padilha e da Secretaria-Geral da Presidência, Moreira Franco. O placar da acusação por obstrução da Justiça e organização criminosa foi mais apertado para o peemedebista do que o da primeira denúncia, por corrupção passiva. Temer recebeu o apoio de 251 deputados federais, ou seja, 48,9%; enquanto 233 (45,4%) votaram para autorizar a continuidade das investigações contra o peemedebista. Sendo assim, a votação pró-Temer, desta vez, não alcançou nem a maioria simples – 257 dos 513 parlamentares da Casa, indicando a forte dispersão da base governista. Alguns aspectos contribuíram para esse resultado. O primeiro, foi que a estratégia inicial da oposição de obstruir a sessão para adiar a votação foi reforçada por aliados descontentes, que aproveitaram o momento para cobrar demandas não atendidas pelo governo. Segundo, dois partidos da base do governo, PSDB e PSD, se dividiram na votação, reduzindo ainda mais a margem de apoio.

Conforme demonstra a análise do comportamento dos partidos nessas votações, grande parte daqueles que apoiaram o *impeachment* de Dilma Rousseff votaram para livrar Temer da investigação das denúncias por corrupção. Com efeito, a base reorganizada em torno de Temer votou para dar continuidade e sustentação a seu governo. Tanto no segundo governo Dilma quanto no governo Temer a operacionalização das relações entre os Poderes Executivo e Legislativo se mantiveram ocorrendo por meio da articulação entre essas instituições e as estruturas políticas na arena parlamentar. As taxas de sucesso legislativo dos dois presidentes reforçam a percepção de que o sistema continuou operando sob as bases do presidencialismo de coalizão.

O desempenho dos dois presidentes decorreu de um jogo estratégico cujos resultados legislativos passaram pelas escolhas realizadas por cada governo que, por sua vez, contaram com variados instrumentos de barganha para serem bem sucedidos nessas negociações. Todavia, diferentemente de Temer, Dilma não conseguiu contar com o apoio de sua base para evitar o *impeachment*. Grande parte da base de Dilma optou por reaglutinar-se na coalizão de Temer. Nesse ponto, nos cabe salientar que dependendo do contexto, quando Executivo e Legislativo interagem diretamente, o resultado pode ser tanto o conflito quanto a cooperação.[7] Nessa perspectiva, o sucesso presidencial será consequência não somente do processo de formação de coalizões, mas também do uso de ações estratégicas pelo chefe do Executivo. O poder presidencial nessas articulações dependerá, por sua vez, de mecanismos de barganha que operacionalizem esses jogos.

Desse modo, embora a Lava Jato tenha contribuído em alguma medida para o *impeachment* de Dilma, mostrou-se insuficiente para causar comoção em torno da denúncia contra Temer. O arquivamento das denúncias, mesmo com todas as provas publicizadas, demonstram que o apoio legislativo foi fundamental para garantir esses resultados favoráveis à continuidade da governabilidade. Importante ressaltar que esses desfechos também começam a sinalizar para uma fase de menor relevância da Operação Lava Jato na atividade política nacional, cujo marco foi a mudança de comando do Executivo Nacional em fins de 2016 e, consequentemente, do comando da PGR e da Polícia Federal.

2. O IMPACTO DA LAVA JATO NA COMPOSIÇÃO DE CARGOS COM PODER DE AGENDA NO LEGISLATIVO

A Operação Lava Jato teve grande impacto na mídia brasileira logo nos primórdios em que foi deflagrada. Meses após o início das investigações, em dezembro de 2014, a Operação começava a dar sinais de que traria consequências ao cotidiano do Congresso Nacional. Na

---

[7] CAMERON, Charles M. *Veto Bargaining*: presidents and the politics of negative power. Cambridge: Cambridge University Press, 2000; JONES, Charles. *The Presidency in a Separated System*. Washington, D.C.: The Brookings Institutions, 1994; PETERSON, Mark A. *Legislating Together*: the White House and Capitol Hill from Eisenhower to Reagan. Cambridge: Harvard University Press, 1993.

ocasião, o deputado federal André Vargas (PT/PR), um dos primeiros nomes de políticos a aparecer na lista do juiz Sérgio Moro, após votação na Câmara, perderia o seu mandato por quebra de decoro parlamentar. Fato este que trouxe comparações entre as operações lideradas por Moro e o caso Italiano, que ficou afamado como "Operação Mãos Limpas" (inicialmente chamada de caso *Tangentopoli*).

O caso Italiano é conhecido por ter desvendado um dos maiores esquemas de corrupção já visto em uma democracia ocidental. Como consequência, teve grande influência sobre o sistema partidário e eleitoral, com o indiciamento de 338 ex-deputados e 100 ex-senadores e a extinção de partidos políticos, desembocando na "crise da Primeira República Italiana".[8]

A verticalização da Operação Lava Jato se intensificou no Congresso Nacional a partir de 2015, quando a Procuradoria Geral da República apresentou ao STF pedido de abertura de quase 30 inquéritos envolvendo 55 pessoas, das quais 49 com foro privilegiado, e, em sua maioria deputados federais. Cabe aqui o destaque para o papel do Ministério Público Federal, que formou um grupo de auxílio aos trabalhos da PGR na investigação e acusação de deputados e senadores. Apesar de amplas as funções jurisdicionais do MPF, promotores e procuradores da república têm cada vez mais ocupado papel de destaque na conjuntura atual, transformando essa instituição num ator político de ampla relevância nacional.[9]

Afora toda essa estrutura, a resposta do Congresso Nacional à sociedade brasileira foi pífia e desigual quando comparado o tratamento dado aos parlamentares e seus respectivos partidos políticos. Na Câmara dos Deputados, 4 partidos políticos estão no topo das denúncias: PP, PT, PMDB e DEM. Destes, somente foram cassados os deputados André Vargas (PT/PR) e Eduardo Cunha (PMDB/RJ). Este primeiro, por sua vez, teve mandato cassado 2 anos antes de ser oficialmente denunciado

---

[8] PORTA, Donatella della; VANNUCCI, Alberto. *Corrupt exchanges*: actors, resources, and mechanisms of political corruption. New York: Aldine de Gruyter, 1999, pp. 266-269.

[9] SADEK, Maria T.; SANCHES FILHO, A.O., et al. *Justiça e cidadania no Brasil*. Rio de Janeiro: Centro Edelstein, 2009.

pela força tarefa da Lava Jato e, por conseguinte, virar réu. No Senado o único parlamentar cassado foi o ex-líder do PT na casa, Delcídio do Amaral, por quebra de decoro.

Partindo do objetivo de averiguar se houve impacto da Operação no que diz respeito à distribuição de poder no Legislativo, mapeamos os cargos ocupados pelos parlamentares acusados pela Lava Jato na Câmara e no Senado. Especificamente, identificamos a presença desses políticos nas Comissões Permanentes de ambas as casas e nas Mesas Diretoras da Câmara e do Senado. A escolha desses espaços é justificada pela importância deles em termos de influência no processo decisório e poder de agenda. Como mostra o quadro abaixo, a força tarefa da Lava Jato denunciou políticos de diferentes agremiações.

Quadro 1
Deputados Federais em exercício de mandato denunciados pela Lava Jato

Deputado(a)	Partido	Legislatura	Data da denúncia
André Vargas	PT	2011-2015	10/11/2016
Cândido Vaccarezza	PT	2011-2015	05/03/2015
José Mentor	PT	2011-2015/ 2015-2019	08/04/2017
Vander Loubet	PT	2011-2015/2015-2019	14/03/2016
Eduardo Cunha	PMDB	2011-2015/2015-2019	05/03/2015
Aníbal Gomes	PMDB	2011-2015/2015-2019	05/03/2015
Afonso Hamm	PP	2011-2015/2015-2019	05/03/2015
Aguinaldo Ribeiro	PP	2011-2015/2015-2019	05/03/2015
Aline Corrêa	PP	2011-2015	05/03/2015
Arthur Lira	PP	2011-2015/2015-2019	05/03/2015
Carlos Magno	PP	2011-2015	05/03/2015
Dilceu Sperafico	PP	2011-2015/2015-2019	05/03/2015
Eduardo da Fonte	PP	2011-2015/2015-2019	05/03/2015
Jerônimo Goergen	PP	2011-2015/2015-2019	05/03/2015
João Leão	PP	2011-2015	05/03/2015
João Alberto Pizzolati	PP	2011-2015	05/03/2015
José Linhares	PP	2011-2015	05/03/2015
José Otávio Germano	PP	2011-2015/2015-2019	05/03/2015
Lázaro Botelho	PP	2011-2015/2015-2019	05/03/2015
Roberto Britto	PP	2011-2015/2015-2019	21/03/2015
Luis Carlos Heinze	PP	2011-2015/2015-2019	05/03/2015
Luiz Fernando Faria	PP	2011-2015/2015-2019	05/03/2015
Mário Negromonte	PP	2015-2019	21/03/2015
Pedro Henry	PP	2011-2015	05/03/2015
Renato Molling	PP	2011-2015/2015-2019	05/03/2015
Roberto Balestra	PP	2011-2015/2015-2019	05/03/2015
Roberto Teixeira	PP	2011-2015/2015-2019	05/03/2015
Nelson Meurer	PP	2011-2015/2015-2019	05/03/2015
Sandes Júnior	PP	2011-2015/2015-2019	05/03/2015
Vilson Covatti	PP	2003-2007	05/03/2015
Waldir Maranhão	PP	2011-2015/2015-2019	05/03/2015
Luiz Argolo	SD	2011-2015	05/03/2015
José Olímpio	DEM	2011-2015/2015-2019	05/03/2015

Fonte: Elaboração dos autores com dados da Câmara dos Deputados.

Quadro 2
Senadores em exercício de mandato denunciados pela Lava Jato

Senador(a)	Partido	Legislatura	Data da denúncia
Delcidio do Amaral	PT	2011-2019	07/12/2015
Gleisi Hoffmann	PT	2011-2019	06/05/2016
Humberto Costa	PT	2011-2019	Não realizada
Lindberg Farias	PT	2011-2019	05/03/2015
Edison Lobão	PMDB	2011-2019	08/09/2017
Renan Calheiros	PMDB	2011-2019	08/09/2017
Romero Jucá	PMDB	2011-2019	08/09/2017
Valdir Raupp	PMDB	2011-2019	08/09/2017
Aécio Neves	PSDB	2011-2019	02/06/2017
Antonio Anastasia	PSDB	2015-2023	Arquivado
Benedito de Lira	PP	2011-2019	01/09/2015
Gladson Cameli	PP	2015-2023	01/09/2015
Fernando Collor	PTC	2007-2015 e 2015-2023	01/08/2017
Jader Barbalho	PMDB	2011-2019	08/09/2017

Fonte: Elaboração dos autores com dados do Senado.

Apesar do PP visivelmente apresentar o maior número de deputados denunciados, recentemente a procuradora geral da República, Raquel Dodge, requisitou ao STF o arquivamento da investigação contra seis parlamentares do partido que foram acusados de receber propina do esquema conhecido como Petrolão. Segundo a procuradora, não há evidencias sobre o repasse do montante.

De acordo com os regimentos internos da Câmara e Senado, e garantido por meio da Constituição Federal, as comissões permanentes possuem funções legislativas e de fiscalização. Também possuem importante papel informativo no processo decisório sobre políticas públicas.[10] Portanto, as comissões permanentes são órgãos técnicos que se distinguem por suas competências, que devem prestar acompanhamento a temáticas especificas.

Em tramitação ordinária, as comissões permanentes configuram como a primeira fase na qual um projeto de lei é submetido. Como órgão especializado, tem como tarefa a elaboração de parecer que é apreciado dentro da própria comissão, e que decidirá o andamento ou não da matéria. No mais, a Constituição de 88 dotou as comissões permanentes, em alguns casos, do chamado "poder terminativo". Na prática, esse poder garante às comissões aprovar um projeto de lei em caráter definitivo sem a apreciação do mesmo em plenária e, como consequência, descentralizar os trabalhos legislativos, de modo a tornar o Congresso mais eficiente.[11]

Apesar desse poder das comissões ser ofuscado pelo uso, em especial por parte do Poder Executivo, das medidas provisórias e do pedido de urgência[12] na tramitação de algumas matérias, ainda assim, elas possuem papel relevante para os trabalhos legislativos.[13] Santos e Almeida[14],

---

[10] SANTOS, Fabiano; CANELLO, Júlio. "Comissões Permanentes, Estrutura de Assessoramento e o Problema Informacional na Câmara dos Deputados do Brasil". *DADOS, Revista de Ciências Sociais*, Rio de Janeiro, vol. 59, n. 4, pp. 1127-1168, 2016.

[11] LIMONGI, Fernando; FIGUEIREDO, Argelina. "Partidos Políticos na Câmara dos Deputados: 1989 – 1994". *Dados – Revista de Ciências Sociais*, Rio de Janeiro: IUPERJ, vol. 38, n. 3, pp. 497-525, 1995.

[12] O pedido de urgência, por garantia regimental, também está disponível para os líderes dos partidos, dois terços da mesa diretora e dois terços dos membros da comissão relevante (PEREIRA, C; MUELLER, B. "Uma teoria da preponderância do poder Executivo: o sistema de comissões no Legislativo brasileiro". *Revista Brasileira de Ciências Sociais*, São Paulo, vol. 15, n. 43, pp. 45-67, 2000, p. 48).

[13] Há um extenso debate sobre o papel desempenhado pelas comissões no processo legiferante, dividido pelos neoinstitucionalistas em três correntes: informacional, distributivista e partidária.

[14] SANTOS, Fabiano; ALMEIDA, Acir. *Fundamentos informacionais do presidencialismo de coalizão*. Curitiba: Apris, 2011.

demonstram que há um baixo uso do pedido de urgência por coalizões governistas para acelerar projetos do Executivo. Isso porque há um elemento informacional importante que reside na capacidade do sistema de comissões, que reduz o incentivo para o uso do procedimento de urgência e imprime a este órgão importância no processo legislativo.

As designações das comissões devem ser feitas pela Mesa Diretora após esta consultar os líderes dos partidos. Por conseguinte, nomear ou substituir um parlamentar para compor as comissões é uma decisão centralizada nos líderes partidários, sem restrições regimentais para o tempo de permanência do político.[15] Inicialmente analisamos quais comissões permanentes os deputados denunciados pela Operação Lava Jato faziam parte à época da acusação. Nosso segundo passo foi verificar se após denúncia houve perda de cargo por parte do parlamentar.

---

[15] PEREIRA, C; MUELLER, B. "Uma teoria da preponderância do poder Executivo: o sistema de comissões no Legislativo brasileiro". *Revista Brasileira de Ciências Sociais*, São Paulo, vol. 15, n. 43, pp. 45-67, 2000.

Quadro 3
Deputados e Comissões Permanentes

Deputado(a)	Partido	Comissão Permanente	Data da denuncia	Data de Posse na Comissão	Tempo como Membro titular
José Mentor	PT	Constituição e Justiça e de Cidadania – CCJC	08/04/2017	03/03/2015	02/02/2016. Em 2018 retornou como titular
Vander Loubet	PT	Minas e Energia – CME	14/03/2016	03/03/2015	02/02/2016. Em 2018 retornou como titular
Aníbal Gomes	PMDB	Fiscalização Financeira e Controle – CFFC	05/03/2015	03/03/2015	02/02/2016. Em 2018 retornou como titular
Afonso Hamm	PP	Esporte – CESPO; Turismo – CTUR; Agricultura, Pecuária, Abastecimento desenv. Rural- CAPADR	05/03/2015	03/03/2015 (CESPO e CTUR); 04/03/2015 (CAPADR)	CTUR – 02/02/2016; CESPO 02/02/2016 – retornou em 2018; CAPADAR 02/02/2016
Aguinaldo Ribeiro	PP	Constituição e Justiça e de Cidadania – CCJC; Integração Nacional, desenv. regional e Amazônia – CINDRA;	05/03/2015	03/03/2015 – CCJC 04/0/2015 – CINDRA	02/02/2016 – CCJC (retornou em 2018 como titular) e CINDRA
Arthur Lira	PP	Constituição e Justiça e de Cidadania – CCJC	05/03/2015	03/03/2015	02/02/2016; Em 2018 retornou como titular
Dilceu Sperafico	PP	Agricultura, Pecuária, Abastecimento desenv. Rural- CAPADR	05/03/2015	03/03/2015	02/02/2016; Em 2018 retornou como titular
Eduardo da Fonte	PP	Finanças e Tributação – CFT (apenas por dois dias)	05/03/2015	03/03/2015	04/03/2015; Retomou como titular 18/11/2015
Jerônimo Goergen	PP	Agricultura, Pecuária, Abastecimento desenv. Rural- CAPADR	05/03/2015	03/03/2015	02/02/2016; Em 2018 retornou como titular
José Otávio Germano	PP	Minas e Energia – CME	05/03/2015	03/03/2015	02/02/2016; Em 2018 retornou como titular
Lázaro Botelho	PP	Viação e Transportes – CVT	05/03/2015	03/03/2015	02/02/2016; Em 2017 e 2018 retornou como titular
Roberto Britto	PP	Viação e Transportes – CVT	21/03/2015	10/03/2015	02/02/2016; Em 2017 e 2018 retornou como titular
Luís Carlos Heinz	PP	Agricultura, Pecuária, Abastecimento desenv. Rural- CAPADR	05/03/2015	03/03/2015	02/02/2016; Em 2018 retornou como titular

Luiz Fernando Faria	PP	Minas e Energia – CME	05/03/2015	03/03/2015	02/02/2016; Em 2017 retornou como titular
Mário Nigromante	PP	Finanças e Tributação – CFT (apenas por dois dias); Minas e Energia – CME	21/03/2015	04/03/2015 – CFT; 03/03/2015 –CME	02/02/2016 – CME 12/03/2015 – CFT (retornou como titular em 2017)
Renato Molling	PP	Turismo – CTUR	05/03/2015	03/03/2015	02/02/2016; Em 2017 retornou como titular
Roberto Balestra	PP	Agricultura, Pecuária, Abastecimento desenv. Rural- CAPADR; Meio Ambiente e Desenvolvimento Sustentável – CMADS	05/03/2015	04/03/2015 -Ambas	02/02/2016 – CAPADR; 18/05/2015; Em 2017 e 2018 retornou como titular de ambas
Nelson Meurer	PP	Agricultura, Pecuária, Abastecimento desenv. Rural- CAPADR	05/03/2015	03/03/2015	02/02/2016; Em 2018 retornou como titular
Sandes Júnior	PP	Fiscalização Financeira e Controle – CFFC	05/03/2015	03/03/2015	16/10//2015; Em 2016 retornou como titular
Simão Sessim	PP	Minas e Energia – CME	05/03/2015	04/03/2015	02/02/2016; Em 2017 retornou como titular
Missionário José Olímpio	DEM	Ciência e Tecnologia, Comunicação e Informática – CCTCI	05/03/2015	02/03/2015	02/02/2016; Em 2017 retornou como titular

Fonte: Elaboração dos autores com dados da Câmara dos Deputados.

As comissões legislativas costumam apresentar grande mudança em sua composição, mas o recrutamento inicial pode ser entendido como um "posicionamento estratégico" do partido.[16] Grande parte das denúncias feitas pela Lava Jato aconteceram no início da 55ª Legislatura. Nenhum dos deputados que ocupavam cargo como titular em uma ou mais comissões permanentes perdeu o seu posto a época da denúncia. Dos 21 deputados, 16 tomaram posse 1 dia antes de serem denunciados.

No que concerne à Mesa Diretora, somente o ex-deputado Eduardo Cunha, enquanto presidente da Câmara, possuía cargo no órgão.

---

[16] MULLER, Gustavo. "Comissões e Partidos Políticos na Câmara dos Deputados: um estudo sobre os padrões partidários de recrutamento para as comissões permanentes". *DADOS – Revista de Ciências Sociais*, Rio de Janeiro, vol. 48, n. 1, pp. 371-394, 2005.

Cunha teve papel de destaque no processo de *impeachment* de Dilma Roussef ao aceitar o pedido de processo de abertura de *impeachment* protocolado pelos advogados Hélio Bicudo, Miguel Reale e Janaína Paschoal. Na ocasião, o parlamentar estava sob investigação no Supremo Tribunal Federal e no Ministério Público, acusado de ocultar 5 milhões de dólares em contas não declaradas na Suíça.

Cunha foi afastado do cargo e substituído pelo deputado Waldir Maranhão – PSDB, também da base aliada do governo. Em junho de 2016 o Conselho de Ética aprovou o parecer do deputado Marcos Rogério pela cassação do mandato de Cunha. Em setembro do mesmo ano, a plenária da Câmara cassou, segundo informações da tabela 5, por 450 votos a favor, 10 contra e 9 abstenções, o mandato do ex-presidente da Casa deputado Eduardo Cunha (PMDB/RJ). A maioria dos parlamentares da base do governo Temer e da oposição apoiou esse desfecho. Esse comportamento do próprio partido de Cunha, do PSDB e dos partidos do Centrão, que acabavam de realizar o *impeachment* da ex-presidenta Dilma e empossado Temer na Presidência, se deve, em boa medida, às pressões sociais em meio a ampla repercussão da Operação Lava Jato na população. A cassação foi motivada por quebra de decoro parlamentar. Cunha foi acusado de mentir à CPI da Petrobras ao negar, durante depoimento em março de 2015, ser titular de contas no exterior. Com a decisão o ex-deputado ficou inelegível por oito anos e também perdeu o foro privilegiado, isto é, o direito de ser processado e julgado somente no Supremo Tribunal Federal (STF). Com isso, os inquéritos e ações a que responde na Operação Lava Jato deveriam ser enviados para a primeira instância da Justiça Federal.

Tabela V
Cassação do Mandato de Eduardo Cunha

Partido	Sim	Não	Ausente	Abstenção	Art. 17
DEM	25		1		1
PCdoB	11				
PDT	18		1		
PEN	2		1		
PHS	4	1	2		
PMB	1		1		
PMDB	52	1	10	3	
PP	39	1	5	2	
PPS	8				
PR	33	2	5	2	
PRB	21		1		
PROS	5		2		
PRP	1				
PRTB	1				
PSB	33				
PSC	2	2	2	1	
PSD	33		2		
PSDB	50				
PSL		1		1	
PSOL	6				
PT	58				
PTB	13		5		
PTdoB	3				
PTN	9	1	3		
PV	6				
REDE	4				
SD	12	1	1		
TOTAL	450	10	42	9	

Fonte: Elaboração dos autores com dados da Câmara dos Deputados.
Obs: Voto Sim pela Cassação de Eduardo Cunha

Um mês após perder o mandato, Eduardo Cunha foi preso, por decisão do Juiz Sérgio Moro, acusado por lavagem de dinheiro e de receber propina do contrato de exploração de Petróleo na África. Atualmente cumpre pena por corrupção e evasão de divisas.

No Senado a situação não foi diferente, como demonstra o quadro abaixo.

Quadro 4
Senadores e Comissões Permanentes

Senador(a)	Partido	Legislatura	Cargo durante a Legislatura	Data da denúncia	Data de Posse na Comissão	Tempo como Membro Titular
Gleisi Hoffmann	PT	2011-2019	CCJ - Comissão de Constituição, Justiça e Cidadania; CRE – Comissão de Relações Exteriores e Defesa Nacional	06/05/2016	CCJ – 25/02/2015; CRE – 25/02/2015	CCJ – 08/02/2017; CRE – 10/02/2017
Humberto Costa	PT	2011-2019	CAE – Comissão de Assuntos Econômicos; CDR – Comissão de Desenvolvimento Regional e Turismo	Não Realizada	CAE – 09/03/2017; CDR – 22/03/2017	Atualmente titular
Lindberg Farias	PT	2011-2019	CRE – Comissão de Relações Exteriores e Defesa Nacional	05/03/2015	CRE – 25/02/2015	CRE – 10/02/2017
Edison Lobão	PMDB	2011-2019	CE – Comissão de Educação, Cultura e Esporte; CCJ – Comissão de Constituição, Justiça e Cidadania.	08/09/2017	CE – 05/10/2017; CCJ – 08/02/2017	Atualmente titular

Renan Calheiros	PMDB	2011-2019	CI – Comissão de Serviços de Infraestrutura; CTFC – Comissão de Transparência, Governança, Fiscalização e Controle e Defesa do Consumidor	08/09/2017	CI – 14/03/2017; CTFC – 31/03/2017	Atualmente titular
Romero Jucá	PMDB	2011-2019	CI – Comissão de Serviços de Infraestrutura; CRE – Comissão de Relações Exteriores e Defesa Nacional; CTFC – Comissão de Transparência, Governança, Fiscalização e Controle e Defesa do Consumidor	08/09/2017	CI – 14/03/201; CRE – 09/03/2017; CTFC – 31/03/2017	CI – 13/09/2017; CRE e CTFC – Atualmente Titular
Valdir Raupp	PMDB	2011-2019	CAE – Comissão de Assuntos Econômicos; CCT – Comissão de Ciência, Tecnologia, Inovação, Comunicação e Informática; CSF – Comissão Senado do Futuro	08/09/2017	CAE – 09/03/2017; CCT – 14/03/201; CSF – 10/03/2017	Atualmente titular
Aécio Neves	PSDB	2011-2019	CCJ -Comissão de Constituição, Justiça e Cidadania	02/06/2017	CCJ – 08/02/2017	Atualmente titular

Benedito de Lira	PP	2011-2019	CAE – Comissão de Assuntos Econômicos; CCJ – Comissão de Constituição, Justiça e Cidadania; CDH – Comissão de Direitos Humanos e Legislação Participativa	01/09/2015	CAE – 04/03/2015; CCJ – 04/03/2015; CDH – 14/07/2015	CAE – 10/02/2017; CCJ – 08/02/2017; CDH – 10/02/2017
Gladson Cameli	PP	2015-2023	CDR – Comissão de Desenvolvimento Regional e Turismo; CE – Comissão de Educação, Cultura e Esporte; CSF – Comissão Senado do Futuro	01/09/2015	CDR – 04/03/2015; CE – 17/03/2015; CSF – 18/03/2015	CDR – 10/02/2017; CE – 10/02/2017; CSF- 10/02/2017
Fernando Collor de Mello	PTC	2007-2015 e 2015-2023	CRE – Comissão de Relações Exteriores e Defesa Nacional	01/08/2017	CRE – 09/03/2017	Atualmente titular
Jader Barbalho	PMDB	2011-2019	CCJ – Comissão de Constituição, Justiça e Cidadania;	08/09/2017	CCJ – 08/02/2017	Atualmente titular

Fonte: Elaboração dos autores com dados do Senado.

Assim como na Câmara do Deputados, não houve nenhum impacto na composição das comissões permanentes daqueles que foram denunciados pela força tarefa. Todos continuaram no cargo ocupado dentro dos órgãos técnicos mesmo após as denúncias. A única substituição que ocorreu foi o caso do senador Romero Jucá, que poucos dias após a denúncia deixou a titularidade da CI – Comissão de Serviços de

Infraestrutura. Contudo, o fato dele permanecer nas demais comissões demonstra que foi apenas uma substituição comum e não um fato causado pela denúncia.

Sem dúvida o caso Delcidio do Amaral (PT/MS) foi uma exceção quando comparado com os demais. O parlamentar foi o primeiro político, desde a redemocratização, a ser preso no exercício do mandato, por decisão do STF e validação do Senado. Acusado de obstrução a justiça, o ex-líder do PT no Senado teve o seu mandato cassado em maio de 2015 por quebra de decoro parlamentar, tornando-se inelegível por 8 anos. Por conseguinte, o senador Paulo Rocha passou a ocupar o cargo de líder do PT no Senado. Por sua vez, o senador Aécio Neves experienciou desfecho bem diferente do ocorrido com o petista. Em setembro de 2017 a primeira turma do STF afastou o tucano do exercício do mandato e determinou o recolhimento noturno do mesmo. Mesmo assim, o Senado decidiu manter o cargo do político.

Observa-se, desse modo, comportamentos distintos dos partidos nas votações referente ao caso dos dois senadores acima citados. Na primeira, ainda em maio de 2016, no qual foi cassado o mandato do ex-líder do governo petista Senador Delcídio do Amaral por 74 votos a favor, nenhum contra e uma abstenção, por quebra de decoro parlamentar. A única abstenção foi do senador João Alberto (PMDB/MA), presidente do Conselho de Ética do Senado. Dos 81 senadores, segundo dados da Tabela 6, cinco não compareceram à sessão: o próprio Delcídio do Amaral; Eduardo Braga (PMDB/AM); Maria do Carmo Alves (DEM/SE); Rose de Freitas (PMDB/ES); e Jader Barbalho (PMDB/PA). Para que Delcídio perdesse o mandato, eram necessários 41 votos favoráveis, mas os partidos situacionistas e oposicionistas garantiram apoio majoritário à cassação. A atuação da oposição foi decisivo para isso, tendo em vista que o pedido de cassação do ex-líder do governo foi protocolado no Conselho de Ética, ainda em dezembro de 2015, pela Rede Sustentabilidade e pelo PPS.

Tabela VI
Votações referentes à cassação do mandato de Delcídio do Amaral e pelo afastamento de Aécio Neves

Partido	Votação pela cassação de Delcídio					Votação pelo afastamento de Aécio Neves				
	Sim	Não	Abstenção	Ausente	Art. 17	Sim	Não	Abstenção	Ausente	Art. 17
DEM	3			1		1	3			
PCdoB	1								1	
PDT	3					2				
PMDB	13	1		3	1	2	19		1	1
PP	6					1	3		1	
PPS	1								1	
PR	4					1	3			
PRB	1						1			
PSB	7					4				
PSC	1						1			
PSD	4					2	1		1	
PSDB	11						10		2	
PT	11					7			2	
PTB	3						1		1	
PTC	1						1			
REDE	1					1				
PV*	1									
PODE**						3				
PROS**							1			
S/SIGLA	2			1		2				
TOTAL	74	1		5	1	26	44		10	1

Fonte: Elaboração dos autores com dados do Senado.

Obs: Na votação referente à Delcidio do Amaral o voto SIM era pela sua cassação; na votação referente à Aécio Neves o voto SIM era pelo seu afastamento.

★ O partido tinha representante no Senado somente na votação referente à Delcídio do Amaral.

★★ O partido tinha representante no Senado somente na votação referente à Aécio Neves.

Já a segunda votação somente ocorreria em outubro de 2017, portanto, na vigência do governo de Michel Temer (PMDB/SP), cuja coalizão parlamentar contava com 55,5% das cadeiras parlamentares. Trata-se da decisão da Primeira Turma do Supremo Tribunal Federal (STF) que havia determinado o afastamento do senador Aécio Neves do PSDB/MG. Conforme resultado descrito na tabela acima, foi vetada por 44 votos a 26. Como podemos verificar a coalizão parlamentar do governo Temer contribuiu fortemente para esse resultado favorável ao senador mineiro, mesmo com todas as evidências apuradas.

Esse exemplo demonstra a diferença de tratamento dado a ambos senadores. No contexto de cassação do petista, não foi questionada pelos senadores a decisão do STF com relação ao parlamentar. No caso de Aécio Neves, o afastamento do tucano provocou amplo debate jurídico entre os parlamentares sobre a interferência do Poder Judiciário no Poder Legislativo, causando a indignação de muitos senadores. Talvez a maior diferença de ambos os casos resida no contexto político à época. Delcidio era líder de um governo desgastado e com uma frágil coalizão. Já o tucano faz parte da base governista de Temer, que tem apresentado uma forte e estável coalizão.

Os dados mostraram que tanto na Câmara quanto no Senado as denúncias não impactaram na composição dos cargos dentro do Legislativo. Como já foi citado, a prerrogativa de mudanças nos cargos das comissões recaí sobre os líderes dos partidos. Ao que parece, salvo algumas exceções como as cassações de Eduardo Cunha, André Vargas e Delcídio do Amaral, os trabalhos no Congresso Nacional seguiram relativa normalidade.

4. O IMPACTO DA LAVA JATO NA PRODUÇÃO DE LEGISLAÇÃO ANTICORRUPÇÃO

Analisamos, por fim, o último aspecto do impacto da Operação Lava Jato no Congresso brasileiro. Trata-se da produção legislativa referente ao combate à corrupção. Teriam os desdobramentos decorrentes da Operação Lava Jato engendrado o endurecimento da legislação anticorrupção no Brasil? Para responder a esta questão analisamos o quadro legal de combate à corrupção no Brasil antes e depois do início da Lava Jato.

Internacionalmente, o Brasil é parte dos mais importantes tratados anticorrupção. Em 2000, o Brasil ratificou a Convenção da OCDE sobre o Combate à Corrupção de Funcionários Públicos Estrangeiros em Transações Comerciais Internacionais (de 1997). Dois anos mais tarde, em 2002, o Brasil ratificou a Convenção Interamericana contra a Corrupção (de 1996) e, em 2006, ocorreu a ratificação da Convenção das Nações Unidas contra a Corrupção (de 2003). Todavia, o país ainda não implementou complementarmente todas as medidas previstas nessas Convenções.

No âmbito doméstico, merece destaque o Artigo 37 da Constituição Brasileira de 1988, guia fundamental do arcabouço legislativo anticorrupção: "A administração pública direta e indireta de qualquer dos Poderes da União, dos Estados, do Distrito Federal e dos Municípios obedecerá aos princípios de legalidade, impessoalidade, moralidade, publicidade e eficiência". Na esteira da Constituição Federal de 1988 destacam-se a Lei n. 8.666/1993, que regulamenta licitações; a Lei n. 9.034/1995, que dispõe sobre a utilização de meios operacionais para a prevenção e repressão de ações praticadas por organizações criminosas; e a Lei n. 9.613/1998, que dispõe sobre os crimes de "lavagem" ou ocultação de bens, direitos e valores. Antes da atual Constituição Federal, merecem destaque no quadro legal anticorrupção o Código Penal de 1940, o Código de Processo Penal de 1941, e a Lei n. 201/1967, sobre crimes cometidos por prefeitos.

Em 2013, durante o primeiro mandato de Dilma Rousseff, foi incorporada neste quadro legal a "Lei Anticorrupção" (Lei n. 12.846/2013). Influenciada pelas manifestações de Junho daquele ano, esta lei concretizou compromissos assumidos pelo Brasil naquelas Convenções Internacionais. A Lei Anticorrupção dispõe sobre a responsabilidade civil e administrativa das pessoas jurídicas, em razão de atos lesivos à Administração Pública brasileira ou estrangeira. Isto é, ela estabeleceu a possibilidade de responsabilizar e punir, tanto na esfera civil quanto na esfera administrativa, os atos praticados em benefício de uma empresa, bastando para tal a demonstração do nexo causal entre a conduta corrupta e a vantagem aferida. Apesar de representar um avanço no quadro legal de combate à corrupção, esta lei não possui viés penal.

O IMPACTO DA OPERAÇÃO LAVA JATO NA ATIVIDADE DO CONGRESSO

Em decorrência da deflagração da Operação Lava Jato em março de 2014, membros do Ministério Público Federal (MPF) tomaram a iniciativa de desenvolver uma série de propostas de alterações legislativas que tornasse mais efetivo o combate à corrupção e à impunidade. Estas propostas foram sintetizadas por meio da campanha "10 medidas contra a corrupção", a qual ganhou apoio de parte da sociedade civil. Encaminhada ao Congresso Nacional, este conjunto de propostas tornou-se a principal novidade legislativa voltada ao combate à corrupção após a deflagração da Operação Lava Jato. A forma como foram recebidas essas propostas pelos legisladores é, precisamente, o foco desta análise. Teriam essas propostas engendrado um endurecimento do quadro legal anticorrupção?

Esta questão é extremamente relevante para avaliarmos o impacto da Lava Jato no comportamento legislativo em relação à corrupção. Isso porque não há garantias que os legisladores brasileiros se posicionariam no sentido de propor leis mais rígidas. Vejamos, como exemplo, o caso italiano. Apesar do grande impacto que a Operação *Mani pulite* (deflagrada em 1992) teve sobre o sistema partidário italiano, a primeira legislação anticorrupção abrangente na Itália só foi aprovada em 2012. Ademais, o fracasso das políticas anticorrupção estabeleceu condições favoráveis para a expansão de redes ilegais, em que "novos" agentes corruptos desenvolveram aptidões e capacidades. Atores tais como intermediários, empresários, mafiosos, chefes políticos e administradores seniores passaram a desempenhar um papel crucial na governança do sistema, garantindo a estabilidade e a certeza de relações 'contratuais' ilegais.[17] De acordo com Vannucci[18], por conta desta experiência negativa, a Itália pode ser considerada um caso paradigmático do fracasso dos mecanismos institucionais, políticas e contramedidas para limitar a difusão da corrupção sistêmica em uma democracia avançada.

---

[17] DELLA PORTA, D.; VANNUCCI, A. *Corruption and Anti-Corruption*: the political defeat of 'clean hands' in Italy. West European Politics, 30 (4), 830-853, 2007; VANNUCCI, A. "The Controversial Legacy of Mani Pulite: a critical analysis of italian corruption and anti-corruption policies". *Bulletin of Italian politics*, 1, (2), 233-264, 2009.

[18] VANNUCI, A. "The 'clean hands' (mani pulite) inquiry on corruption and its effects on the italian political system. *Em Debate*, 8 (2), 62-68, 2016.

Evidente que há diferenças importantes na avaliação do impacto das operações anticorrupção no Brasil e na Itália. Por aqui a operação ainda está em andamento. Por outro lado, a *Mani pulite* foi deflagrada há mais de 20 anos na Itália. Há que se ponderar, no entanto, que há maiores incentivos para mudanças no comportamento legislativo no auge de uma operação deste tipo. Nesse sentido, a própria experiência italiana demonstra que a questão desapareceu rapidamente da agenda pública[19], perdendo-se o incentivo para mudanças legislativas visando o endurecimento da legislação anticorrupção.

Conforme pontuamos, no Brasil, os membros do MPF não demoraram a propor mudanças legislativas visando ao endurecimento da legislação anticorrupção. Ainda no auge da Operação, em 29 de março de 2016, durante o mandato de Rousseff, foi apresentado na Câmara Federal o Projeto de Lei n. 4.850/2016, que previa as seguintes medidas:

Quadro 5
As 10 Medidas Apresentadas pelo MPF contra a corrupção

1) Prevenção à corrupção, transparência e proteção à fonte de informação.
2) Criminalização do enriquecimento ilícito de agentes públicos.
3) Aumento das penas e crime hediondo para a corrupção de altos valores.
4) Eficiência dos recursos no processo penal.
5) Celeridade nas ações de improbidade administrativa.
6) Reforma no sistema de prescrição penal.
7) Ajustes nas nulidades penais.
8) Responsabilização dos partidos políticos e criminalização do caixa 2.
9) Prisão preventiva para assegurar a devolução do dinheiro desviado.
10) Recuperação do lucro derivado do crime.

Fonte: Ministério Público Federal. Disponível em: <www.dezmedidas.mpf.mp.br/>

---

[19] DELLA PORTA, D.; VANNUCCI, A. *Corrupt Exchanges:* actors, resources and mechanisms of political corruption. New York: Aldine De Gruyter, 1999.

O texto das "10 medidas" foi encaminhado à uma comissão especial da Câmara, onde uma parte das sugestões dos procuradores do MPF foi desmembrada e outras, incorporadas ao parecer do relator Onyx Lorenzoni (DEM-RS). O MPF acompanhou as discussões e deu seu aval ao texto construído. Apesar disso, algumas das medidas já enfrentavam críticas de criminalistas. Na visão do advogado Antonio Carlos de Almeida Castro, as medidas foram apresentadas em um contexto de "espetacularização" do processo penal: "A ousadia de propor o uso da prova ilícita, a ousadia de propor o afastamento, cada vez mais, da força do *habeas corpus*. Esse teste de integridade, sinceramente, é uma proposta fascista".

Encaminhado o Projeto ao Plenário para votação, como os partidos teriam se posicionado em relação às medidas contra à corrupção? Teriam eles apoiado as propostas do MPF no sentido de fortalecer a legislação anticorrupção ou se posicionado de modo diverso? As posições dos legisladores poderiam ser explicadas pelas dicotomias governo-oposição e/ou esquerda-direita ou por alinhamentos distintos dos conflitos tradicionais? Quais partidos contribuíram mais para o resultado final das votações?

Analisando as votações das medidas contra a corrupção em Plenário, levadas à cabo no dia 30 de novembro de 2016, podemos concluir de antemão que apesar de o texto principal do Projeto ter sido aprovado com ampla maioria no plenário, houve pouco apoio às propostas encampadas pelo MPF, uma vez que os partidos adicionaram destaques ao Projeto. No quadro abaixo sintetizamos o resultado das votações do pacote anticorrupção.

Quadro 6
Votações referentes ao PL n. 4850/2016 sobre as "10 medidas"

VOTAÇÕES	MEDIDAS VOTADAS	VOTO	
		SIM	NÃO
Projeto	PL N. 4850/2016 – Substitutivo da Comissão Especial	450	1
Destaque n. 1 (PDT)	Estabelece punição por abuso de autoridade a juízes e integrantes do MP	313	132
Destaque n. 3 (PSB)	Retira do projeto a criação de teste de integridade para servidores públicos	14	326*
Destaque n. 4 (PT)	Retira do projeto a possibilidade de acordo de leniência em ações de improbidade administrativa	143	207*
Destaque n. 6 (PT)	Retira do projeto trecho que condicionava a progressão do regime de cumprimento de pena ao ressarcimento de danos causados por crime contra a administração pública	152	210*
Destaque n. 13 (PMDB)	Torna crime a violação de prerrogativas de advogados	285	72
Destaque n. 14 (PSOL)	Retira do projeto permissão para acordo entre réu e MP para estipular pena	151	220*
Destaque n. 15 (PSB)	Retira do projeto a criação do chamado informante de boa fé	36	392*
Destaque n. 16 (PT)	Retira do projeto pontos relacionados à mudanças nas regras de prescrição dos crimes, como a sua contagem a partir do oferecimento da denúncia e, não do seu recebimento e a prescrição retroativa.	301	107

Destaque n. 17 (PP)	Retira do projeto mudança na lei de improbidade administrativa para agilizar julgamento	76	280*
Destaque n. 18 (PP, PTB, PSC)	Retira do projeto aplicação de multa a partidos políticos responsabilizados por atos ilícitos	35	322*
Destaque n. 21 (PP, PTB, PSC)	Retira do projeto a punição de servidores públicos por enriquecimento ilícito	173	222*
Destaque n. 22 (PR)	Retira do projeto mecanismos para extinguir bens obtidos com dinheiro ilícito	97	317*
Destaque n. 23 (PR)	Retira do projeto punição rigorosa a partidos políticos por infrações graves ou repetidas e mantém regra que pune apenas com multa o partido com contas rejeitadas	32	328*

Fonte: Elaboração dos autores a partir de dados coletados no site da Câmara dos Deputados.
*Votações em que o voto "Não" representa o voto favorável ao destaque.

Das propostas originalmente encampadas pelo MPF permaneceram no texto final aprovado: a) as medidas de transparência a serem adotadas por tribunais; b) a criminalização do caixa 2; c) o agravamento de penas em casos de corrupção e d) a limitação do uso de recursos com o fim de atrasar processos. Por outro lado, os deputados rejeitaram: a) a possibilidade de acordo penal entre réu e MP; b) a criação do chamado informante de boa-fé; c) a criação de mecanismo para extinguir bens obtidos com dinheiro ilícito; d) a proibição a prescrição de crimes para foragidos da Justiça; e) a criação do crime de enriquecimento ilícito de servidores públicos; f) a suspensão dos diretórios de partidos políticos e dirigentes em virtude de "atos lesivos de extrema gravidade e repercussão".

Além disso, os deputados incluíram e aprovaram uma proposta contrária à violação de prerrogativas dos advogados e uma proposta prevendo punição à juízes e membros do Ministério Público por abuso de autoridade. Esta última emenda gerou muita polêmica por tipificar como crime a atuação dos magistrados com motivação político-partidária e a apresentação pelo MP de ação de improbidade administrativa contra agente público "de maneira temerária". Além de prisão, os membros do MP também estariam sujeitos a indenizar o denunciado por danos materiais e morais ou à imagem que tiver provocado.

Desse modo, quando foi levado ao Plenário, o Projeto de lei anticorrupção desconfigurou-se substantivamente das propostas originais dos procuradores da República, provocando uma série de críticas em relação à atuação dos legisladores. Além de evitar punições graves aos partidos por corrupção, críticos acusaram os deputados de retaliar o Poder Judiciário com a proposta de punição por abuso de autoridade.

Nesse ponto, o impacto da Lava Jato no legislativo brasileiro pode ser considerado ainda mais marginal que o impacto da *Mani pulite* no legislativo italiano. Enquanto na Itália a operação anticorrupção, apesar de não ter conseguido engendrar o endurecimento da legislação de combate à corrupção, produziu consequências políticas severas para o sistema partidário, no Brasil os legisladores majoritariamente rejeitaram que fossem criadas regras que pudessem ameaçar a existência dos partidos, como queriam os procuradores do MPF.

Ao analisar o resultado das votações, percebemos que entre as mais consensuais estão, respectivamente: 1) a que retira do projeto o teste de integridade para servidores públicos; 2) a que retira do projeto a criação do chamado informante de boa-fé; 3) a que retira do projeto punição rigorosa a partidos políticos; e 4) a que retira do projeto aplicação de multa a partidos políticos responsabilizados por atos ilícitos; o que demonstra o comprometimento dos partidos em torno de evitar a criação de legislação prejudicial ao seu funcionamento.

Por outro lado, entre as votações mais conflituosas estão: 1) a que retira do projeto a punição de servidores públicos por enriquecimento ilícito; 2) a que retira o trecho que condicionava a progressão do regime de cumprimento de pena ao ressarcimento de danos; 3) a que retira a possibilidade de acordo de leniência em ações de improbidade administrativa; e 4) a que retira a permissão para acordo entre réu e MP para estipular pena.

Partindo dessas diferenças de conflito, investigamos agora se essas divisões se explicariam por questões tradicionais ou se seriam configuradas

O IMPACTO DA OPERAÇÃO LAVA JATO NA ATIVIDADE DO CONGRESSO

por outro padrão de alinhamento. Para tanto, analisamos as orientações de posicionamento dos partidos nas votações dos destaques ao Projeto anticorrupção, conforme o quadro abaixo:

Quadro 7
Orientação dos Partidos nas votações dos destaques

Partidos	Destaques votados												
	n. 1	n.3	n.4	n.6	n.13	n.14	n.15	n.16	n.17	n.18	n.21	n.22	n.23
DEM	■	■	□	■	□	■	■	□	■	■	□	■	■
PCdoB	■	■	■	■	■	■	■	■	■	■	■	■	■
PDT	■	■	■	■	■	■	■	■	■	■	■	■	■
PEN	■	■	■	■	■	■	■	■	■	■	■	■	■
PHS	□	■	■	■	■	■	■	■	■	■	■	■	■
PMB	▨	▨	▨	▨	▨	■	▨	■	▨	▨	▨	▨	▨
PMDB	■	■	■	■	■	■	■	■	■	■	■	■	■
PP	■	■	■	■	■	■	■	■	■	■	■	■	■
PPS	▨	▨	▨	▨	▨	▨	▨	▨	▨	▨	▨	▨	▨
PR	■	■	■	■	■	■	■	■	■	■	■	■	■
PRB	■	■	■	■	■	■	■	■	■	■	▨	▨	■
PROS	□	■	▨	▨	▨	▨	▨	▨	A	■	□	■	■
PRP	A	■	A	A	A	A	A	A	A	A	A	A	A
PSB	■	■	■	▨	■	■	■	■	■	■	■	■	■
PSC	■	■	■	■	■	■	■	■	■	■	■	■	■
PSD	■	■	■	■	■	■	■	□	□	■	■	■	■
PSDB	□	■	▨	▨	▨	▨	■	■	■	■	▨	▨	■
PSL	■	■	■	□	■	□	■	■	■	■	■	■	■
PSOL	▨	■	■	□	■	▨	■	■	■	■	■	■	■
PT	■	■	■	■	■	■	■	■	■	■	■	■	■
PTB	■	■	■	■	■	■	■	■	■	■	■	■	■
PTN	■	■	□	□	□	■	□	□	■	□	■	■	■
PTdoB	■	■	□	□	□	■	□	□	■	□	■	■	■
PV	■	■	■	■	■	■	■	■	■	■	■	■	■
REDE	▨	■	▨	□	▨	□	▨	□	▨	□	▨	▨	□
SD	■	■	■	■	■	■	■	□	■	■	■	■	■

Fonte: Elaboração dos autores com dados coletados no site da Câmara dos Deputados.
Legenda: ■ Orientação Favorável ao Destaque   ▨ Orientação Contrária ao Destaque
□ Bancada Liberada   A Ausente

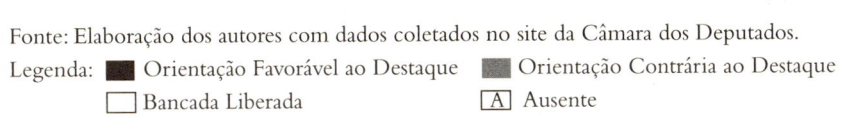

Inicialmente, podemos observar que: 1) PCdoB, PDT, PEN, PMDB, PP, PR, PSC, PT e PTB se posicionaram favoravelmente aos destaques em todas as votações; 2) SD, PSL, PSOL, PSB, PSD, PTdoB e DEM, respectivamente, se posicionaram favoravelmente aos destaques em mais votações do que se posicionaram contrários; 3) PMB, PPS, REDE e PSDB, respectivamente, se posicionaram contrários aos destaques em mais votações do que se posicionaram favoráveis. Ademais, nenhum partido se manifestou contrário aos destaques em todas as votações.

Considerando os partidos que formavam a ampla coalizão do Governo na Câmara (PMDB-PSDB-DEM-PSD-PPS-PRB-PP-PR-SD-PSC-PTB-PV-PSB-PROS-PTN-PHS-PEN-PRP-PSL-PTdoB) e os partidos na oposição (REDE, PDT, PT, PSOL e PCdoB) na data em que foram votadas as medidas anticorrupção, podemos concluir com base nas orientações dos partidos nas votações dos destaques que a clivagem governo-oposição não foi um fator determinante nas orientações partidárias aos destaques que enfraqueceram as medidas anticorrupção originais.

Senão vejamos, no grupo de partidos que se posicionaram favoráveis aos destaques em todas as votações havia partidos da coalizão do governo (PMDB, PEN, PP, PR, PTB e PSC) e da oposição (PT, PCdoB e PDT). O mesmo ocorre em relação ao grupo de partidos que se posicionaram favoráveis aos destaques em mais votações do que contrários. SD, PSL, PSB, PSD e DEM estavam na coalizão, enquanto que PSOL estava na oposição. E também se aplica ao grupo de partidos que se posicionaram contrários aos destaques em mais votações do que favoráveis: PSDB e PPS estavam no governo e REDE na oposição.

Quando o critério de análise da divisão das orientações partidárias passa a ser a ideologia a conclusão também é negativa. A ideologia não foi um fator determinante nas orientações partidárias aos destaques. Partidos posicionados ideologicamente da centro-esquerda à esquerda (PPS, PSB, REDE, PT, PDT, PCdoB e PSOL) e da centro-direita à direita (PMDB, PSD, PSDB, SD, PTdoB, PMB, PTB, PR, PP, PSC, PEN, PSL e DEM), estão dentro dos três grupos analisados anteriormente.

Com efeito, partidos no governo e na oposição, de esquerda e de direita, orientaram suas bancadas no sentido de aprovar os destaques ao

O IMPACTO DA OPERAÇÃO LAVA JATO NA ATIVIDADE DO CONGRESSO

Projeto das "10 medidas". Nesse sentido, o alinhamento verificado nessas votações difere dos conflitos tradicionais, o que sugere um amplo consenso suprapartidário em torno de desconfigurar as medidas anticorrupção propostas pelos procuradores do MPF.

Considerando o tamanho distinto das bancadas dos partidos, analisamos a participação percentual de cada partido no total de votos "sim" e "não", isto é, verificamos quanto cada partido contribuiu para o resultado final de cada votação do pacote anticorrupção. Em todos os gráficos o quadrado preto representa o voto "sim", enquanto que o círculo cinza representa o voto "não". Nesse ponto, cabe-nos alertar que em cada votação "sim" e "não" são compreendidos de forma distinta. Assim, por vezes o voto "não" representa orientação favorável ao destaque (conforme o Quadro 6 indicou), e por vezes representa orientação contrária ao destaque. O mesmo raciocínio vale para o voto "sim".

A distância entre os dois pontos para um mesmo partido indica se a votação foi consistente ou não com uma posição. Desse modo, se os pontos estão muito próximos é sinal que a bancada se dividiu; se os pontos estão distantes eles indicam que o partido votou de forma consistente em uma posição.

Gráfico 2

Destaque 1

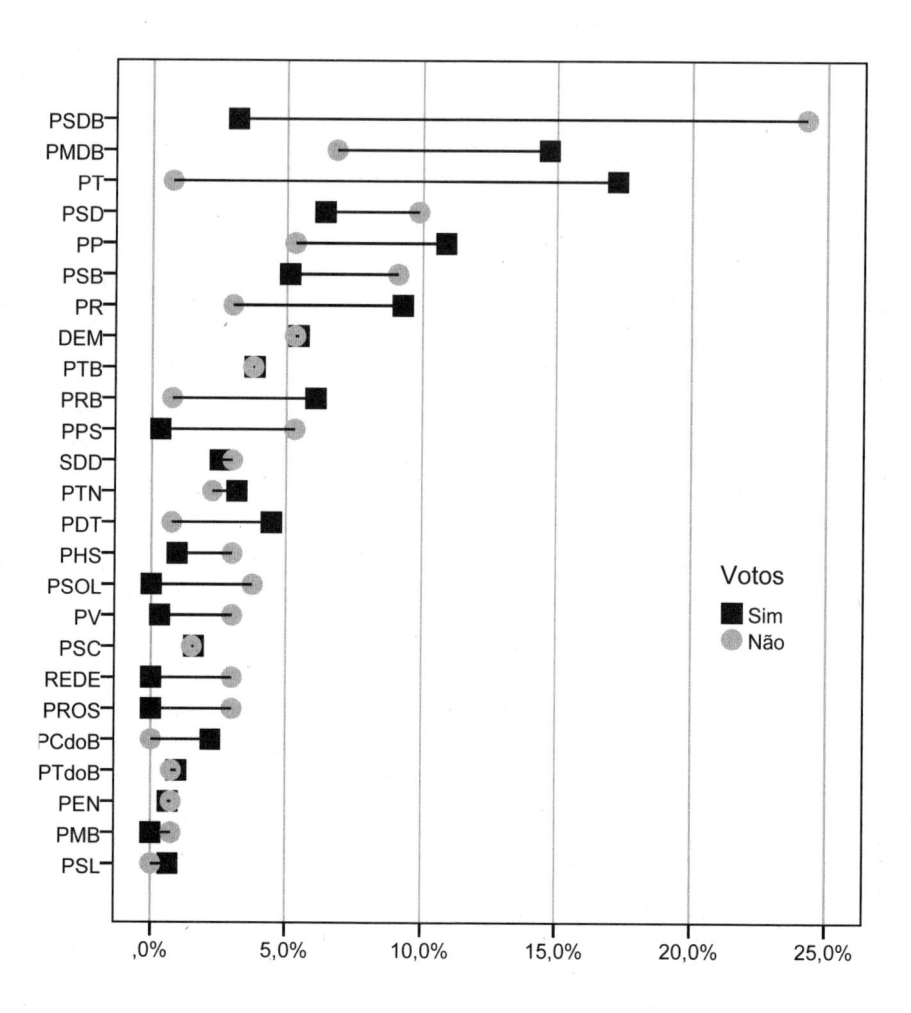

Gráfico 3
Destaque 3

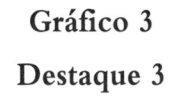

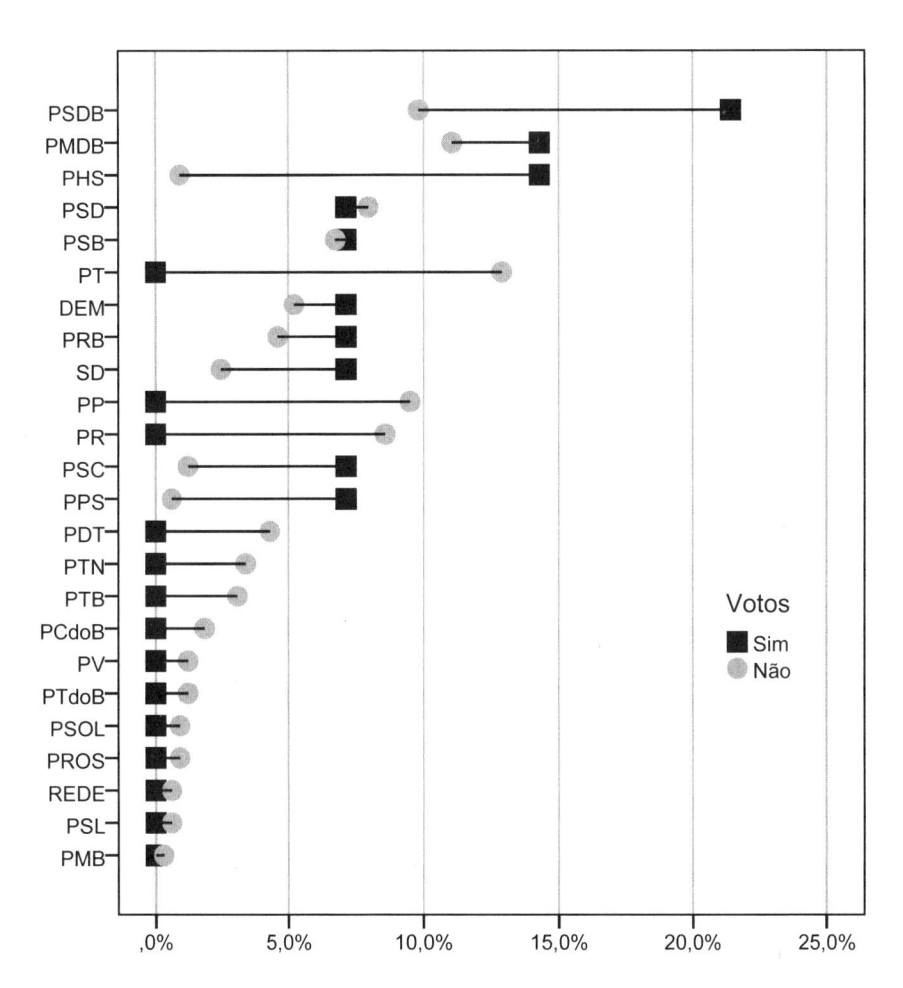

Na votação do destaque n.1, referente ao estabelecimento de punição por abuso de autoridade a juízes e integrantes do MP, destacamos a participação decisiva das bancadas do PT, do PMDB e do PP, as quais juntas tiveram um efeito superior a 40% para o resultado pela aprovação. Em relação ao destaque n.3, que buscava retirar do projeto a criação de teste de integridade para servidores públicos, destacam-se as participações decisivas das bancadas do PT, do PP, e do PR pela aprovação do destaque.

Gráfico 4

Destaque 4

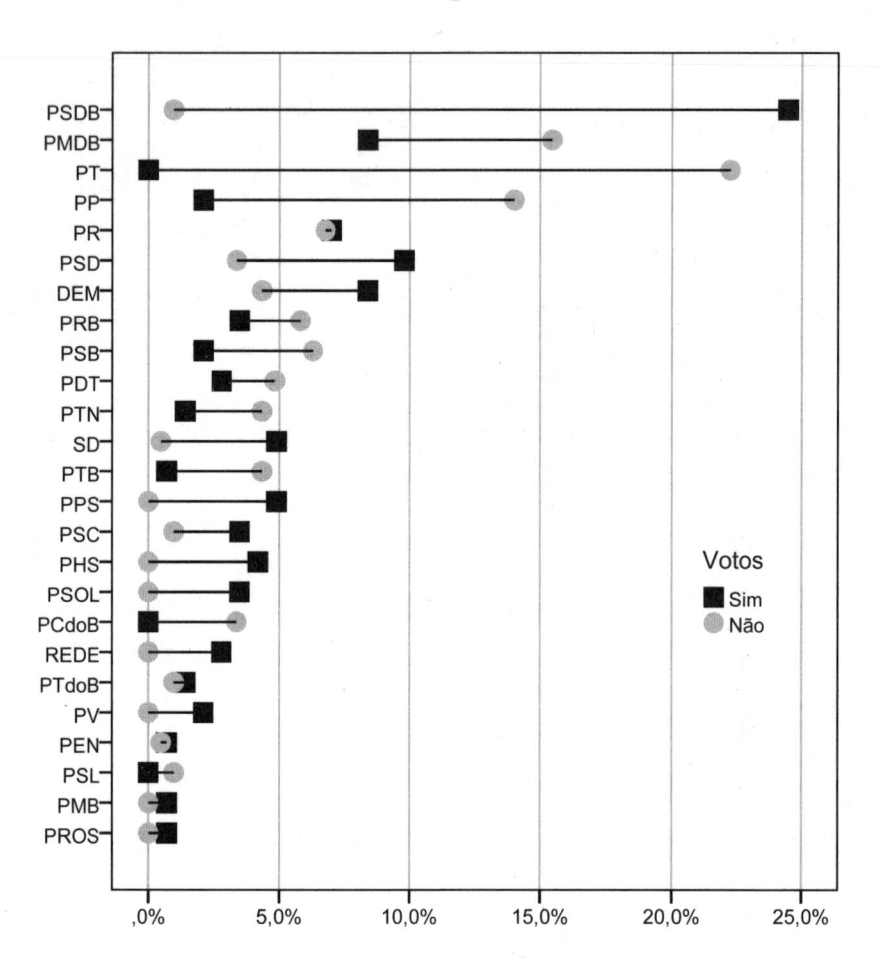

Gráfico 5
Destaque 6

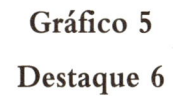

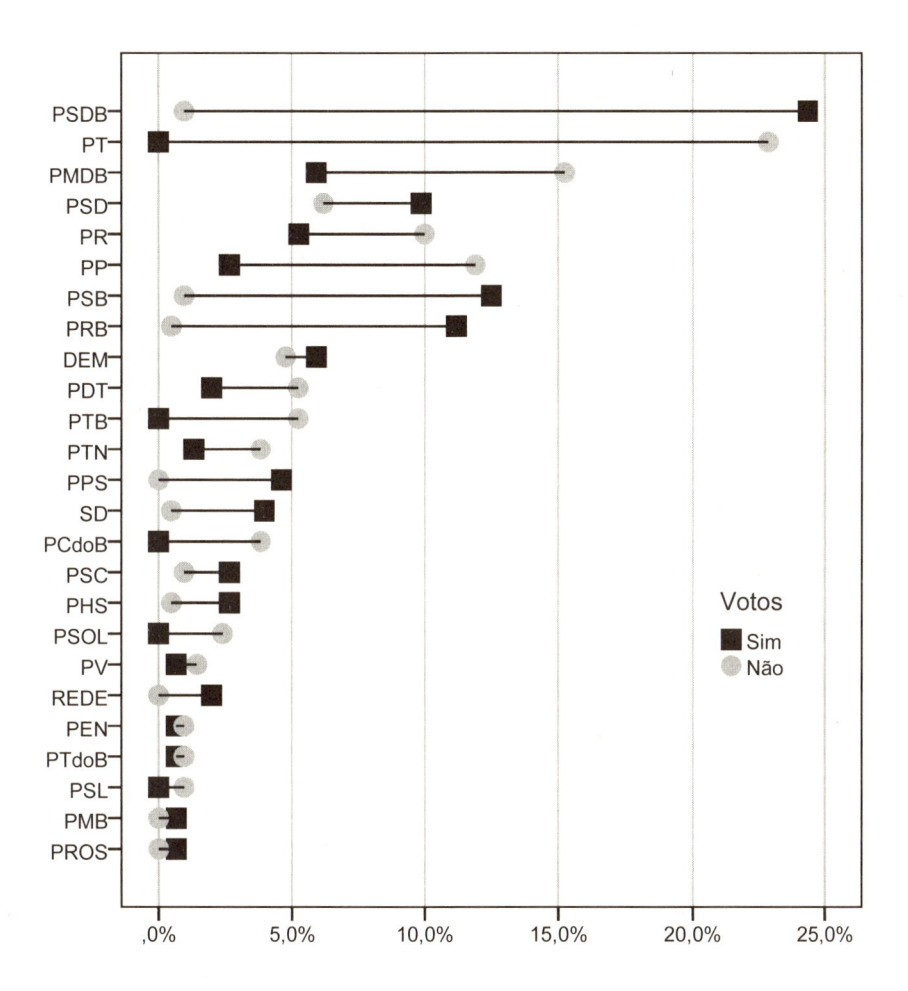

No destaque n.4, que retira do projeto a possibilidade de acordo de leniência em ações de improbidade administrativa, percebe-se efeitos acima de 20% sobre o resultado nas bancadas do PT, pela aprovação do destaque, e do PSDB, pela rejeição. Além do PT, contribuíram fortemente pela aprovação as bancadas do PMDB e do PP. Por seu turno, na votação do destaque n.6, que trata da retirada do trecho do projeto que condicionava a progressão do regime de cumprimento de pena ao ressarcimento de danos causados por crime contra a administração pública, mais uma vez PT e PSDB apresentaram efeitos superiores a 20% sobre o resultado em direções contrárias. PMDB, PP e PR, assim como o PT, foram decisivos para a aprovação deste destaque.

Gráfico 6

Destaque 13

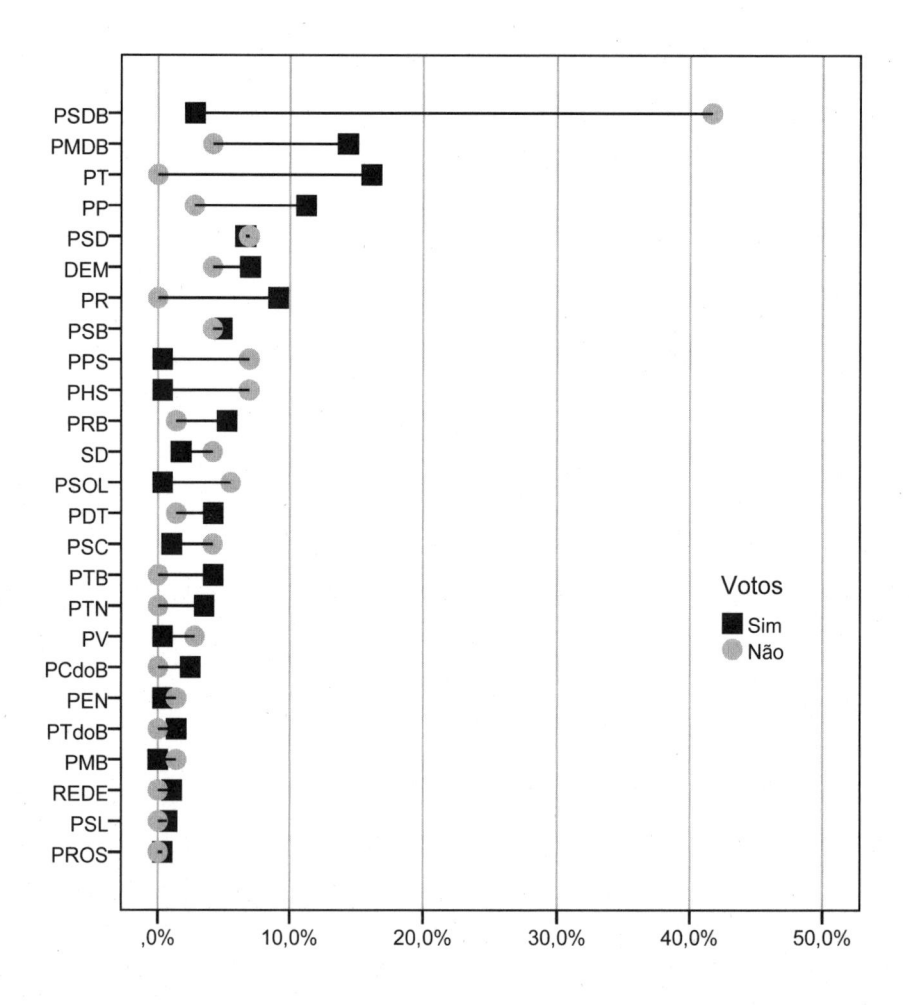

Gráfico 7
Destaque 14

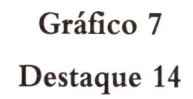

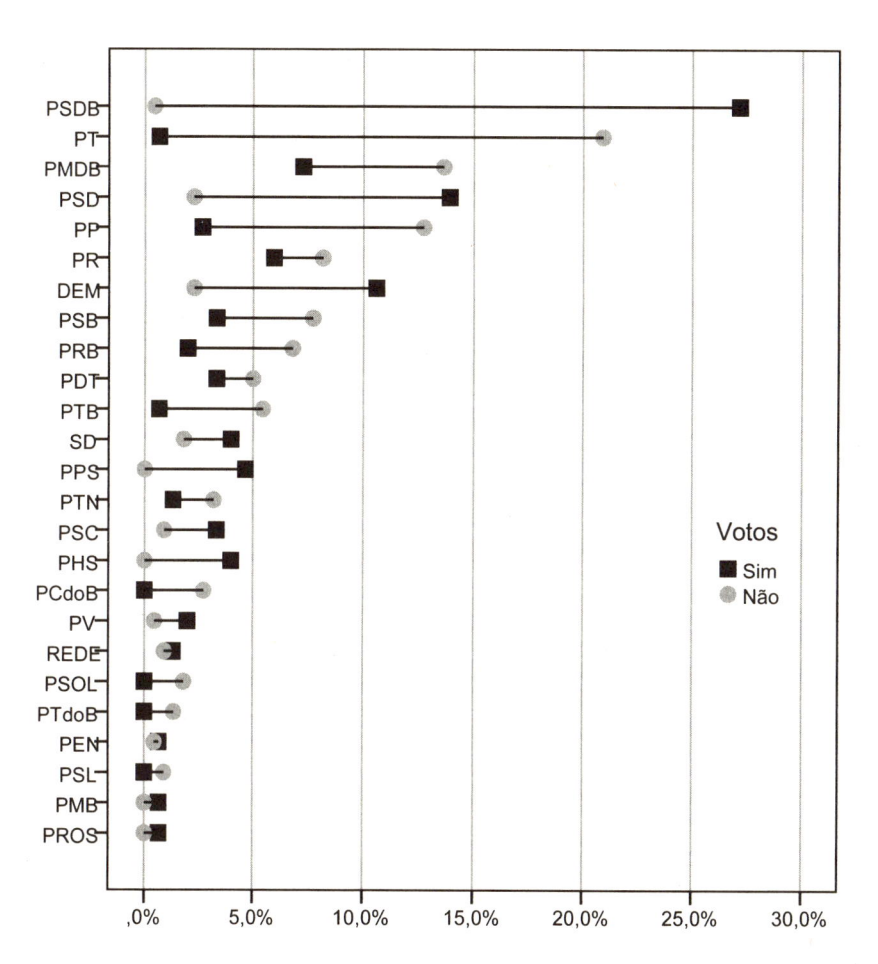

Na votação do destaque n.13, que torna crime a violação de prerrogativas de advogados, destaca-se a posição do PSDB, contrário ao destaque, com um efeito superior a 40% em relação ao total de votos "não". Pela aprovação do destaque, foram relevantes as bancadas do PT, PMDB, PP e PR. Em relação à votação do destaque n.14, que retira do projeto permissão para acordo entre réu e MP para estipular pena, contribuíram decisivamente para a aprovação, mais uma vez, PT, PMDB e PP, enquanto as bancadas do PSDB e DEM tiveram maior impacto para o voto contrário.

Gráfico 8

Destaque 15

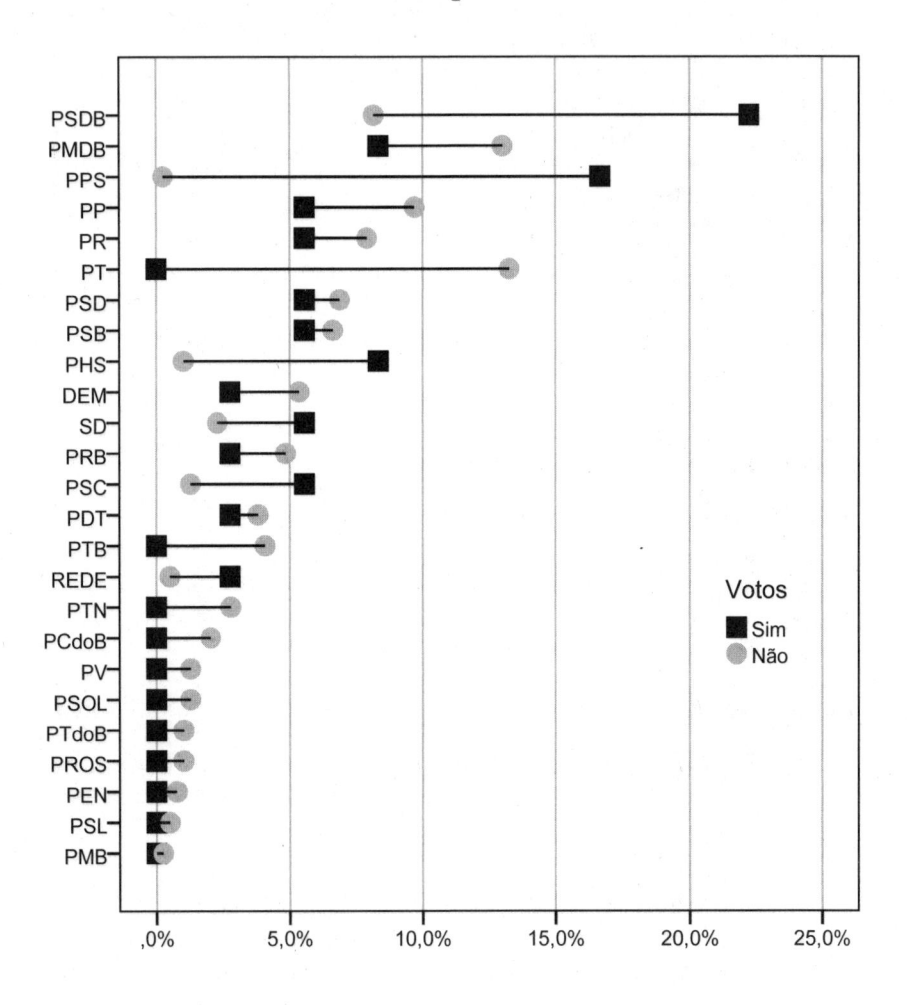

O IMPACTO DA OPERAÇÃO LAVA JATO NA ATIVIDADE DO CONGRESSO

Gráfico 9

Destaque 16

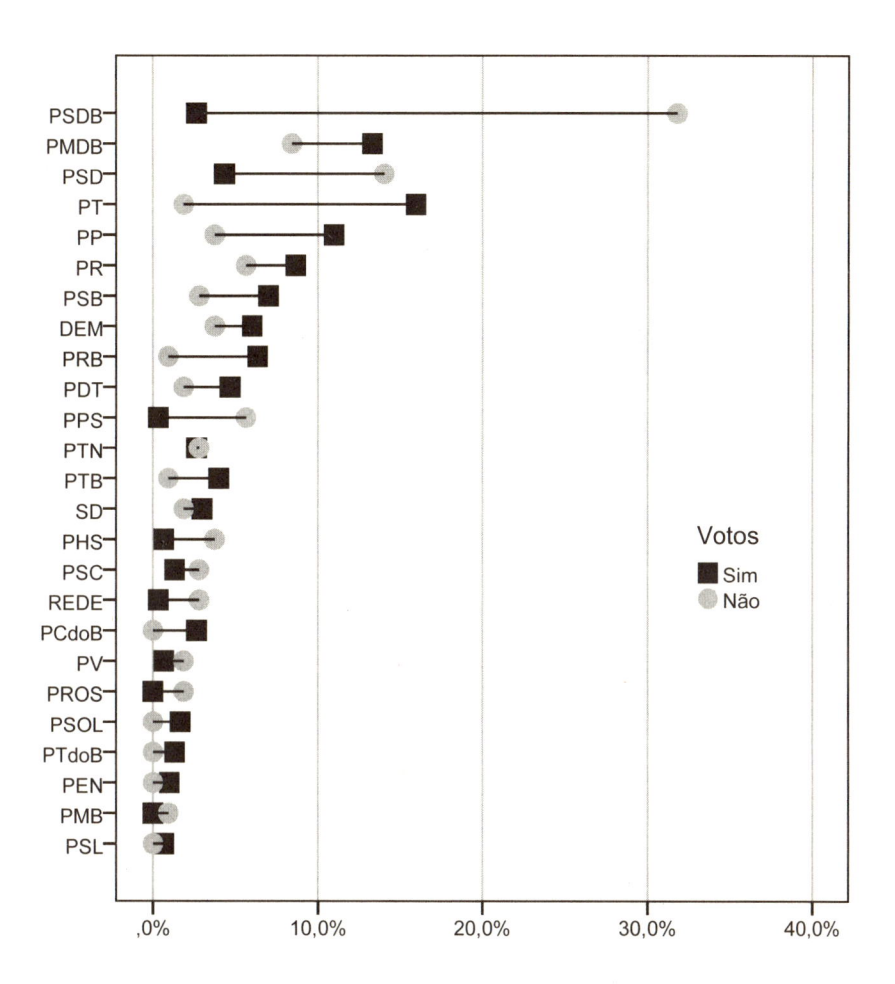

Na votação do destaque n.15, que retira do projeto a criação do chamado informante de boa-fé, PMDB e PT foram os partidos que mais contribuíram para a aprovação, enquanto que PSDB e DEM representaram fortemente a posição contrária. Por seu turno, na votação do destaque n.16, que retira do projeto pontos relacionados à mudanças nas regras de prescrição dos crimes, mais uma vez PMDB, PP, PT foram os partidos que mais contribuíram para sua aprovação.

Gráfico 10
Destaque 17

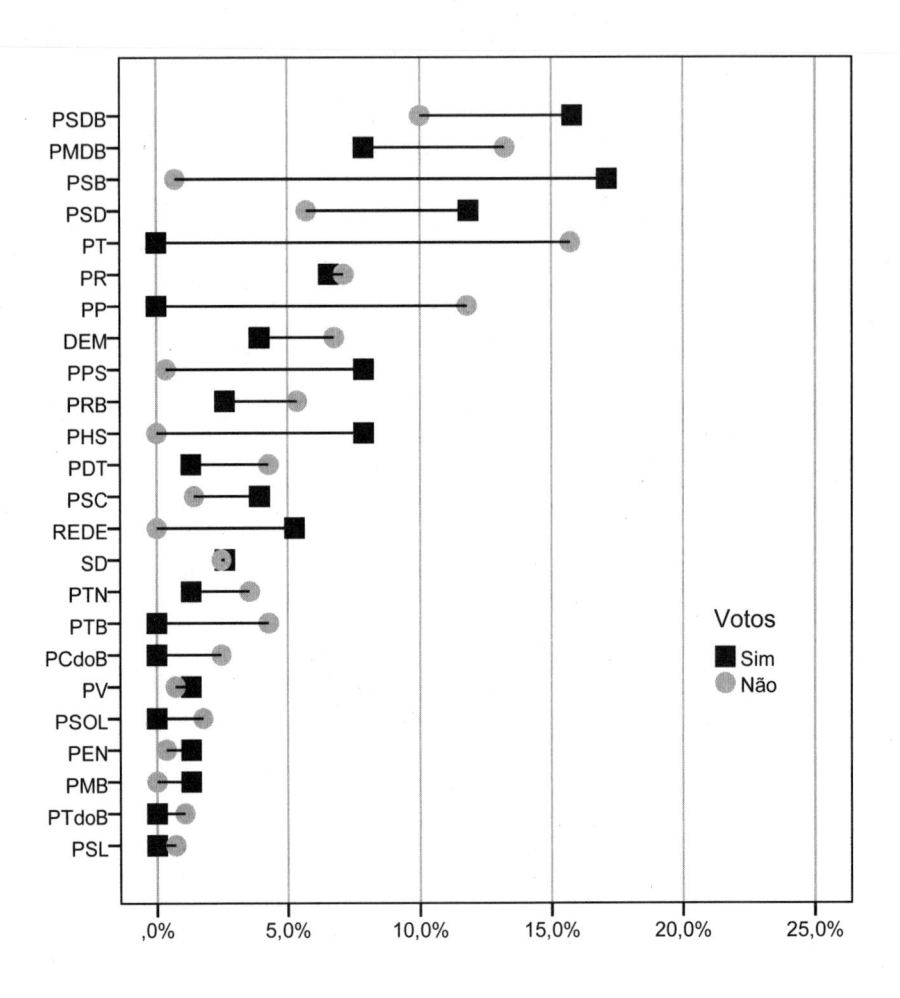

Gráfico 11
Destaque 18

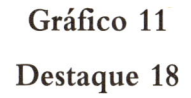

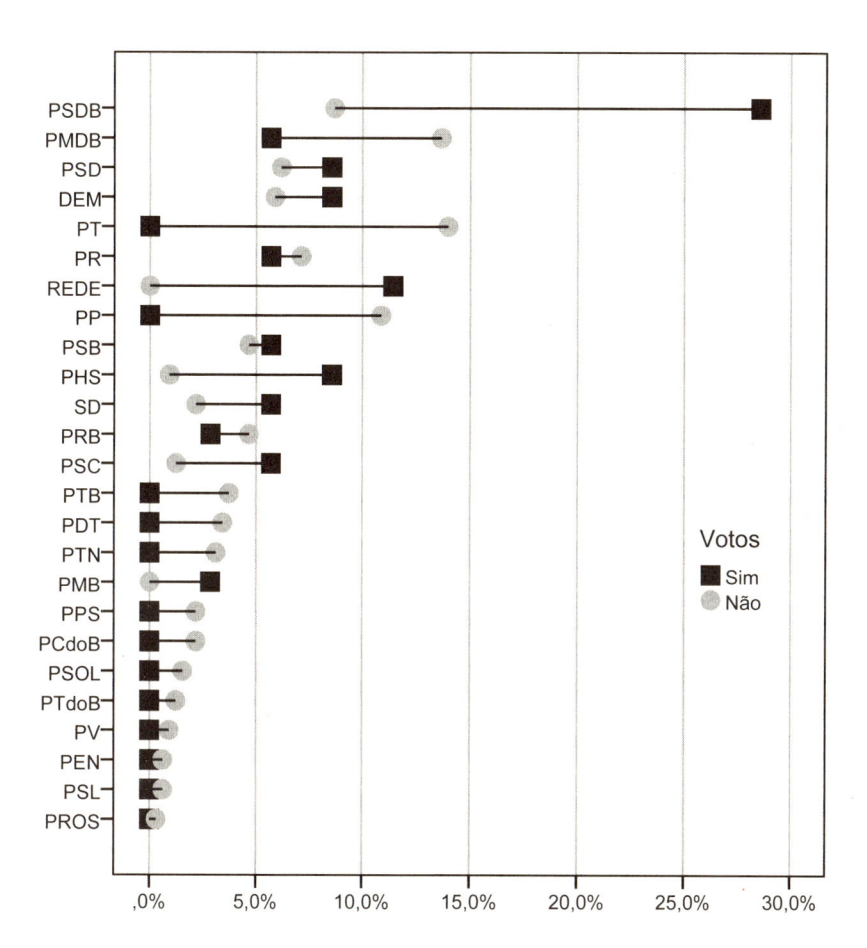

Na votação do destaque n.17, que retira do projeto mudança na lei de improbidade administrativa para agilizar julgamento contribuíram mais uma vez para a aprovação as bancadas do PT, do PMDB e do PP. Por outro lado, PSDB e PSB, vencidos, foram os partidos que mais contribuíram para os votos contrários. Em relação ao destaque n.18, que retira do projeto aplicação de multa a partidos políticos responsabilizados por atos ilícitos, PMDB, PT e PP construíram fortemente para sua aprovação.

Gráfico 12

Destaque 21

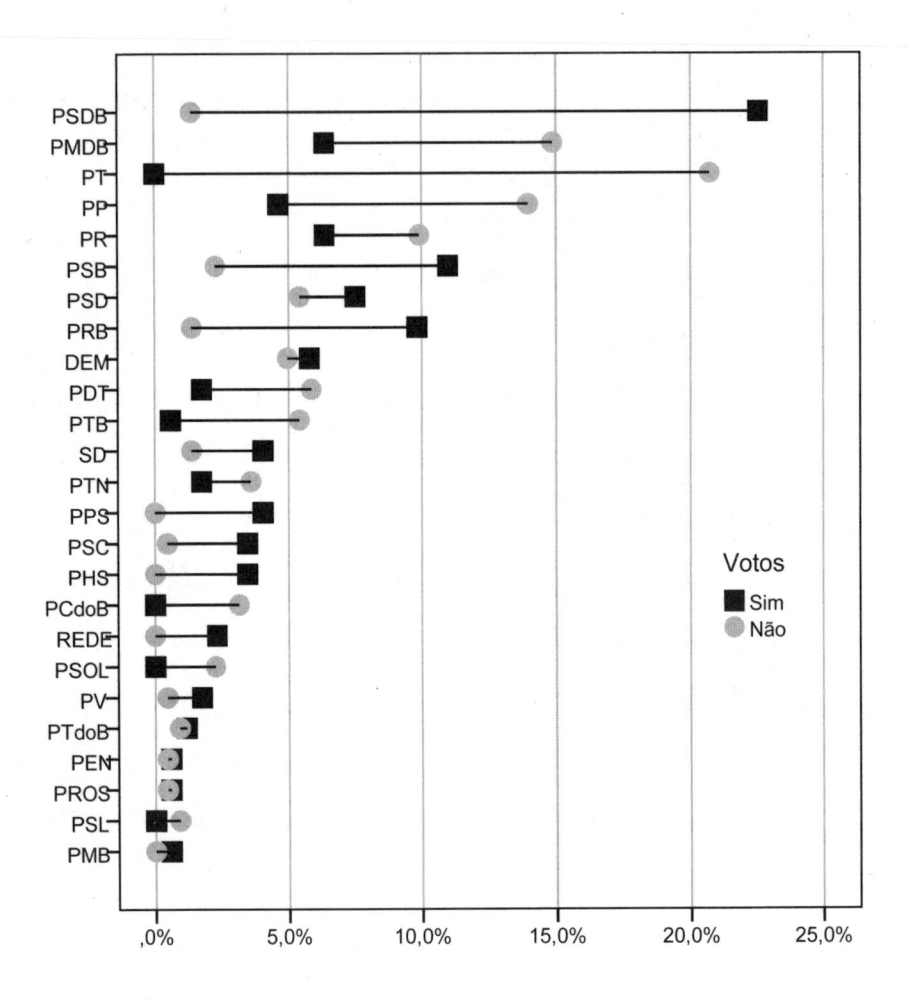

Gráfico 13
Destaque 22

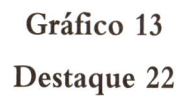

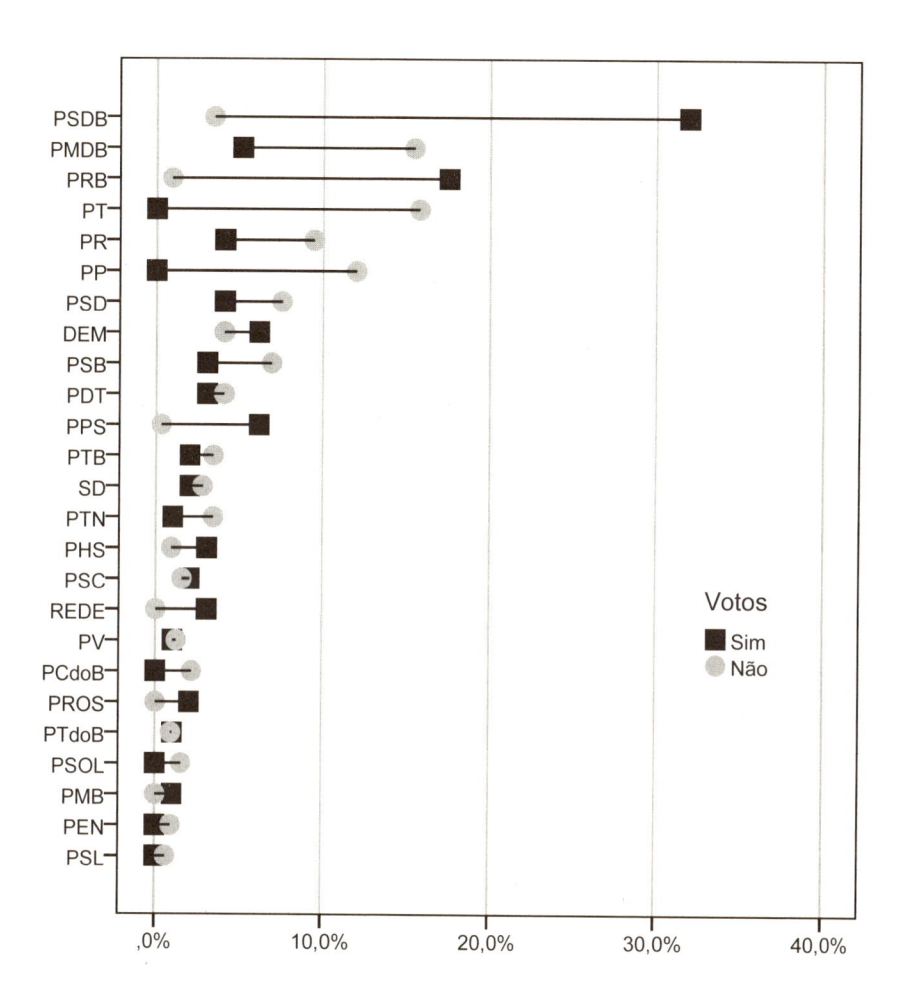

[Gráfico de pontos mostrando votos Sim e Não por partido: PSDB, PMDB, PRB, PT, PR, PP, PSD, DEM, PSB, PDT, PPS, PTB, SD, PTN, PHS, PSC, REDE, PV, PCdoB, PROS, PTdoB, PSOL, PMB, PEN, PSL — eixo variando de 0,0% a 40,0%.]

Na votação do destaque n.21, que retira do projeto a punição de servidores públicos por enriquecimento ilícito, PT, PMDB, PP e PR representaram quase 60% das posições favoráveis, enquanto que PSDB, PSB e PRB representaram mais de 40% das posições contrárias. No destaque n.22, que trata da retirada dos mecanismos para extinguir bens obtidos com dinheiro ilícito, destacam-se mais uma vez as contribuições de PMDB, PT, PP e PR para a aprovação.

Gráfico 14
Destaque 23

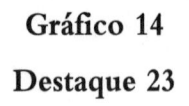

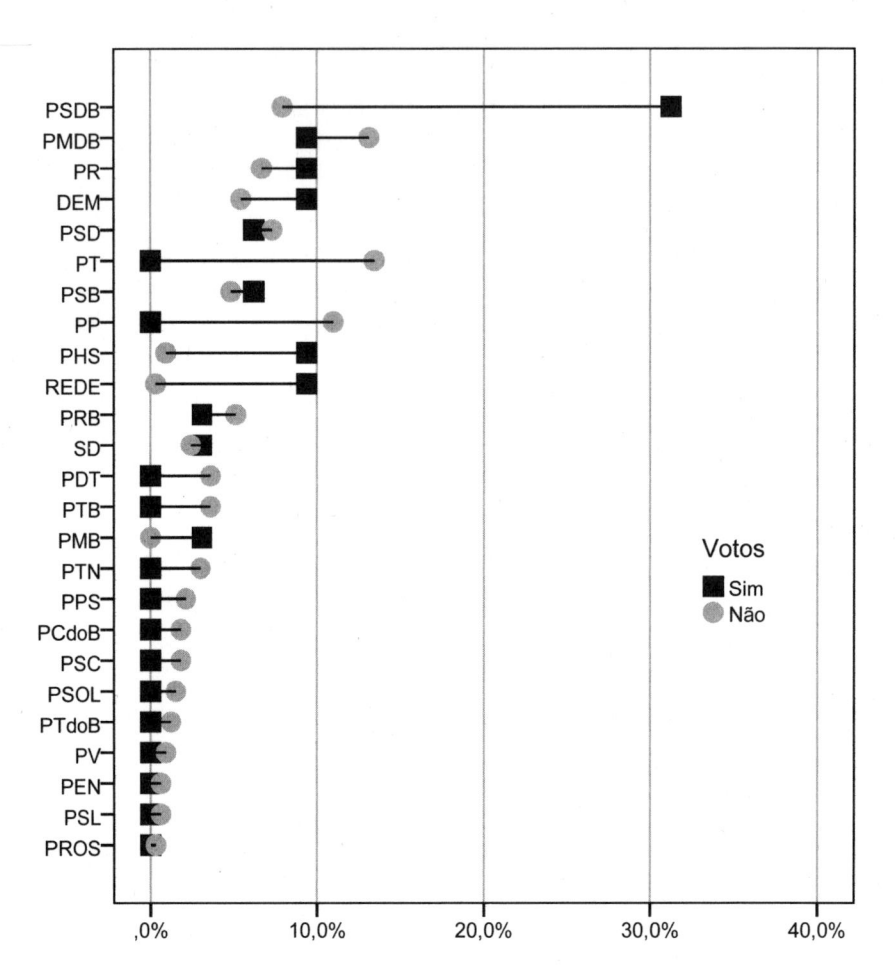

[Gráfico de barras mostrando votos Sim e Não por partido, com eixo horizontal de 0,0% a 40,0%. Partidos listados: PSDB, PMDB, PR, DEM, PSD, PT, PSB, PP, PHS, REDE, PRB, SD, PDT, PTB, PMB, PTN, PPS, PCdoB, PSC, PSOL, PTdoB, PV, PEN, PSL, PROS.]

Finalmente, na votação do destaque n.23, que retira do projeto punição rigorosa a partidos políticos por infrações graves ou repetidas e mantém regra que pune apenas com multa o partido com contas rejeitadas, a aprovação foi garantida por uma ampla maioria de partidos, embora tenham contribuído mais as bancadas de PMDB, PT e PP. Se posicionaram contra, as maiorias de PSDB, PR, DEM, PSB, PHS, REDE, SD e PMB.

Conforme esperado, em todos os destaques, as maiores contribuições para o resultado final vieram das maiores bancadas, unindo partidos de governo e oposição.

Após a aprovação do *PL n. 4.850/2016* na Câmara dos Deputados, com seus respectivos destaques que desconfiguraram as propostas iniciais do MPF, o Senado deveria iniciar a tramitação do projeto, o que não ocorreu de imediato, uma vez que a votação das "10 medidas" na Câmara foi questionada em ação no STF. Após suspender a tramitação do projeto, o ministro Luiz Fux determinou a conferência de 1,7 milhão de assinaturas dos apoiadores da proposta. Tendo sido esta conferência concluída pela Câmara, o projeto foi enfim retomado pelo Senado. Todavia, a tramitação do mesmo está paralisada desde 12 de abril de 2017, aguardando designação de relator na Comissão de Constituição, Justiça e Cidadania. Desse modo, a legislação das "10 medidas" ainda não entrou em vigor.

Ante o exposto, fica evidente que os desdobramentos decorrentes da Operação Lava Jato não foram capazes, até o momento, de engendrar o endurecimento da legislação anticorrupção no Brasil. Se a desconfiguração das medidas anticorrupção originais gerou críticas de setores do Poder Judiciário, as próprias medidas originais do MPF foram, desde o início, alvo de fortes críticas de políticos, partidos e criminalistas. Ainda que o projeto seja modificado no Senado e que, posteriormente seja sancionado, dificilmente irá satisfazer as expectativas de seus proponentes.

CONSIDERAÇÕES FINAIS

Ao longo deste capítulo buscamos demonstrar o argumento de que a Operação Lava Jato causou um impacto modesto sobre a atividade legislativa no Congresso Nacional. Ainda que tenha sido contínua e intensa a presença da Lava Jato no noticiário nacional desde o momento em que esta operação fora deflagrada e que, em alguma medida, o clima criado pela Operação tenha contribuído, em conjunto com outros fatores, para o *impeachment* da Presidenta Dilma Rousseff, quando se analisa seu impacto sobre a atividade legislativa verifica-se que a Operação Lava Jato pouco alterou as condições de funcionamento do Legislativo.

Através da análise do comportamento das coalizões de governo e oposição no Congresso no contexto anterior e posterior ao início das investigações da Lava Jato, verificamos que se mantiveram estáveis as condições para o funcionamento do presidencialismo de coalizão. A esse respeito, duas constatações são pertinentes. A primeira é que a taxa de sucesso presidencial nas votações do Legislativo manteve-se acima dos 70% na maior parte dos governos Dilma, inclusive no seu segundo mandato, e também no Governo Temer. Desse modo, mesmo em um momento de profunda crise política, o Executivo pode contar com o apoio de sua coalizão para aprovação de legislação. Por outro lado, é certo que parte da coalizão de Dilma apoiou seu *impeachment*, conforme demonstrado na primeira seção deste capítulo. Isso não significa, contudo, uma alteração no funcionando do sistema. Tratou-se, antes de tudo, de um realinhamento de forças partidárias visando não outra coisa senão a manutenção do *status quo*, o que nos leva à segunda constatação. Isto é, partidos como PP, PR, PSD e PTB passaram, após o *impeachment* de Dilma, a compor e a dar sustentação à coalizão de Michel Temer. Nesse sentido, os partidos teriam apenas reorganizado a coalizão sob a liderança do PMDB, e o sistema teria continuado a operar sob as bases do presidencialismo de coalizão.

Um aspecto importante para que haja estabilidade no funcionamento desse sistema é a titularidade de cargos nas mesas diretoras da Câmara e do Senado e nas comissões permanentes do legislativo, visto que esses cargos conferem a seus titulares poder de agenda. Tendo isso em vista, avaliamos o impacto do oferecimento das denúncias relacionadas à Lava Jato contra os parlamentares em face dos cargos que eles ocupavam no momento das denúncias. De modo geral, os dados mostraram que as denúncias não redundaram em renúncias pelos parlamentares acusados e não influenciaram na composição dos cargos dentro do Legislativo. Destaca-se, no entanto, a cassação do então Presidente da Câmara Eduardo Cunha. Este certamente foi o maior impacto das denúncias da Lava Jato no Legislativo. Todavia, ressalta-se que Cunha foi afastado do cargo somente após conduzir o processo de *impeachment* de Dilma

O IMPACTO DA OPERAÇÃO LAVA JATO NA ATIVIDADE DO CONGRESSO

Rousseff, apesar de ter sido denunciado ainda em 2015. Além de Cunha, apenas outros dois parlamentares foram cassados: os petistas deputado André Vargas e o senador Delcidio do Amaral. Contrasta-se com a cassação de Delcidio a preservação do mandato de Aécio Neves, o que reforça a constatação que fizemos anteriormente. Isto é, os parlamentares buscaram realinhar as forças que compunham a coalizão e, para isso, julgaram politicamente as cassações de deputados e senadores.

Finalmente, o esforço em torno da reaglutinação de forças políticas para a sustentação da coalizão de Michel Temer e da manutenção dos cargos da maioria dos parlamentares denunciados não seria completo sem a preservação do *status quo* legal no que se refere ao combate à corrupção. Nesse sentido, vimos que os deputados agiram para desconfigurar as "10 medidas contra a corrupção" propostas pelo Ministério Público Federal. A esse respeito, observamos que o alinhamento partidário nas votações das medidas anticorrupção não seguiram as linhas tradicionais que dividem governo e oposição e esquerda e direita. Pelo contrário, partidos da coalizão do governo e da oposição, de direita e de esquerda, atuaram conjuntamente para formar maiorias contra as propostas encampadas pelos procuradores da Lava Jato. Se de um lado os parlamentares atuaram para inibir a criação de propostas que poderiam ser utilizadas politicamente, como a possibilidade de cancelar o registro de agremiação partidária por infração grave, por outro eles aprovaram legislação retaliando o judiciário, como no caso do destaque sobre abuso de autoridade.

Na Itália, a Operação *Mani pulite* teve consequências eleitorais sérias para os principais partidos. No Brasil, as consequências eleitorais da Operação Lava Jato ficarão mais claras após as eleições gerais de 2018. No que se refere ao quadro legal anticorrupção, conforme as votações na Câmara demonstraram, os políticos evitaram apoiar legislação que endurecia o quadro legal vigente. Apesar de perseguir fins similares aos perseguidos pelos procurados da *Mani pulite*, a Força Tarefa da Lava Jato tende a colher resultados tão modestos quanto os italianos na busca pelo endurecimento do combate à corrupção. Em relação ao impacto da Lava Jato sobre o funcionamento e existência dos partidos políticos a tendência é que este seja ainda mais modesto que no caso italiano.

REFERÊNCIAS BIBLIOGRÁFICAS

BRAGA, M.S.S. "O comportamento dos partidos políticos em *impeachment* presidencial: comparando os casos Fernando Collor de Mello e Dilma Rousseff". *Revista Lusotopie*, Paris (no prelo), 2018.

CÂMARA DOS DEPUTADOS. *PL n. 4.850/2016*. Disponível em http://www.camara.gov.br/

CAMERON, Charles M. *Veto Bargaining*: presidents and the politics of negative power. Cambridge: Cambridge University Press, 2000.

DELLA PORTA, D.; VANNUCCI, A. *Corrupt Exchanges:* actors, resources and mechanisms of political corruption. New York: Aldine De Gruyter, 1999.

DELLA PORTA, D.; VANNUCCI, A. *Corruption and Anti-Corruption*: the political defeat of 'clean hands' in Italy. West European Politics, 30 (4), 830-853, 2007.

JONES, Charles. *The Presidency in a Separated System*. Washington, D.C.: The Brookings Institutions, 1994.

LIMONGI, Fernando; FIGUEIREDO, Argelina. "Partidos Políticos na Câmara dos Deputados: 1989 – 1994". *Dados – Revista de Ciências Sociais*, Rio de Janeiro: IUPERJ, vol. 38, n. 3, pp. 497-525, 1995.

_____. "A crise atual e o debate institucional". *Novos Estudos Cebrap*, vol. 36, pp. 79-97, 2017.

MINISTÉRIO PÚBLICO FEDERAL. *10 Medidas Contra a Corrupção*. Disponível em www.dezmedidas.mpf.mp.br/

MULLER, Gustavo. "Comissões e Partidos Políticos na Câmara dos Deputados: um estudo sobre os padrões partidários de recrutamento para as comissões permanentes". *DADOS – Revista de Ciências Sociais*, Rio de Janeiro, vol. 48, n. 1, pp. 371-394, 2005.

PETERSON, Mark A. *Legislating Together*: the White House and Capitol Hill from Eisenhower to Reagan. Cambridge: Harvard University Press, 1993.

PEREIRA, C; MUELLER, B. "Uma teoria da preponderância do poder Executivo: o sistema de comissões no Legislativo brasileiro". *Revista Brasileira de Ciências Sociais*, São Paulo, vol. 15, n. 43, pp. 45-67, 2000.

SADEK, Maria T.; SANCHES FILHO, A.O., et al. *Justiça e cidadania no Brasil*. Rio de Janeiro: Centro Edelstein, 2009.

SANTOS, Fabiano; CANELLO, Júlio. "Comissões Permanentes, Estrutura de Assessoramento e o Problema Informacional na Câmara dos Deputados do Brasil". *DADOS, Revista de Ciências Sociais*, Rio de Janeiro, vol. 59, n. 4, pp. 1127-1168, 2016.

SANTOS, Fabiano; ACIR, Almeida. *Fundamentos informacionais do presidencialismo de coalizão*. Curitiba: Apris, 2011.

VANNUCCI, A. "The Controversial Legacy of Mani Pulite: a critical analysis of italian corruption and anti-corruption policies". *Bulletin of Italian politics*, 1, (2), 233-264, 2009.

VANNUCI, A. "The 'clean hands' (mani pulite) inquiry on corruption and its effects on the italian political system. *Em Debate*, 8 (2), 62-68, 2016.

A LAVA JATO E A MÍDIA

JOÃO FERES JÚNIOR
EDUARDO BARBABELA
NATASHA BACHINI

O objetivo que orienta este livro é avaliar o impacto da Operação Lava Jato sobre as principais instituições da democracia brasileira. A palavra "impacto" é, portanto, central para o todo do projeto. No entanto, ela não dá conta de descrever a complexa relação entre a grande mídia brasileira e a Lava Jato, pois é muito unidirecional em seu sentido, sugerindo que a Lava Jato ocorreu por si só e aí teve um resultado, uma influência, sobre a mídia. A palavra mais adequada para descrever a relação entre esses dois objetos seria mutualismo – um neologismo latino emprestado do vocabulário técnico da biologia que descreve a associação entre seres de diferentes espécies em que ambos se beneficiam (tal associação pode ou não estabelecer um estado de interdependência fisiológica).

O ideal para provamos essa hipótese do mutualismo seria fazer uma análise dupla e simétrica da interação entre os dois objetos. Isso não será possível, contudo, porque não haveria espaço no capítulo para tanto. A Operação Lava Jato é produto da ação conjunta de três instituições, Judiciário Federal, Ministério Público e Polícia Federal, e temos capítulos específicos desse livro dedicados a elas. Nosso foco aqui, portanto, recairá sobre o outro parceiro, a grande mídia.

JOÃO FERES JÚNIOR; EDUARDO BARBABELA; NATASHA BACHINI

Uma vez enunciada a tese geral do texto, a do mutualismo, e o nosso foco no comportamento da mídia, pretendemos primeiro capturar o contexto no qual a Lava Jato ocorreu. Sim, tal operação contra a corrupção que conta com a participação do Ministério Público, da Polícia Federal e do Judiciário não foi um raio em céu azul. Ela teve precedentes importantes. O maior de todos é o julgamento da Ação Penal n. 470, cognominado pela própria mídia de Mensalão. O outro é a tradição da mídia de explorar escândalos de corrupção, particularmente em períodos eleitorais, e, no caso da mídia brasileira, especialmente aqueles que envolvem políticos e partidos da esquerda, em contraste ao tratamento leniente dado às suspeitas de corrupção levantadas contra políticos e partidos conservadores. Descrever esse contexto será nossa tarefa na seção seguinte deste texto.

Na seção subsequente, trataremos do comportamento da mídia sob os governos Dilma e Temer, desde o aparecimento da Operação Lava Jato durante o ano eleitoral de 2014, seu uso durante a campanha, até os dias de hoje. Mostraremos também como a Lava Jato tornou-se um item fundamental no cardápio da cobertura jornalística da política do começo do segundo governo Dilma em diante, ocupando uma fatia considerável do noticiário ao longo de quatro anos, e frequentemente associada à figura da presidenta, de Lula e de seu partido. Mais do que isso, pretendemos demonstrar que com a Lava Jato há uma mudança de paradigma das práticas de escandalização da política encetadas pela mídia: é amenizado o alinhamento direto a forças político-partidárias ao passo que se adota o pacto mutualista com as instituições do sistema de justiça.

Em seguida examinamos a base de textos jornalísticos para mostrar sua composição em termos de formato (editorial, coluna de opinião, reportagem, manchete etc.) e de distribuição, para mostrar que o impacto da cobertura da operação é enorme em todas as mídias e em todos os formatos, inclusive nos editoriais e nas manchetes. Na última seção substantiva, fazemos uma árvore de palavras com o texto integral de todas as manchetes sobre a Lava Jato publicadas ao longo do período para confirmar as hipóteses interpretativas aventadas nas análises quantitativas da cobertura das seções anteriores. Na conclusão do capítulo, retornamos à questão mais geral do impacto desse novo paradigma de relação da imprensa com a política para o estado da democracia em nosso país.

A LAVA JATO E A MÍDIA

MÍDIA E ESCANDALIZAÇÃO DA POLÍTICA

O fato de que a grande mídia devota uma considerável parte de sua cobertura e comentários políticos a escândalos não escapa nem ao observador mais distraído. Não é incomum ouvirmos o argumento de que isso se deve ao fato de que "escândalo vende", para utilizarmos um bordão muitas vezes repetido pelos comentaristas de plantão. Para além do senso comum, há também trabalhos acadêmicos que examinam a escandalização da cobertura de imprensa e que tratam do assunto como se tal prática fosse um imperativo mercadológico, isto é, como se explicasse pela própria lógica comercial da empresa privada de jornalismo – argumento que confirma a percepção popular.[1]

Thompson descreve o papel ativo da mídia em produzir escândalos que podem ter como tema a corrupção política, comportamento sexual, desvios comportamentais de pessoas famosas etc. Em outras palavras, ele chama atenção para o caráter construído dos escândalos, algo corroborado por outros autores.[2]

Se por um lado a tese do caráter construído dos escândalos parece correta, o mesmo não pode se dizer acerca da tese do imperativo mercadológico. É fato que ela foi elaborada primeiramente tendo em vista o sistema de mídia dos Estados Unidos. Mas mesmo naquele país, alguns trabalhos mostram viés disseminado das mídias na exploração de escândalos relacionados a candidatos de orientação ideológica oposta à sua[3], mais especificamente, jornais de inclinação democrata demonstraram maior propensão a cobrir escândalos de políticos republicanos e vice-versa. No presente texto, pretendemos mostrar, entre outras coisas, que a tese do imperativo mercadológico não pode ser aplicada ao Brasil tampouco. O problema central dessa tese é que ela assume que a mídia

---

[1] THOMPSON, J. B. *Political scandal:* power and visibility in the media age. Cambridge: Polity Press/Blackwell, 2000.
[2] BUTLER, I.; DRAKEFORD, M. *Scandal, social policy and social welfare.* Bristol: The Policy Press, 2005.
[3] PUGLISI, R.; JR., J. M. S. "Newspaper Coverage of Political Scandals". *The Journal of Politics*, vol. 73, n. 3, pp. 931-950, 2011.

pauta seu comportamento pelo resultado comercial de sua operação, versão a nosso ver bastante limitada e distorcida da realidade da mídia brasileira. Pelo contrário, nossa grande mídia tem mostrado repetidas vezes um comportamento ativo e seletivamente politizado sem necessariamente buscar com ele "vender mais". Em outras palavras, o comportamento da grande mídia brasileira, pretendemos mostrar abaixo, tem sido politicamente orientado.

Também queremos mostrar que houve uma mudança de paradigma na cobertura de escândalos ao longo dos anos, culminando com a Lava Jato. Vejamos a seguir um rápido apanhado histórico da cobertura de escândalos políticos pela mídia brasileira para provar esse ponto.

A ESCANDALIZAÇÃO DA POLÍTICA

Escândalos de corrupção frequentaram o noticiário político nacional desde a volta do país ao regime democrático, após a Segunda Guerra Mundial. A campanha contra Getúlio Vargas movida por grandes jornais e por setores reacionários da sociedade brasileira, liderados por Carlos Lacerda e pela UDN, foi baseada em denúncias de corrupção, com consequências terríveis, como narra Jânio de Freitas, que cobriu os últimos momentos de Vargas: "Getúlio ficou indefeso, objeto de um ódio coletivo que se propagava sem limites: monolíticos, a imprensa, a incipiente TV e o rádio, mais do que se aliarem à irracionalidade, foram seus porta-vozes sem considerar as previsíveis consequências para o Estado de Direito".[4]

Jânio Quadros foi outro político conservador deste período que obteve notoriedade por apresentar-se como campeão do combate à corrupção. Sem entrarmos em maiores detalhes sobre as denúncias de corrupção do período, sejam elas contra Getúlio, Juscelino ou outros políticos, queremos chamar atenção para o fato de que os órgãos de imprensa se comportavam de maneira bastante politizada, explorando escândalos com o intuito de atingir seus adversários políticos e faziam isso em associação com partidos e políticos.

---

[4] FREITAS, J. D. "Um dia, um país". *Folha de S. Paulo*. São Paulo, 2014.

A LAVA JATO E A MÍDIA

O Golpe Militar de 1964, apoiado por grande parte das mesmas forças políticas que se diziam engajadas na luta contra a corrupção, silenciou o tema da corrupção na cobertura jornalística. É fato notório que os grandes órgãos de imprensa do país apoiaram efusivamente o Golpe e o regime ditatorial que em seguida se implantou. Não bastasse a simpatia pelo regime, a mídia ainda sofria censura, o que reduziu a cobertura de escândalos a praticamente zero.

Com o retorno da democracia na década de 1980, os escândalos políticos voltaram ao noticiário, particularmente em períodos eleitorais. O sequestro do empresário Abílio Diniz, caso que teve desfecho também às vésperas do segundo turno, é um exemplo importante.[5] Praticamente toda a grande mídia responsabilizou o PT pelo ocorrido[6], dando grande repercussão inclusive ao fato de os sequestradores terem sido apresentados pela polícia vestindo camisetas da campanha de Lula, coisa que eles mais tarde declararam terem sido forçados a fazer pelos próprios policiais. Esse é um caso de escândalo que não envolve corrupção política propriamente dita, mas segue um padrão de associar a esquerda política com práticas de terrorismo e sequestro. Esse padrão é típico do anticomunismo do período autoritário que havia se encerrado havia pouco – nisso guarda semelhanças com o escândalo midiático do famoso atentado do Rio Centro, ocorrido no dia 30 de abril de 1981, durante o processo de distensão do regime ditatorial.[7]

---

[5] Diana Paula de Souza pesquisou os jornais *O Globo, Jornal do Brasil e Folha de S. Paulo*, de 17 a 20 de dezembro de 1989. Segundo ela, "percebe-se um esforço dos veículos para estabelecer uma conexão entre o sequestro e o então candidato à Presidência da República, Luiz Inácio Lula da Silva" (KUCINSKI, B. "O ataque articulado dos barões da imprensa: A mídia na campanha presidencial de 1989". *In*: KUCINSKI, B. (coord.). *A síndrome da antena parabólica*: ética no jornalismo brasileiro. São Paulo: Perseu Abramo 1998, pp. 105-114; SOUZA, D. P. D. "Caso Abílio Diniz: libertação do empresário, produção da opinião pública e promulgação da Lei de Crimes Hediondos". *VII Encontro Nacional de Pesquisadores em Jornalismo*, 2009).

[6] MIGUEL, L. F. "Mídia e manipulação política no Brasil: a Rede Globo e as eleições presidenciais de 1989 a 1998". *Comunicação & Política*, vol. VI, n. 2-3, pp. 119-138, 1999.

[7] O Jornal Nacional reproduziu a versão da ditadura militar de que tratava-se de um atentado feito pela esquerda, chegando inclusive a se contradizer no tocante às duas bombas intactas encontradas no carro em que houve a explosão. A Revista Veja também

Mas o primeiro grande escândalo de corrupção da Nova República foi aquele que conduziu ao *impeachment* de seu primeiro presidente eleito, Fernando Collor de Mello. Devido a sua impressionante inabilidade política, Collor tornou-se indigesto até para a grande mídia, que foi, afinal de contas, seu cabo eleitoral mais efetivo – o autocognominado "Caçador de Marajás" era um político praticamente desconhecido do eleitorado brasileiro até as vésperas da eleição. As denúncias de corrupção feitas por seu irmão, Pedro Collor, e a consequente investigação das práticas de seu tesoureiro de campanha, PC Farias, foram a base de um escândalo de corrupção que ajudaria a arruinar a já tíbia legitimidade desfrutada pelo presidente alagoano.

A adesão da mídia à campanha do *impeachment* de Collor não rendeu muita reflexão de críticos e estudiosos, uma vez que o presidente estava isolado e sem o apoio das principais forças políticas do país. Ainda assim, é importante notar que se inaugurava ali uma prática jornalística que viria a se tornar bastante deletéria ao longo da Nova República, particularmente em períodos mais recentes, a campanha de mídia para remoção ou desestabilização de presidentes. Esse elemento vai depois se juntar a outros que compõem o que hoje podemos chamar da equação da Lava Jato.

É importante notar uma diferença em relação ao comportamento da mídia no período anterior ao Golpe de 1964 e na Nova República, até esse momento. No caso das denúncias de corrupção contra Getúlio e Jango os grandes jornais agiram em bloco, como agente político coeso, em aliança com os setores políticos adversários do trabalhismo e do getulismo. Já no começo da Nova República, os escândalos de corrupção foram explorados de uma maneira que pode parecer a operação do imperativo mercadológico, devido à falta de alinhamento estrito a forças políticas. Primeiro atacam Lula e o PT em 1989, depois foi a vez de Collor, do nanico PRN, em 1992. No caso do escândalo dos "Anões do Orçamento", que tomou o noticiário em 1993, os principais

---

corroborou a narrativa de que se tratava de "terrorismo" de esquerda e da volta da luta armada em nosso país. Ver https://www.correiodobrasil.com.br/o-atentado-ao-riocentro-e-a-midia-venal/.

envolvidos eram do PFL e do PMDB. Ao nosso ver, contudo, não devemos entender esse comportamento como produto do imperativo propriamente, mas de alianças contingentes dos agentes da mídia com forças políticas específicas quando o cenário político-partidário recentemente criado não estava ainda consolidado em torno da disputa PT-PSDB.

Ainda sob o governo Collor, outros casos de corrupção pipocaram na mídia, como o "escândalo do Programa Nacional de Desestatização" e o "escândalo do INSS", ou "escândalo da Previdência Social". Nenhum desses escândalos de corrupção política teve grande repercussão, com a exceção parcial do Anões do Orçamento, que levou à perda de cargos legislativos por parte dos envolvidos.

É durante os anos FHC, com a maior definição do cenário político, que a grande mídia começa a retomar padrões de alinhamento político-partidários mais fortes, que lembram o contexto getulista. Raros foram os escândalos de corrupção explorados no período. O (contra)exemplo mais emblemático foi a compra de votos de parlamentares para a Emenda da Reeleição, que beneficiou FHC, revelada pelo repórter Fernando Rodrigues da Folha de S. Paulo. Tal notícia tinha potencial para se tornar um escândalo de enormes proporções, mas recebeu escassa cobertura midiática, inclusive do jornal que a revelou, e foi logo esquecida. O escândalo (que não ocorreu) da compra de votos foi o precursor de um sem número de escândalos raquíticos que envolvem o PSDB até os dias de hoje; todos objeto de um tratamento extremamente econômico por parte dos grandes órgãos de mídia de nosso país: alguém já viu um digrama ou infográfico do Mensalão Tucano publicado?

Nos primeiros anos de seu primeiro mandato, Lula recebeu um tratamento bastante complacente da mídia. A "Carta aos Brasileiros" tinha o objetivo diminuir as resistências e animosidades históricas que os principais setores do empresariado e particularmente do mercado financeiro nutriam pelo candidato petista. Na época, as maiores empresas de mídia do país atravessavam severa crise financeira. Durante o segundo governo FHC, elas haviam contraído dívidas em dólares no exterior, mas a rápida deterioração da economia nacional sob o governo tucano, e a consequente forte subida do câmbio, fez com que essa dívida explodisse. Se a trégua gozada por Lula teve por causa a Carta ou a situação frágil das empresas é difícil determinar. Talvez tenha havido uma combinação de fatores que concorreram para o tratamento benigno recebido pelo presidente por parte da grande imprensa.

A situação mudou radicalmente em 2005 com o advento daquilo que a grande imprensa brasileira[8] denominou o "maior escândalo de corrupção da história do nosso país": a Ação Penal 470, celebrizada com o nome de Mensalão. Tal *branding* em si é uma produção midiática a partir de expressão dita pelo deputado Roberto Jefferson (PTB). O escândalo começou a ser noticiado a partir de denúncia que Jefferson fez em entrevista à Folha de S. Paulo contra um suposto esquema de compra de votos de deputados federais, montado pelo PT.[9] Rapidamente o assunto se espalhou pela grande mídia, que cobriu intensamente todas as etapas do escândalo, das primeiras acusações, ao processo, ao julgamento dos acusados e ao cumprimento de pena dos condenados. Até hoje a cobertura do Mensalão rende notícias sobre os detalhes da vida dos presos e de sua luta para sair do cárcere.

Para se ter uma ideia da intensidade da mobilização da grande mídia, somente a Revista Veja publicou 18 capas sobre o assunto entre 2005 e 2006,[10] incluindo o período eleitoral daquele ano. Biroli e Mantovani[11] afirmam que o "mensalão" foi o assunto da cobertura jornalística de maior destaque em 2005, permanecendo em evidência durante o período da campanha de 2006. A cobertura da eleição presidencial de 2006, que resultou na recondução de Lula, se deu sob o

---

[8] Exemplos de meios que utilizaram a expressão são a rádio Jovem Pan e a Folha de S. Paulo, em editorial intitulado "À espera do mensalão". Ela é também reproduzida no site do PSDB. Disponível em http://tucano.org.br/noticias-do-psdb/mensalao-maior-escandalo-de-corrupcao-da-historia. Acesso em 6.10.2010.

[9] LO PRETE, R. "Jefferson denuncia mesada paga pelo tesoureiro do PT", 6 jun. 2005, p. A4.

[10] Informação que consta no site da revista: http://veja.abril.com.br/infograficos/rede-escandalos/rede-escandalos.shtml?governo=lula&scrollto=27

[11] "A parte que me cabe nesse julgamento: a Folha de S. Paulo na cobertura ao processo do 'mensalão'". *Opinião Pública,* vol. 20, n. 2, pp. 204-218, Agosto, 2014.

signo do escândalo do Mensalão e foi caracterizada pela literatura acadêmica como "partidária"[12] e "anti-Lula"[13], o candidato que enfrentava a antipatia indisfarçada de todos os conglomerados de mídia do país.[14] O tema voltaria a ser "o principal tópico no noticiário político entre agosto e novembro de 2012, quando a Ação Penal 470 foi julgada no Supremo Tribunal Federal (STF)".[15]

Na eleição de 2006, assistimos mais uma vez mais ao alinhamento da grande mídia em favor da centro-direita, liderada pelo PSDB, e contra o PT, agora na centro-esquerda. Porém, um novo elemento surgido ali viria a representar uma mudança de paradigma do comportamento midiático, mais tarde amadurecido ao longo da cobertura da Operação Lava Jato: a entrada na equação das instituições do Sistema de Justiça[16], i.e., Judiciário e Ministério Público. Talvez seja até mais correto falar de corporações de altos funcionários estatais, dado que a Polícia Federal também adquiriu papel importante nesse novo paradigma, como instituição semiautônoma e fundamental para a dinâmica da cobertura jornalística.

A contribuição de Biroli e Mantovani não captura a maneira como são representados o STF e o Ministério Público, mas a análise de enquadramentos que fazem das matérias da Folha de S. Paulo revela

---

[12] RUBIM, A. A. "Ética da política e ética na política nas eleições de 2006". *In*: LIMA, V. A. (coord.). *A mídia nas eleições de 2006*. São Paulo: Perseu Abramo, 2007, pp. 159-168.

[13] ALDÉ, A.; MENDES, G.; FIGUEIREDO, M. "Tomando partido: imprensa e eleições presidenciais em 2006". *Política e Sociedade*, n. 10, pp. 153-172, 2007; JACOBSEN, K. "A cobertura da mídia impressa aos candidatos nas eleições de 2006". *In*: LIMA, V. A. D. (coord.). *A mídia nas eleições de 2006*. São Paulo: Perseu Abramo, 2007, pp. 31-64.

[14] MIGUEL, L. F.; BIROLI, F. "Meios de comunicação de massa e eleições no Brasil: da influência simples à interação complexa". *Revista USP,* vol. 90, pp. 74-83, junho/agosto 2011.

[15] BIROLI, F.; MANTOVANI, D. "A parte que me cabe nesse julgamento: a Folha de S. Paulo na cobertura ao processo do 'mensalão'". *Opinião Pública*, vol. 20, n. 2, pp. 204-218, Agosto, 2014.

[16] Expressão proposta por Maria Tereza Sadek (*O sistema de justiça*. São Paulo: Sumaré, 1999).

aspectos que nos são úteis. O enquadramento mais presente no corpus de 236 textos, de 30 edições do jornal paulista, é: "o julgamento do STF é um processo de caráter técnico, por isso para entendê-lo é preciso conhecer critérios e bases jurídicas das decisões (97 textos, 41,1% do corpus)".[17] Ao mesmo tempo, as autoras mostram que o jornal, seja nos seus artigos de opinião e editoriais, seja nas reportagens, mostrou decidido viés em prol da condenação dos réus, enquadrando-a como uma decorrência dos fatos enquanto que as opiniões alternativas eram sempre associadas a interesses e pontos de vista particulares dos réus.

É importante notar que tal enquadramento é parte fundamental do que chamamos aqui de novo paradigma de relacionamento da grande mídia com a política. No plano prático, tal paradigma se define por uma aliança entre a grande mídia e as instituições do Sistema de Justiça, contra os poderes eleitos da República, Executivo e Legislativo. No plano do discurso, contudo, o que se dá é a redução da política ao problema da corrupção, algo que já havia sendo praticado na cobertura dos escândalos há décadas, mas que assumiu uma radicalidade sem precedentes. Agora, a solução para o problema vem na forma do direito apresentado como técnica,[18] e juízes e promotores como seus agentes heroicos, colocados em um patamar moral acima do mundo corrupto dos mortais.

Biroli e Mantovani falam de moralização do discurso, mas o movimento é mais complexo. O acento colocado na corrupção é certamente uma redução da política à esfera da moral. Contudo, ao contrário das questões morais que geram desacordo, o enquadramento que a mídia fornece acerca do processamento da corrupção pelas instituições de justiça não permite desacordo. Juízes e promotores resolvem tecnicamente as questões processuais pautando suas decisões na verdade dos fatos. Ou seja, o Sistema de Justiça produz uma moral verdadeira à prova de desacordo. Claro, as matérias reproduzem de modo

---

[17] BIROLI, F.; MANTOVANI, D. "A parte que me cabe nesse julgamento: a Folha de S. Paulo na cobertura ao processo do 'mensalão'". *Opinião Pública*, vol. 20, n. 2, pp. 204-218, Agosto, 2014

[18] Ver também Fabio Kerche (*Virtude e limites:* autonomia e atribuições do Ministério Público no Brasil. São Paulo: EDUSP, 2009).

bastante minoritário e marginal discordâncias colocadas nas vozes das vítimas e de seus advogados e apoiadores, mas essas são frequentemente pintadas como autointeressadas, mentirosas ou distorcidas.

É com a Lava Jato que essa nova equação vai se sedimentar e assumir proporções assustadoras, pelo menos para aqueles interessados na saúde do regime democrático brasileiro. Vejamos agora alguns dados importantes do perfil de sua cobertura jornalística.

LAVA JATO SOB DILMA E TEMER

A análise que segue da cobertura jornalística da Operação Lava Jato utiliza a metodologia[19] e a base de dados do Manchetômetro.[20] A Lava Jato começou a ser coberta pela grande mídia brasileira no início de 2014, justamente quando nossa base começou a ser coletada. Abaixo vemos a incidência de textos sobre a operação nas páginas dos três principais jornais e no Jornal Nacional ao longo do tempo:

---

[19] Utilizamos a análise de valência para codificar os textos da base. Trata-se de compreender como cada texto representa um assunto ou um personagem mencionado, atribuindo os valores contrário, favorável, neutra e ambivalente. O valor contrário é dado a textos que de alguma maneira expressavam críticas ou fatos negativos em relação ao político ou partido mencionado. A valência favorável é o código atribuído aos textos que destacam e/ou enaltecem as qualidades do objeto noticiado. O código neutro é usado quando o texto é meramente descritivo e não parece induzir julgamento positivo ou negativo em relação a seu objeto. Por fim, o código ambivalente é usado para textos que contenham aspectos negativos e positivos em intensidades mais ou menos equivalentes. Apenas uma valência é atribuída a um texto no que toca cada objeto. Quanto à Operação Lava Jato, não utilizamos a valência na sua codificação, mas somente anotamos referências a ela no texto, utilizando um código binário simples: sim ou não. A presença da Lava Jato foi desde as investigações realizadas na Petrobras pela Polícia Federal em 2014 até os dias atuais.

[20] A base de dados do Manchetômetro é composta de textos baixados das páginas online dos três principais jornais do país, Folha de São Paulo, O Estado de São Paulo e O Globo, e do Jornal Nacional, programa jornalístico da Rede Globo. Coletamos diariamente os textos da capa e das duas páginas de opinião de cada jornal – estes três periódicos têm um desenho bastante parecido. Além da capa, que contém os elementos básicos de manchete principal, chamadas, destaques e fotos, todos dedicam duas páginas inteiras para matérias opinativas, que são editoriais, colunas de opinião de contratados do jornal e colunas de opinião de convidados eventuais.

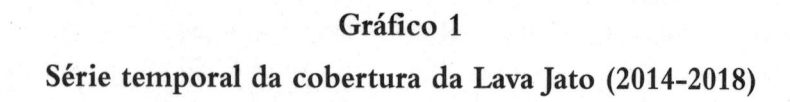

Gráfico 1
Série temporal da cobertura da Lava Jato (2014-2018)

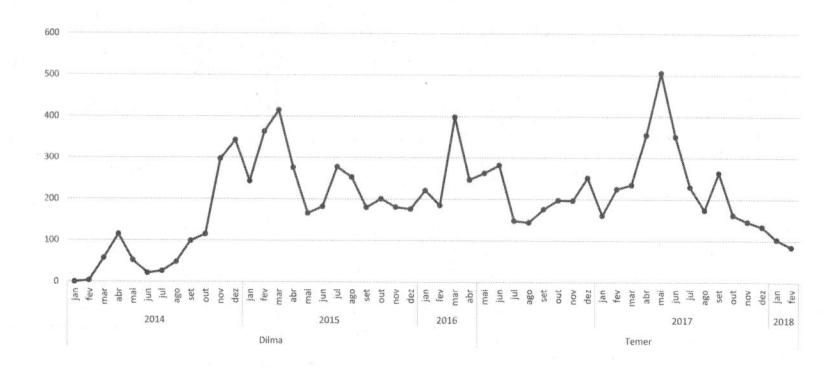

De cara já temos uma ideia do volume da cobertura desse escândalo na grande mídia brasileira e sua dinâmica ao longo do tempo. Como podemos notar no gráfico, durante o ano de 2014, o número de textos jornalísticos mensais ultrapassou a marca de 100 só uma vez, no mês de abril, e isso foi durante o período anterior à campanha eleitoral. Se comparados aos patamares alcançados nos anos subsequentes, quando o quantitativo da cobertura chegou a passar de 500, em maio de 2017, a marca do ano eleitoral parece tímida.

Na verdade, se aproximarmos a lupa sobre os dados de 2014 veremos que há um padrão bastante peculiar que nos permite identificar etapas da cobertura, como mostra o gráfico a seguir:

Gráfico 2
Série temporal da cobertura da Lava Jato (2014)

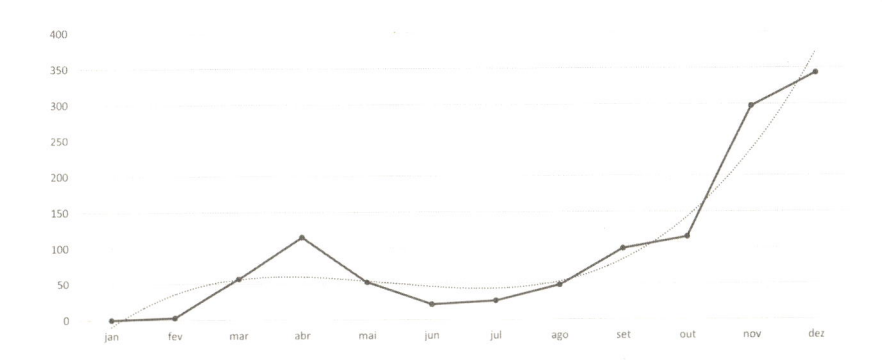

A curva de tendência que obteve ajuste ótimo é um polinômio de terceiro grau, o que sugere haver três etapas distintas no gráfico. De fato, do início da cobertura do escândalo até o começo da campanha eleitoral oficial (fevereiro a junho), a média de ocorrências foi 50. Durante a campanha tal média subiu para 72, isto é, aumentou em torno de 50%. E depois da campanha, nos meses de novembro e dezembro, ela atingiu a marca de 320, ou seja, mais de quatro vezes a média anterior e 8 vezes a do começo do ano.

No primeiro período, há crescimento pujante da cobertura a partir de fevereiro, quando surge o escândalo, até abril, saltando de 3 para 115 ocorrências. Esse começo é seguido de um refluxo que volta a se aquecer ao longo da campanha, nosso segundo período, com a cobertura alcançando em outubro, mês do segundo turno, a mesma marca de abril. Aumentando a resolução da nossa lupa até onde a imagem permite, que é o dado mensal[21], vemos também que ao longo do período de campanha oficial a cobertura da Lava Jato cresceu de forma geométrica nos três primeiros meses, de 26 em julho para 48 em agosto e daí para 99 em

---

[21] Na verdade, na base do Manchetômetro temos os dados diários da cobertura. A unidade mensal foi adotada nesse texto por fazer sentido do ponto de vista da agregação e facilitar a análise.

setembro, aumentando ainda um pouco mais em outubro para 115.

Interpretando os números, vemos que a Lava Jato recebeu forte empuxo midiático logo ao surgir, alcançando rapidamente volumosa cobertura. Com a aproximação do período eleitoral, a cobertura parece ter se diversificado o que levou à perda de relevância do escândalo. Contudo, com a definição da disputa ao longo da campanha, confirmando Dilma como favorita, o escândalo volta a ser ativado em escala geométrica. Até aqui temos a utilização de escândalos de maneira desequilibrada para prejudicar candidatos do PT, coisa que já havíamos observado de maneira inequívoca em eleições passadas.[22]

Nada se compara, contudo, com o ocorrido após a vitória de Dilma, quando as ocorrências saltam de 115 em outubro para 297 em novembro, quase triplicando, e subindo ainda mais em dezembro para 343 – terceiro pico mais alto da curva da Lava Jato no período Dilma. A média nesses dois meses é mais alta do que as médias nos períodos e anos seguintes da cobertura da Lava Jato, ainda que sinalize o novo patamar do qual a cobertura não mais desceu. Em 2015, tivemos uma média mensal de 243 textos sobre a Lava Jato nos três jornais e no Jornal Nacional. No período de 2016, que vai até o afastamento de Dilma, a média mensal sobe para 263. De maio a dezembro de 2016, já sobre Temer, a média cai para 208, para logo retornar ao patamar de 245 em 2017.

Vejamos agora a participação do tema Lava Jato na cobertura do Governo Federal, mostrada no gráfico a seguir:

---

[22] FERES JÚNIOR, J.; SASSARA, L. D. O. "Corrupção, escândalos e a cobertura midiática da política". *Novos Estudos – CEBRAP,* vol. 35, n. 2, pp. 205-225, 2016.

A LAVA JATO E A MÍDIA

Gráfico 3
Série temporal Lava Jato na cobertura do Governo Federal (valências)

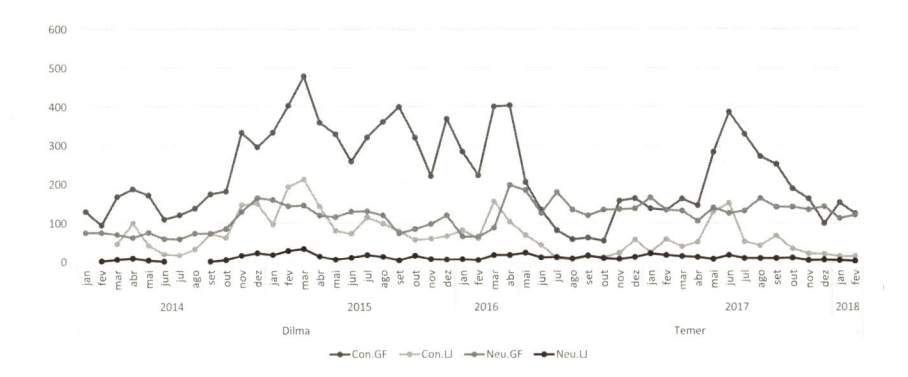

Para a comparação ficar mais clara, nos restringimos a plotar as seguintes valências: contrárias do Governo Federal (Con.GF), contrárias do Governo Federal que contém Lava Jato (Con.LJ), neutras do Governo Federal (Neu.GF), e neutras do Governo Federal que contém Lava Jato (Neu.LJ). A última categoria é negligenciável, permanecendo próxima a zero ao longo de toda a série temporal.

A curva de contrárias da cobertura do Governo Federal (Con.GF) guarda enorme semelhança com a curva da Lava Jato mostrado no gráfico anterior, particularmente no que toca a mudança brutal de patamar assim que Dilma vence o pleito no segundo turno e a manutenção desse patamar altíssimo de cobertura. No caso do Governo Federal esse patamar de alta negatividade é interrompido no exato momento do afastamento de Dilma da presidência quando o processo de *impeachment* é aberto na Câmara dos Deputados, em 12 de maio de 2016. O governo de Temer passa então a receber uma cobertura benigna, na qual os neutros superam em muito os negativos, até o vazamento das gravações de Joesley, um ano após sua subida ao poder. Tal Lua de Mel foi negada a Dilma.[23]

---

[23] FERES JÚNIOR, J.; SASSARA, L. D. O. "O terceiro turno de Dilma Rousseff". *Saúde em Debate*, vol. 40, pp. 176-185, 2016; "Failed Honeymoon: Dilma Rousseff's Third Election Round". *Latin American Perspectives*, vol. 45, n. 3, pp. 224-235, 2018.

Voltando à Lava Jato, a média de matérias negativas do Governo Federal que contém referências à operação em seu conteúdo é de 30% em média, da posse ao afastamento de Dilma, atingindo picos de quase 50% em alguns meses, como em fevereiro e março de 2015. Esses dados revelam que a despeito de não ter sido envolvida diretamente nas investigações da Operação Lava Jato, Dilma e seu governo foram frequentemente associados de maneira negativa à operação na cobertura. Em outras palavras, os dados apontam que a associação com a Lava Jato foi um importante elemento na campanha que levou ao *impeachment* da presidenta.

Outro elemento relevado pela curva é que a associação com a Lava Jato teve também papel importante no pico de negativas sofrido pelo Governo Temer após a divulgação das gravações feitas por Joesley Baptista, em maio de 2017, novamente chegando a uma proporção de quase metade do total de negativas do Governo, que naquele momento atingiu a marca de 387 contrárias. Mas tal pico foi produto em grande medida da campanha que o Grupo Globo moveu contra Temer após esse episódio, que acabou levando também a Folha de S. Paulo a assumir uma postura negativa frente a ele, mas não O Estado de S. Paulo, como já mostramos em outra ocasião (Feres Júnior e Sassara, 2016b). Com a resistência de Temer no cargo, a mídia foi aos poucos voltando a se acomodar à posição original de apoio a seu governo.

Para além de mostrar que a cobertura da Lava Jato teve papel importante da deslegitimação da presidência de Dilma Rousseff, pretendemos fazer algo mais abrangente nesse capítulo, que é mostrar a participação da Lava Jato da depreciação da política como um todo. Vejamos o gráfico a seguir:

Gráfico 4
Série temporal Lava Jato na cobertura política (valências)

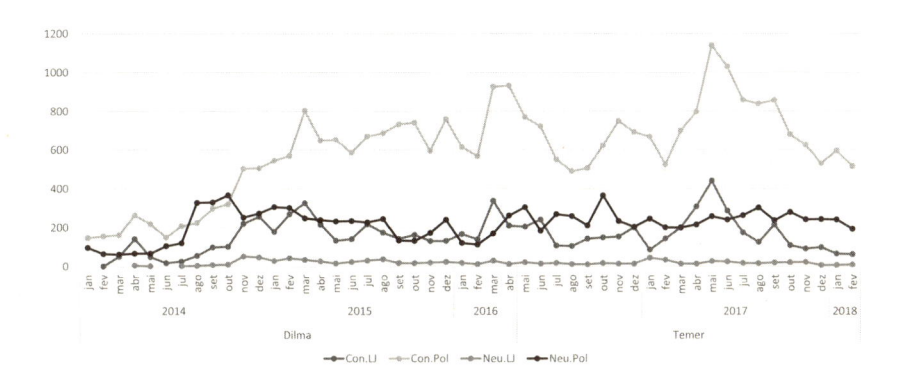

Novamente, plotamos somente algumas das curvas de valência, uma vez que a presença de matérias favoráveis e ambivalentes é em geral diminuta. São elas: contrárias da Política (Con.Pol), contrárias da Política que contém Lava Jato (Con.LJ), neutras da Política (Neu.Pol), e neutras da Política que contém Lava Jato (Neu.LJ). A última categoria também é negligenciável, permanecendo próxima a zero ao longo de toda a série temporal. A variável Política na base do Manchetômetro é codificada quando o texto faz referência a algum aspecto da política (partidos, políticos, instituições políticas etc.), seja ele qual for.

Três dados saltam aos olhos. O primeiro é a intensidade negativa da cobertura da política nesses quatro canais de comunicação. No seu pico máximo, a cobertura negativa atinge quase 1.200 textos por mês, o que dá aproximadamente dez textos negativos por dia por órgão de mídia. Se estimarmos um índice de viés da cobertura, subtraindo as contrárias das favoráveis e dividindo pela soma de neutras e ambivalentes, o resultado médio para todo o período é de -1,9 para a cobertura da política.[24] Isto é, a diferença entre contrárias e favoráveis é quase duas

---

[24] Índice de Viés (I.V.) = (f-c)/(n+a), onde f = número de favoráveis, c = número de contrárias, n = número de neutras e a = número de ambivalentes. O significado teórico

vezes maior do que as neutras. O segundo dado é a maneira como a curva da cobertura da Lava Jato segue aquela das contrárias da política. Os picos e vales quase todos coincidem. E por fim, temos a proporção média de participação do tema Lava Jato nas negativas da política, que na média do período ficou em 26%, isto é, mas de um quarto de todas as matérias sobre política veiculadas pelos principais meios de imprensa do país, trataram de alguma forma da Operação Lava Jato, ao longo de três anos de cobertura. O total é de 7.820 textos negativos sobre política que tratam da Lava Jato, uma média de quase dois textos por dia por meio, ao longo de três anos.

Não há precedente de um escândalo de corrupção que tenha durado tanto tempo e ocupado tanto espaço no noticiário político. As evidências são claras e contundentes da associação sistemática e contínua da política à corrupção. E elas atingem em cheio os poderes da República que tem direta conexão com o voto popular: o Executivo e o Legislativo. Vejamos na próxima seção como a cobertura da Lava Jato trata os outros poderes, aqueles do Sistema de Justiça.

LAVA JATO E SISTEMA DE JUSTIÇA

O comportamento da grande mídia brasileira frente as instituições do sistema de justiça, mormente, o Judiciário Federal e o Ministério Público, é bastante diverso daquele dedicado à política, como mostra o gráfico a seguir.

---

do I.V. é a seguinte. A diferença entre favoráveis e contrárias é intuitivamente o principal dado do viés. Contudo, é importante considerar também o número de neutras, pois ele dilui o viés. Por exemplo, receber cinco notícias negativas em um contexto com 1000 notícias neutras é bem diferente de receber cinco negativas em contexto com 10 neutras. As ambivalentes são aglutinadas às neutras por terem um efeito presumivelmente similar.

A LAVA JATO E A MÍDIA

Gráfico 5
Série temporal da cobertura do Judiciário (valências)

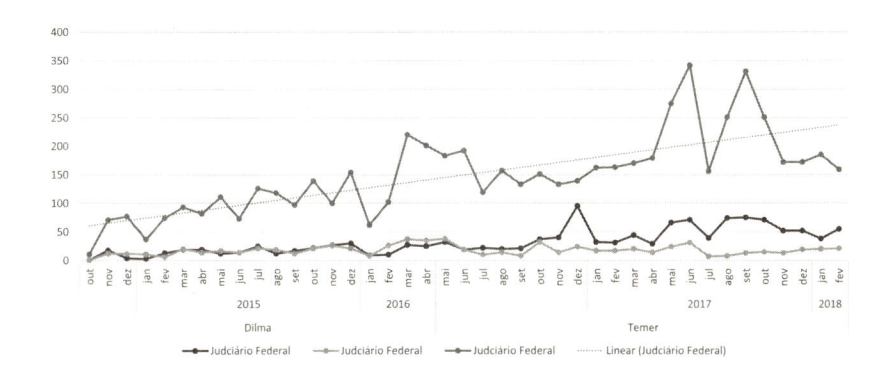

De cara, podemos notar que o número de contrárias é diminuto a despeito de o Judiciário Federal ao longo do período da Lava Jato ter se envolvido em controvérsias, como a condução coercitiva de Lula ou o vazamento de grampo revelando conversa telefônica entre Dilma e Lula, para mencionar somente dois de uma miríade de episódios de natureza jurídica ocorridos ao longo do processo de *impeachment* de Dilma ou da perseguição movida contra Lula por parte dos agentes do sistema de justiça.

Para se ter um parâmetro de comparação, o índice de viés no caso do Judiciário Federal é de -0,1, ou seja, praticamente nulo, enquanto que o da política bateu em quase -2,0. Tal índice se dá pela forte prevalência das matérias neutras na cobertura do judiciário. Ademais, como a linha de tendência do gráfico acima mostra, o crescimento da cobertura neutra da justiça foi vertiginoso, passando de grandezas em torno de 50 ocorrências no começo do governo Dilma 2 para picos de quase 350 na segunda metade de 2017. Aqui encontramos vestígios do que Biroli e Mantovani haviam postulado em relação à cobertura do Mensalão: um acento na tecnicalidade dos procedimentos jurídicos. E ao exaltarem a tecnicalidade, afirmam sua superioridade moral perante o mundo corrupto da política.

Se plotamos somente os textos sobre Judiciário e Lava Jato, temos curvas bastante similares às do Judiciário:

Gráfico 6

Série temporal Lava Jato na cobertura do Judiciário (valências)

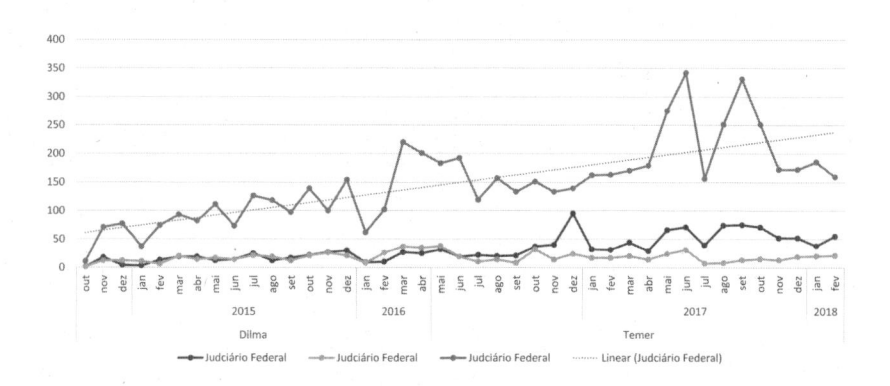

O índice de viés médio crava em zero e a preponderância de neutras é total na cobertura.

Para termos uma ideia da importância da Lava Jato no noticiário sobre o Judiciário federal no período, ele representou em média 39% do total.

O tratamento dispensado pela grande mídia ao Ministério Público é em tudo similar àquele recebido pelo Judiciário, como podemos ver a seguir:

Gráfico 7
Série temporal da cobertura do Ministério Público (valências)

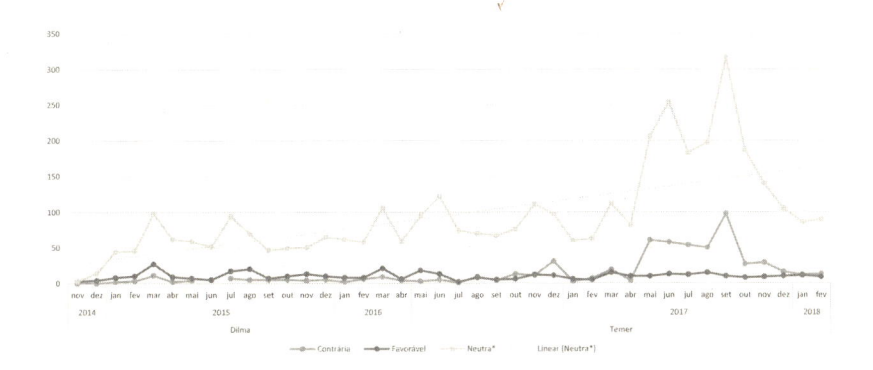

Notamos de cara um crescimento espetacular das menções a esse "poder" da República, que salta da casa das 50 ocorrências ao final de 2014 para mais de 300 no segundo semestre de 2017. A preponderância de neutras é absoluta, com um tímido aparecimento de matérias contrárias justamente quando Temer foi denunciado, após a revelação das gravações com Joesley. Mesmo assim, o índice de viés da cobertura total do Ministério Público nos grandes meios é 0, ou seja, a diferença entre favoráveis e contrárias, ambas bastante tímidas, tende a zero, e o denominador de neutras é enorme: 3.829 matérias registradas.

Quando cruzamos Ministério Público e Lava Jato, notamos que as curvas acompanham o gráfico da cobertura geral da instituição, o que indica forte participação do tema Lava Jato, e são também bastante parecidas as curvas oriundas do cruzamento de Judiciário e Lava Jato, como podemos ver a seguir:

Gráfico 8
Série temporal Lava Jato na cobertura do Ministério Público (valências)

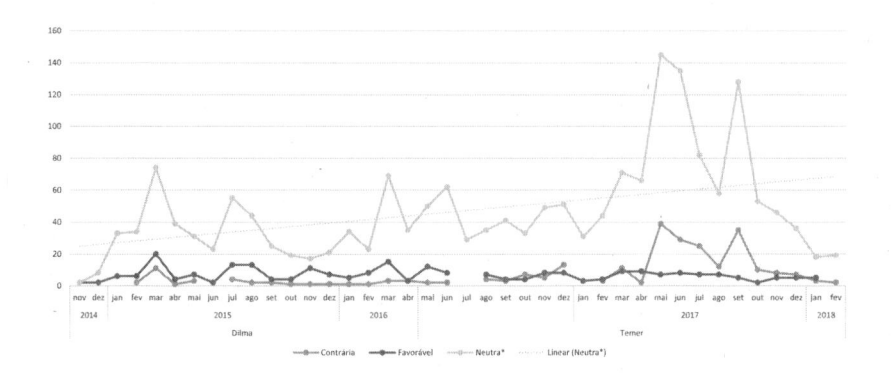

A participação do tema Lava Jato na cobertura total do Ministério Público, 49%, é ainda mais alta que sua participação na cobertura do Judiciário. Praticamente metade das referências à instituição dos procuradores nessas mídias ocorrem em matérias que tratam ou pelo menos fazem referência à Operação Lava Jato. São 2.835 textos, espalhados ao longo de um período de pouco mais de três anos, aproximadamente 1.215 dias, isto é, média maior do que duas matérias por dia.

APONTAMENTOS SOBRE A BASE

Nesta seção, apresentamos uma breve análise do extrato de textos sobre a Lava Jato no banco de dados do Manchetômetro, usado para plotar os gráficos acima. Abaixo vão algumas das características dessa base de textos que podem facilitar a compreensão acerca de sua natureza.

Tabela 1
Base de textos jornalísticos por formato

	Artigo de Opinião	Chamada	Coluna	Editorial	Manchete	Reportagem	Total Geral
Estadão	388	921	37	423	307	0	2076
Folha de São Paulo	264	802	867	329	320	0	2582
O Globo	313	969	601	417	344	0	2644
Jornal Nacional	0	0	0	0	59	2459	2518
Total Geral	965	2692	1505	1169	1030	2459	9820

As chamadas são títulos ou pequenos textos da capa que levam o leitor para uma matéria mais longa no miolo do jornal, que pode ser tanto uma reportagem como uma coluna de opinião. As manchetes são textos bombásticos que geralmente fazem referências a fatos e reportagens, também dentro do jornal, já os artigos, colunas e editoriais são textos de opinião. Em suma, nossa base, ainda que não captura o total da cobertura, pega grande parte dos textos opinativos e as reportagens mais importantes do dia, que sempre saem noticiadas na capa.

A similaridade dos perfis de cobertura dos noticiosos é notável, a começar pelo número total de entradas para cada veículo, todos passados do segundo milhar. O número total de ocorrências, próximo de 10 mil, é impressionante, seja pelo seu tamanho absoluto, seja na comparação com a base total do Manchetômetro quando da coleta, 57.432: quase 20% da cobertura total da grande mídia foi sobre a Operação Lava Jato.

A similaridade não para no total de entradas de cada veículo. Folha de S. Paulo e O Globo apresentam números muito próximos em todos os formatos de texto jornalístico por nós pesquisados. O Estadão difere, mas é devido ao fato de seus editoriais e colunas serem em média três vezes mais longos do que os de seus pares. Assim, é natural que seus textos de opinião (artigos e colunas) sejam bem menos numerosos que os dos outros. Um pequeno detalhe do Estadão é que, com uma exceção, não tem coluna de autor fixo em suas páginas de opinião, daí estarem quase todos os textos marcados como artigos.

Outro ponto de similaridade é o número de editoriais e de manchetes no período. Os editoriais que citam a Lava Jato são tão abundantes em qualquer um dos jornais que daria para ter um ano inteiro, todos os dias, com editoriais em qualquer um dos jornais. Como o período estudado é de três anos, a média é de aproximadamente um editorial a cada 3 dias em cada jornal. É digno de nota, o empenho editorial diferenciado do Estadão, pois além de ter os editoriais mais longos, ultrapassa seus pares no número absoluto desses textos publicados. Já o número de manchetes é tão similar, que dá a impressão que os editores desses grandes jornais combinam entre eles ou copiam uns dos outros a manchete do dia. Novamente, o número se aproxima a um ano completo de manchetes sobre a Lava Jato. Se adicionarmos o fato de a manchete ser única, ao contrário dos editoriais que são quase sempre mais que um, temos um quadro assombroso do massacre midiático que tem sido a cobertura da Lava Jato que a grande mídia nos apresenta todos os dias.

Já o Jornal Nacional apresenta basicamente reportagens, sem peças de opinião explícita. Anotamos 59 manchetes sobre a operação, que correspondem às chamadas de abertura do jornal.

MERGULHANDO NAS MANCHETES

Com a finalidade de confirmar alguns das hipóteses levantadas pela análise quantitativa empreendida até aqui, fizemos um estudo de todas as manchetes que faziam alguma referência à Lava Jato durante o período de janeiro de 2014 a fevereiro de 2018. Elas somaram 1.036. A partir desse conjunto de manchetes, geramos uma nuvem de palavras com a ajuda de ferramenta disponibilizada pelo website WordClouds. com. Retiramos as palavras Petrobras e Lava Jato, pois elas aparecem bastante, como vermos mais abaixo, e não adicionam significado à nuvem. Vejamos o resultado:

A LAVA JATO E A MÍDIA

Nuvem de palavras: Dilma, Temer, Lula, Cunha, Odebrecht, PF, propina, corrupção, Janot, delação, PT, STF, Senado, Congresso, governo, ex-diretor, doleiro, delator, Moro, Graça, Câmara, Planalto, CPI, PMDB, Aécio, Supremo, políticos, milhões, Dirceu, prisão, preso, Procuradoria, pressão, Renan, esquema, ataca, Vargas, delações, inquérito, TCU, Cabral, caixa, ações, refinaria, decide, recebeu, EUA, compra, prende, defende, admite, Ex-diretor, contas, acusa, crise, obras, TSE, empresas, Doleiro, Palocci, Joesley, ministro, Delator, investigação, Justiça, Governo

Primeiro comecemos pelo contexto semântico geral formado pelas palavras menores que cercam as principais. Tal contexto mistura os seguintes elementos: política, corrupção, processo jurídico e procedimentos policiais. O nome mais citado é o da ex-presidenta Dilma Rousseff, que aparece 111 vezes nas manchetes. É preciso notar que Dilma foi afastada do governo há mais de ano e meio e que todas essas referências são do tempo em que ainda era presidente. Ou seja, ela sofreu uma massacrante associação à Lava Jato durante o período em que moviam campanha para removê-la da presidência, ainda que não se tenha produzido qualquer evidência de seu envolvimento com práticas de corrupção na empresa petrolífera. Lula, segundo lugar em ocorrências nas manchetes (96), é outro que foi insistentemente associado ao escândalo da Petrobras sem que evidências concretas tenham sido produzidas para tal, a não ser que tomemos as ilações presentes na sentença de Moro como algum tipo de prova. Temer é o terceiro personagem mais frequente (87) e grande parte de suas manchetes advém do período posterior à denúncia de Joesley. Enquanto isso, Aécio Neves, que acumulou várias acusações de corrupção em delações da Lava Jato em 2016 e 2017 e também foi delatado por Joesley Batista, recebeu somente 17 menções.

Ainda no âmbito da política, o PT lidera entre os partidos, tendo 3,5 vezes mais ocorrências que o PMDB. Enquanto um tem 64, o outro tem somente 18. Isso é digno de nota uma vez que Temer e Cunha aparecem bastante nas manchetes, mas nem sempre associados a seu partido. O PSDB então acumula somente 5 menções. Ou seja, essas mídias demonstram uma predileção por citar o nome do PT em notícias negativas, geralmente associado à corrupção.

Logo em seguida ao núcleo político, formado por políticos e pelo PT, temos o núcleo das instituições de justiça. Primeiro vem o STF (58), em seguida Polícia Federal (54) e o então Procurador Geral da República Rodrigo Janot (49), que somando às 11 ocorrências do Ministério Público coloca essa instituição com 60 ocorrências, marca impressionante que se aproxima bastante da do PT, ainda que com sentidos diametralmente opostos: o partido aparece como grande responsável pela corrupção do sistema político, enquanto os procuradores são apresentados como profissionais competentes engajados na defesa do interesse público. Isolado, com 33 ocorrências, aparece o juiz Sergio Moro.

CONCLUSÃO

Como demonstramos neste texto, a cobertura jornalística da política brasileira nos últimos quatro anos tem se dado sob o signo da Operação Lava Jato. Essa é a cobertura da política como corrupção, sua redução ao processo penal, aos procedimentos de investigação, à lógica da ciência criminal. Mas tal redução da política à corrupção não foi feita de maneira indiscriminada. Dilma, Lula e o PT foram seus alvos prioritários. Se há indícios de financiamento ilegal de campanha levantados pelas investigações, esses indícios atingem vários partidos e não somente o PT. Se há envolvimento de políticos em práticas de corrupção na estatal do petróleo, eles pertencem a vários partidos. Por que será então que Dilma e Lula tornaram-se alvos preferenciais do noticiário da Lava Jato?

Os dados analisados mostram também que após um período de trégua, a cobertura da Lava Jato se voltou também contra Temer, mantendo alta a intensidade de associação de seu nome a esse escândalo de corrupção. Isso mostra que a grande mídia e a Operação têm algum grau de autonomia em relação ao grupo político que articulou o *impeachment* de Dilma.

Voltemos então à pergunta fundamental colocada no início deste capítulo: qual o impacto da Lava Jato na grande mídia? Nossa resposta, como ficou claro ao longo do texto, é que não se trata somente de mais um escândalo de corrupção, como tantos outros que a grande mídia brasileira alimentou. A Lava Jato marca um novo paradigma de relacionamento da mídia com a política em nosso país, que começou a se esboçar durante a cobertura do Mensalão, mas só amadureceu sob a Lava Jato. Esse paradigma se caracteriza por uma maior independência da grande mídia em relação às forças políticas a ela aliadas. No paradigma anterior, estabilizado em torno da competição política entre PT e PSDB, a mídia estava alinhada quase que automaticamente aos tucanos. Uma evidência forte da mudança de paradigma é o fato de que Aécio passou a ter denúncias contra ele estampadas na primeira página dos jornais, ou que mesmo Alckmin tenha finalmente denúncias de corrupção de sua gestão publicadas na grande imprensa. O próprio Temer, bastante blindado depois da posse, foi jogado aos leões pelas mídias do Grupo Globo depois da acusação de Joesley, atitude também adotada pela Folha, após alguma hesitação, mas não pelo Estadão.

Essa independência da mídia em relação às forças políticas, que caracteriza o novo paradigma, foi conquistada por meio de uma associação com as instituições do Sistema de Justiça: Judiciário, Ministério Público e Política Federal. Se por um lado a política é jogada na vala comum da corrupção, e recebe uma cobertura altamente negativa, os atos destes burocratas do Sistema Judicial são relatados em matérias neutras, reforçando o aspecto técnico de suas ações, que assim se alçam à condição de moralmente superiores à política corrompida.

Em outras palavras, o novo paradigma promove um ataque frontal aos Poderes da República que dependem do voto popular, Executivo e Legislativo, e a glorificação da burocracia judicial, essa escolhida por meio de procedimentos corporativos bastante isolados da escolha do povo. Mas aqui reside uma ironia, pois se tais burocratas têm um poder institucional derivado diretamente dos seus cargos, a legitimidade e força de seus atos é inteiramente dependente da promoção midiática. Em outras palavras, sem a mídia, Sérgio Moro provavelmente teria suas sentenças e ações abusivas refreadas pelas instâncias de controle do Poder Judiciário (Tribunal Regional, STJ, STF e CNJ), ou o procurador Dallagnol e seus colegas não teriam a petulância de dar coletiva de imprensa para ameaçar o Congresso Nacional quando da votação da lei de abuso de autoridade (PLS n. 280/16). Esses operadores do Direito fazem isso sob o manto protetor das máquinas da imprensa nacional, que os apoiam em uníssono, apresentando-os como salvadores da pátria.

A relação entre grande imprensa e Sistema de Justiça, que funda o novo paradigma, é mutualista. Por meio dela, ambos se empoderam. Os parceiros são na verdade bastante assimétricos. O Sistema de Justiça tem poder de fato, ou seja, tem a capacidade de fazer suas ordens cumpridas, mas é incapaz de se comunicar diretamente com o povo, e, portanto, extrair dele legitimidade para suas ações. A mídia, por seu turno, não tem poder de fazer suas ordens serem cumpridas diretamente, mas tem um acesso amplo ao povo e acesso privilegiado às elites, e, portanto, poder de legitimar as ações que notícia.

Essa associação perversa entre mídia e instituições judiciais hoje se jacta em ser mais poderosa que a própria política, pois foi capaz de colocá-la de joelhos. Contudo, ela não tem condições de substituir a política, isto é, de tomar o seu lugar. Juízes e promotores cada vez mais legislam, mas de fato não governam. A mídia tampouco tem qualquer capacidade para tal. Ou seja, a política não vai desaparecer. Na verdade, ela é a única esperança de salvação da democracia em nosso país. Mas para que isso seja feito é preciso domar ambos parceiros da relação mutualista: submeter a mídia a uma regulação democrática e o Judiciário e particularmente o Ministério Público a procedimentos de revisão e controle. É um trabalho oceânico, mas nós, democratas, não temos outra opção.

REFERÊNCIAS BIBLIOGRÁFICAS

ALDÉ, A.; MENDES, G.; FIGUEIREDO, M. "Tomando partido: imprensa e eleições presidenciais em 2006". *Política e Sociedade*, n. 10, pp. 153-172, 2007.

BIROLI, F.; MANTOVANI, D. "A parte que me cabe nesse julgamento: a Folha de S. Paulo na cobertura ao processo do 'mensalão'". *Opinião Pública*, vol. 20, n. 2, pp. 204-218, Agosto, 2014.

BUTLER, I.; DRAKEFORD, M. *Scandal, social policy and social welfare*. Bristol: The Policy Press, 2005.

FERES JÚNIOR, J.; SASSARA, L. D. O. "Corrupção, escândalos e a cobertura midiática da política". *Novos Estudos – CEBRAP*, vol. 35, n. 2, pp. 205-225, 2016a.

_____. "O terceiro turno de Dilma Rousseff". *Saúde em Debate*, vol. 40, pp. 176-185, 2016b.

_____. "Failed Honeymoon: Dilma Rousseff's Third Election Round". *Latin American Perspectives*, vol. 45, n. 3, pp. 224-235, 2018.

FREITAS, J. D. "Um dia, um país". *Folha de S. Paulo*. São Paulo, 2014.

JACOBSEN, K. "A cobertura da mídia impressa aos candidatos nas eleições de 2006". *In*: LIMA, V. A. D. (coord.). *A mídia nas eleições de 2006*. São Paulo: Perseu Abramo, 2007, pp. 31-64.

KERCHE, F. B. *Virtude e limites:* autonomia e atribuições do Ministério Público no Brasil. São Paulo: EDUSP, 2009.

KUCINSKI, B. "O ataque articulado dos barões da imprensa: A mídia na campanha presidencial de 1989". *In*: KUCINSKI, B. (coord.). *A síndrome da antena parabólica:* ética no jornalismo brasileiro. São Paulo: Perseu Abramo 1998, pp. 105-114.

MIGUEL, L. F. "Mídia e manipulação política no Brasil: a Rede Globo e as eleições presidenciais de 1989 a 1998". *Comunicação & Política*, vol. VI, n. 2-3, pp. 119-138, 1999.

MIGUEL, L. F.; BIROLI, F. "Meios de comunicação de massa e eleições no Brasil: da influência simples à interação complexa". *Revista USP*, vol. 90, pp. 74-83, junho/agosto 2011.

PUGLISI, R.; JR., J. M. S. "Newspaper Coverage of Political Scandals". *The Journal of Politics,* vol. 73, n. 3, pp. 931-950, 2011.

RUBIM, A. A. "Ética da política e ética na política nas eleições de 2006". *In:* LIMA, V. A. (coord.). *A mídia nas eleições de 2006.* São Paulo: Perseu Abramo, 2007, pp. 159-168.

SADEK, M.T.A.; FAISTING, A. L. *O sistema de justiça.* São Paulo: Sumaré, 1999.

SOUZA, D. P. D. "Caso Abílio Diniz: libertação do empresário, produção da opinião pública e promulgação da Lei de Crimes Hediondos". *VII Encontro Nacional de Pesquisadores em Jornalismo,* 2009.

THOMPSON, J. B. *Political scandal:* power and visibility in the media age. Cambridge: Polity Press/Blackwell, 2000.

LAVA JATO: ESCÂNDALO POLÍTICO E OPINIÃO PÚBLICA

ÉRICA ANITA BAPTISTA
HELCIMARA DE SOUZA TELLES

INTRODUÇÃO

O objetivo deste capítulo é avaliar o impacto da cobertura que a mídia faz da Operação Lava Jato na percepção da opinião pública sobre a corrupção e a política como um todo.

A corrupção está no rol dos problemas que mais atentam contra a qualidade dos serviços públicos, afetando diretamente a qualidade de vida dos cidadãos, além de poder comprometer a confiança dos cidadãos na representação política, podendo erodir dessa forma a legitimidade e consequente estabilidade do regime democrático.[1] As práticas corruptas têm ocorrência observada em países democratas, a despeito do grau de seu desenvolvimento econômico.[2] Recentemente no Brasil, um caso

---

[1] MOISÉS, José Álvaro. "Corrupção Política e Democracia no Brasil Contemporâneo". *Revista Latino – Americana de Opinión Pública*: investigación social aplicada, vol. 1, n. 0, pp. 103-124, 2010.

[2] JOHNSTON, Michael. *Syndromes of Corruption*: wealth, power, and democracy. Cambridge: Cambridge University Press, 2005.

de corrupção envolvendo a estatal Petrobras ganhou grandes proporções – Operação Lava Jato – e deixou a marca de ser o maior caso de corrupção investigado até então no país.

Atualmente, o tema da corrupção tem destaque e repercussão nos meios de comunicação. As mídias são importantes fontes de informação para os cidadãos e muitas pesquisas[3] reafirmam os altos índices de confiança nos meios de comunicação, sobretudo na América Latina. Diversas pesquisas revelam que a cobertura da mídia, a partir de seus modos operatórios, pode condicionar a percepção do fenômeno, o que muitos autores denominaram como "indústria midiática do escândalo".[4]

Este texto é um dos produtos de convênio firmado entre a Universidade Federal de Minas Gerais (UFMG), o Centro de Investigação Media e Jornalismo (CIMJ) da Universidade Nova de Lisboa e a Universidade de Moçambique para a realização de estudos sobre a representação e a percepção da corrupção a partir da cobertura da mídia, cujo título é "Cobertura Jornalística da corrupção Política: uma perspectiva comparada".[5]

Investigamos como a Operação Lava Jato foi percebida pelos cidadãos brasileiros, bem como suas repercussões na opinião pública durante uma parte do governo Dilma Rousseff, de março de 2014 a junho de 2016. O período escolhido se justifica pelo início das investigações acerca do caso da Lava Jato (março de 2014) até o *impeachment* da ex-presidenta Dilma Rousseff (agosto de 2016).

Utilizamos os dados das pesquisas produzidas no âmbito do projeto supramencionado para observarmos a cobertura midiática do escândalo

---

[3] A exemplo das sondagens do Latinobarômetro e LAPOP.

[4] HEIDENHEIMER, A.; JOHNSTON A. J.; LEVINE, V. *Political Corruption*. New Brunswick, N.J.: Transaction Publishers, 1989; THOMPSON, John B. *O escândalo político*: poder e visibilidade na era da mídia. Tradução Pedrinho A. Guareshi. Petrópolis: Vozes, 2002.

[5] Em Portugal, o projeto "Cobertura Jornalística da corrupção Política: uma perspectiva comparada" é liderado pela professora Isabel Ferin Cunha, da Universidade de Coimbra, e no Brasil, o projeto "A representação da corrupção nos media e nas redes sociais" é coordenado pela professora Helcimara Telles da UFMG.

da Lava Jato. Os dados se referem a uma análise de conteúdo das revistas Carta Capital, Época, Isto É e Veja[6], a partir de categorias que contemplam: casos de corrupção na capa; casos de corrupção nas edições completas, atores, instituições e ilícitos. Os dados foram trabalhos de modo a observamos a recorrência e a frequência das categorias mencionadas. O período de análise é o mesmo estipulado acima.

Em seguida, analisamos dados sobre a percepção da opinião pública sobre a corrupção e sobre a política, a avaliação da ex-presidenta Dilma Rousseff, partidarismo e a avaliação de atores como o ex-presidente Lula e o juiz Sérgio Moro, utilizando dados de uma pesquisa realizada pelo grupo Opinião Pública em Belo Horizonte, em abril de 2016[7], e outras fontes de dados como estudos produzidos pelo Datafolha, Ibope e Latinobarômetro.

Assim, intencionamos discutir a corrupção política, as questões relativas ao escândalo político midiático e a cobertura midiática da corrupção e a relação entre opinião pública e percepção da corrupção.

CORRUPÇÃO E SUA PERCEPÇÃO

A despeito do grau de desenvolvimento econômico, a corrupção é verificada em diversos países, em maior ou menor grau.[8] É um dos principais problemas no Brasil e na América Latina, especialmente a partir do processo de redemocratização, nos anos 80. Alguns casos ganharam destaque e visibilidade nos governos de Carlos Menem e Néstor Kirchner, na Argentina; José López Portillo e Carlos Salinas de

---

[6] De acordo com o Instituto Verificador de Circulação (2016), a revista Veja ocupa o primeiro lugar média de exemplares vendidos, seguida pela Época e Isto É, e a Carta Capital ocupa a quarta posição.

[7] Pesquisa de opinião realizada pelo Grupo Opinião Pública da Universidade Federal de Minas Gerais, coordenado pela professora Helcimara Telles, do Departamento de Ciência Política.

[8] CASAS, D. P. M.; ROJAS, H. "Percepciones de corrupción y confianza institucional". In: ROJAS, Hernando et al. *Comunicacion y cidadania*. Bogotá: Universidade de Externado, 2011.

Gortari, no Equador; Alberto Fujimori no Peru; e Rafael Caldera, na Venezuela.[9] No Brasil, podemos citar o caso do ex-presidente Fernando Collor que culminou em seu *impeachment* em 1992. Collor foi denunciado por seu irmão, Pedro Collor, por formar uma sociedade ilegal com o falecido empresário e seu tesoureiro de campanha, Paulo César Farias (PC Farias), que era responsável por intermediar as transações financeiras fraudulentas do ex-presidente -- ele ocultava a identidade de quem contratava os serviços, o que é popularmente conhecido como "testa de ferro". Mais tarde, em 2005, foi denunciado um esquema de compra de votos de parlamentares no Congresso Nacional, que ficou conhecido como Mensalão. O caso foi julgado em 2012.

Recentemente, o Brasil vive um caso de corrupção, a Operação Lava Jato, que se trata de uma investigação conduzida pela Polícia Federal (PF) relativa a um esquema de corrupção envolvendo a estatal Petrobras. A magnitude e a importância do caso decorrem dos altos valores envolvidos, do tempo e, sobretudo, da natureza dos implicados, uma vez que envolve agentes públicos e privados.

Ainda que tenhamos muitos casos para citar, definir o conceito de corrupção é um entrave e evidencia a complexidade do tema. Esbarramos em questões econômicas, políticas, legais, sociais e culturais que, podendo ser próprias de cada lugar, dificultam uma definição mais geral do que seria a corrupção, ou seja, uma sociedade pode não considerar as mesmas regras de ilícito que outra. Entretanto, ainda que não tenhamos um consenso teórico estrito acerca do que seria corrupção[10], ela pode ser entendida como o uso inadequado da autoridade e abuso do poder para benefício próprio, em detrimento do bem-estar da maioria.

Se inexiste, a rigor, uma definição clara e geral da corrupção enquanto prática, também não podemos dizer que seja possível mensurar

---

[9] MOISÉS, José Álvaro. "Corrupção Política e Democracia no Brasil Contemporâneo". *Revista Latino – Americana de Opinión Pública*: investigación social aplicada, vol. 1, n. 0, pp. 103-124, 2010.

[10] FILGUEIRAS, Fernando. *Corrupção, democracia e legitimidade*. Belo Horizonte: Editora UFMG, 2008.

diretamente a percepção que os cidadãos têm de sua ocorrência. O que nos leva a recorrer a medidas indiretas, entre elas, a percepção da corrupção.

Dentre as várias possibilidades de se mensurar indiretamente a corrupção, uma é a observação da cobertura midiática. Isso porque, é considerável o índice de confiança dos cidadãos nos meios de comunicação, como sugerido em diversas pesquisas, assim como é alto o número de pessoas que têm na mídia sua principal fonte de informação. De acordo com o Edelman Trust Barometer[11], entre os anos de 2012 e 2018, a confiança dos brasileiros na mídia esteve em níveis mais elevados do que no Governo.[12]

Casas e Rojas[13] distinguem "corrupção" e "percepção da corrupção". Os autores sustentam que a percepção da corrupção é fundamental, pois explica a sensação que os cidadãos têm na interpretação do seu entorno. Por outro lado, a percepção está mediada por uma série de fatores que vão mais além das experiências pessoais de quem percebe seu entorno, como idade, gênero, atitudes políticas, comunicação interpessoal e meios de comunicação.[14]

O ESCÂNDALO POLÍTICO DA LAVA JATO NA IMPRENSA

Nosso pressuposto é o de que a corrupção é mais facilmente percebida pelos cidadãos quando tratada pelo viés escândalo midiático.

---

[11] Edelman Trust Barometer. 2018. Série histórica. Pesquisa realizada em 28 países, com 1150 entrevistados por país. Margem de erro de 2.9 para mais ou para menos, por país. Disponível em https://cms.edelman.com/sites/default/files/2018-01/2018%20Edelman%20Trust%20Barometer%20Global%20Report.pdf.

[12] Vale ressaltar que esse número chegou a 54% em 2016 e sofreu redução para 48% em 2017 e 43% na última sondagem de 2018, o que muitos especialistas atribuem ao aumento das chamadas fake News nos sites de redes sociais.

[13] "Percepciones de corrupción y confianza institucional". *In*: ROJAS, Hernando *et al. Comunicacion y cidadania*. Bogotá: Universidade de Externado, 2011.

[14] CASAS, D. P. M.; ROJAS, H. "Percepciones de corrupción y confianza institucional". *In*: ROJAS, Hernando *et al. Comunicacion y cidadania*. Bogotá: Universidade de Externado, 2011.

Um acontecimento que rompe normas, códigos ou valores que regulam as relações pessoais, políticas, econômicas etc., e ganha divulgação pública, pode ser classificado como escândalo, independentemente de sua natureza ser política, midiática, sexual etc.

A emergência dos meios de comunicação alterou as relações entre os campos político e midiático. Como pondera Castro[15], a mídia surgiu como um recurso de publicização, incentivando o debate e destacando a visibilidade, deixando em relevo os atos do poder. Lima[16], por sua vez, afirma que os escândalos midiáticos encontram lugar em um cenário em que se tem uma combinação entre jornalismo investigativo e tecnologias de informação e comunicação, além do crescimento da mídia de massa.

O escândalo político exprime a luta pelo poder simbólico e a mídia revela os acontecimentos previamente silenciados. A exposição dos escândalos políticos na mídia e a sua repercussão não são secundários, mas sim constituem o próprio caso. E como ressalta Thompson[17], o escândalo político midiático é desencadeado pela mídia e na mídia. A mídia pode definir o que é público e, mais ainda, opera na constituição do "evento público".[18] E como parte do evento público, o escândalo também é importante para a mídia, na medida em que é capaz de atrair as audiências.[19]

O escândalo também tem em sua origem a ideia de causar a reprovação social e talvez essa seja sua reação mais "eficiente".[20] E sobre seu alcance, mais que atrair audiência, também pode ser um recurso com

---

[15] CASTRO, M. C. P. *Mídia e política*: controversas relações. *In*: INÁCIO, M., NOVAIS, R., ANASTASIA, F. (coord.), *Democracia e referendo no Brasil*. Belo Horizonte: UFMG, 2006.

[16] *Mídia*: crise política e poder no Brasil. São Paulo: Editora Perseu Abramo, 2006.

[17] *O escândalo político*: poder e visibilidade na era da mídia. Tradução Pedrinho A. Guareshi. Petrópolis: Vozes, 2002.

[18] LIMA, Venício. *Mídia*: crise política e poder no Brasil. São Paulo: Editora Perseu Abramo, 2006.

[19] ALDÉ, Alessandra; VASCONCELOS, Fábio. "Ao Vivo, de Brasília: escândalo político, oportunismo midiático e circulação de notícias". *Revista de Ciências Sociais*, vol. 39, p. 61-69. Fortaleza. 2008.

[20] SANCHÉZ, Fernando J. "Posibilidades y límites del escándalo político como una forma de control social". *Reis*, n. 66, pp. 7-36, 1994.

fins estratégicos e pode ser utilizado, por exemplo, para desmoralizar uma figura pública ao mesmo tempo em se favorece outra.

"O desenvolvimento temporal do escândalo midiático também depende de outras instituições, como a justiça e instituições políticas e até policiais. Tal escândalo possui um começo e um fim e se desenrola como uma novela, acompanhada por ávidos espectadores, ou como um folhetim, consumido freneticamente por leitores que acompanham todas as etapas da 'história'. O término do escândalo pode implicar uma confissão, uma resignação, um inquérito oficial e um julgamento. Também existe a possibilidade de este escândalo desaparecer gradualmente da mídia, quando passar a não mais despertar o interesse público".[21]

Thompson[22] afirma que o escândalo está fortemente atrelado às práticas corruptas e, para muitos, são conceitos até mesmo interligados. Ainda que, como pondera Sanchéz[23], nem todo escândalo trata de um caso de corrupção, do mesmo modo que nem toda prática corrupta torna-se, eventualmente, um escândalo. De acordo com Thompson[24], a corrupção se torna um escândalo quando sua prática é divulgada e aqueles que não estão envolvidos precisam estar convencidos de que se trata de uma prática condenável.

Neste capítulo trabalhamos com o escândalo da Lava Jato e com outo acontecimento paralelo, o processo de *impeachment* de Dilma Rousseff[25], que foi afastada de seu cargo pelo Congresso Nacional em

---

[21] CHAIA, Vera Lucia M. "Escândalos políticos e eleições no Brasil". *VI Congresso da Associação Brasileira de Pesquisadores em Comunicação e Política (VI COMPOLÍTICA)*, Rio de Janeiro, 22 a 24 de abril de 2015, p. 5.

[22] *O escândalo político*: poder e visibilidade na era da mídia. Tradução Pedrinho A. Guareshi. Petrópolis: Vozes, 2002.

[23] SANCHÉZ, Fernando J. "Posibilidades y límites del escándalo político como una forma de control social". *Reis*, n. 66, pp. 7-36, 1994.

24 *O escândalo político*: poder e visibilidade na era da mídia. Tradução Pedrinho A. Guareshi. Petrópolis: Vozes, 2002.

25 As acusações ao governo Dilma Rousseff tratavam do não cumprimento da lei orçamentária e pela lei de improbidade administrativa. A Câmara dos Deputados votou em 17 de abril de 2016 pela instauração do processo de *impeachment* da então presidenta Dilma Rousseff: 367 votos a favor e 137 contra, e 7 abstenções. Em 12 de maio do mesmo ano, o Senado aprovou, por 55 votos a favor e 22 contra (sem abstenções), a

2016. Os dois casos se imbricaram nas opiniões dos cidadãos sobre a política e sobre os atores políticos.

Gráfico 1
Posição política da mídia brasileira (2016)

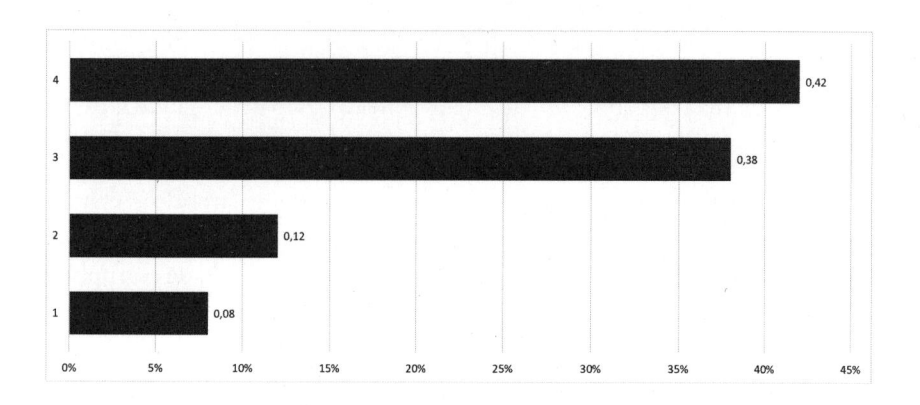

Categoria	Valor
4	0,42
3	0,38
2	0,12
1	0,08

Fonte: Pesquisa Grupo Opinião Pública (2016).[26] Belo Horizonte, abril de 2016

O gráfico 1 demonstra a percepção dos entrevistados com relação ao posicionamento político da mídia brasileira, na cidade de Belo Horizonte, em abril de 2016[27], poucos dias antes da votação na Câmara

---

admissibilidade do processo de *impeachment* de Dilma Rousseff que foi, então, afastada do mandato por 180 dias. O então vice-presidente, Michel Temer, assumiu interinamente, até a conclusão do processo. Em 31 de agosto, o *impeachment* de Dilma Vana Rousseff foi formalizado, com a cassação do mandato sem a perda dos direitos políticos.

[26] P. O Sr. acha que, de modo geral, a mídia/meios de comunicação brasileiros?

[27] Pesquisa de opinião realizada pelo Grupo de Opinião Pública, da Universidade Federal de Minas Gerais. Foram realizadas 801 entrevistas, entre 12 a 14 de abril de 2016, em Belo Horizonte. A margem de erro é de 3 pontos percentuais para mais ou para menos e o intervalo de confiança é de 95%.

dos Deputados pela instauração do processo de *impeachment* de Dilma. No entanto, esses dados fazem mais sentido quando observamos que entre os que se informam sobretudo por revistas, 60% dos entrevistados afirmam ler a revista Veja. Entre aqueles expostos à televisão, 64% indicam a Rede Globo como fonte de informação. Assim, quando respondem perceber que a mídia tende a fazer oposição ao governo (42%) ou que a mídia tende à imparcialidade (38%), boa parte dos entrevistados têm esses meios de comunicação em mente.

A análise das revistas foi feita a partir de uma amostra aleatória que resultou em 186 edições. Com relação à recorrência do tema da corrupção nas publicações, tem-se o seguinte resultado:

Gráfico 2
Notícias sobre corrupção por ano – 2014 a 2016 (%)

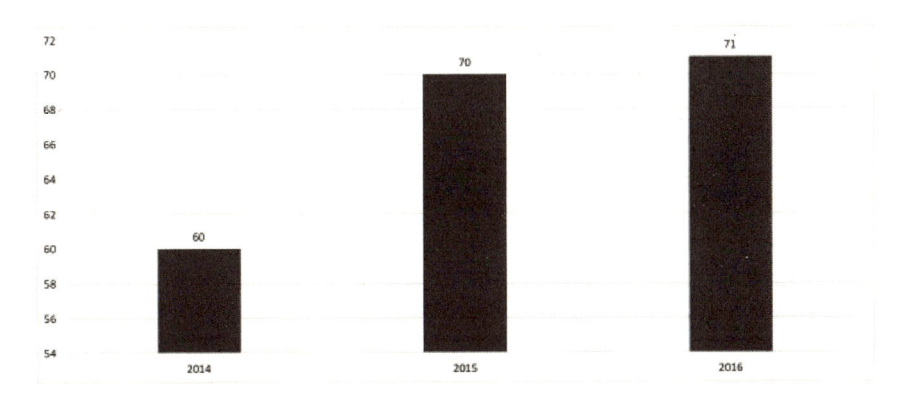

Ano	%
2014	60
2015	70
2016	71

Fonte: Baptista (2017).

No gráfico 2, observa-se como a corrupção foi evoluindo como tema nas notícias. Sobretudo nos anos de 2015 e 2016, quando as investigações sobre a Lava Jato aumentaram. O caso de corrupção envolvendo a Petrobras foi, sem dúvida, o tema que mais repercutiu nas revistas, sendo destaque em 40,3% das capas do total das 186 edições analisadas. Em outras palavras, a operação foi o tema prioritário sobre corrupção no período analisado.

Tabela 1
Principais atores mencionados (2014 a 2016)

Atores	%*
Lula da Silva	30,8
Paulo Roberto Costa	26,0
Dilma Rousseff	25,2
Alberto Youssef	21,9
Total	123 notícias

* % em relação às notícias sobre a corrupção
Fonte: Baptista (2017).

Na tabela 1 apresentamos os quatro atores com mais menções – quando implicados ou associados à corrupção – nas edições analisadas. É interessante notar que o primeiro nome citado é o de Lula da Silva e o terceiro, de Dilma Rousseff. A essa altura, ambos não tinham envolvimento formal tampouco eram acusados no caso da Petrobras. O mesmo não ocorria com o ex-diretor de abastecimento da Petrobras, Paulo Roberto Costa e o doleiro Alberto Youssef, os primeiros envolvidos no caso. Destacamos, também, a ausência de nomes do setor privado.

A Lava Jato é um caso de corrupção que envolve tanto os setores públicos quanto os privados. Optamos por relacionar aqui as empresas com mais menções nas revistas pesquisadas.

Tabela 2
Principais instituições privadas relacionadas – 2014 a 2016

	%
Construtora OAS	70
Construtora UTC	65
Construtora Odebrecht	55,1
Andrade Gutierrez	40,2
Camargo Correia	45
Galvão Engenharia e Queiroz Galvão	35,7
Engevix Engenharia	26,4
Toyo Setal	10,2

Fonte: Baptista (2017).

As principais empresas citadas são empreiteiras envolvidas na Lava Jato. Contudo, como destacamos, entre os atores com mais menções não estão presentes os nomes dos empresários, mas apenas referências ao setor quando são mencionadas as instituições. Assim, ainda que a Lava Jato percorra os setores público e privado, o que nos parece é que a cobertura midiática enquadra o ator político como culpado, uma carga que não tem o mesmo peso quando são noticiados os demais envolvidos do setor privado. Nesse sentido, o escândalo ganha mais força, na medida em que é mais atrativo atribuir à classe política um comportamento que a sociedade reprova.

Tabela 3
Confiança nas instituições brasileiras (%)

	2013	2014	2015	2016	2017
Corpo de bombeiros	77	73	81	83	86
Igrejas	66	66	71	67	72
Polícia Federal	-	-	-	66	70
Forças armadas	64	62	63	65	68
Escolas públicas	47	56	57	56	63
Meios de comunicação	56	54	59	57	61
Bancos	48	50	49	50	59
Empresas	51	53	53	55	58
Polícia	48	48	50	52	57
Organizações da sociedade civil	49	51	53	52	56
Ministério público	-	-	-	54	54
Poder judiciário	46	48	46	46	48
Sindicatos	37	43	41	40	44
Sistema público de saúde	32	42	34	34	41
Governo da cidade onde mora	41	42	33	32	38
Eleições / Sistema Eleitoral	41	43	33	37	35
Governo Federal	41	43	30	36	26
Congresso Nacional	29	35	22	22	18
Partidos políticos	25	30	17	18	17
Presidente da República	42	44	22	30	14

Fonte: Ibope.[28]

A tabela 3 nos ajuda nessa discussão. Se observarmos, a confiança dos cidadãos nas empresas é maior do que em importantes instituições

---

[28] Levantamento anual realizado com 2002 entrevistados, em 140 municípios. Intervalo de confiança de 95% e margem de erro de dois pontos percentuais para mais ou para menos. Disponível em http://www.ibopeinteligencia.com/arquivos/ICS%202017.pdf.

políticas, sobretudo nas instituições representativas. Além disso, a confiança no setor privado aumenta ao longo dos anos de condução da Operação Lava Jato, ou seja, quanto mais o caso avança e mais o setor privado é implicado no esquema de corrupção, mais a confiança dos brasileiros nas empresas aumenta. O mesmo não ocorre com as instituições ligadas à política que, ao contrário, tiveram sua visibilidade aumentada por ocasião da Lava Jato e pela construção do escândalo, e sofreram acréscimo da desconfiança dos cidadãos.

OS EFEITOS DA LAVA JATO NA OPINIÃO PÚBLICA

Na seção anterior, vimos como a Lava Jato repercutiu na imprensa e assumimos que a percepção popular da corrupção pode ser influenciada pela mídia, assim podemos inferir que a tal percepção foi aumentada em função da recorrência do escândalo na cobertura midiática. Nesse sentido, trazemos alguns dados sobre avaliação de governo, identificação partidária, percepção da economia e da situação política do país para discutirmos como o sentimento dos brasileiros sobre a corrupção como um problema vem se alterando ao longo dos anos. Conforme identifica a literatura, a percepção da corrupção pode afetar a avaliação de governo, muito embora esta influência seja mais clara quando a situação da economia é considerada, ou seja, quanto maior for o crescimento econômico melhor tende a ser a avaliação do governo.[29]

---

[29] JACOMO, André. "Contexto econômico e político: determinantes da popularidade presidencial de Fernando Henrique Cardoso e Lula". *V Congreso Uruguayo de Ciencia Política*, Uruguai, 7 a 10 de outubro, 2014; SAMPAIO, Thiago. *Popularidade presidencial. Análise dos microfundamentos do suporte público da presidenta Dilma Rousseff*. 2014. 245f. Tese (Doutorado em Ciência Política) – Programa de Pós-graduação em Ciência Política. Universidade Federal de Minas Gerais. Belo Horizonte, 2014.

Gráfico 3
Principais problemas para os brasileiros (1995 – 2016)

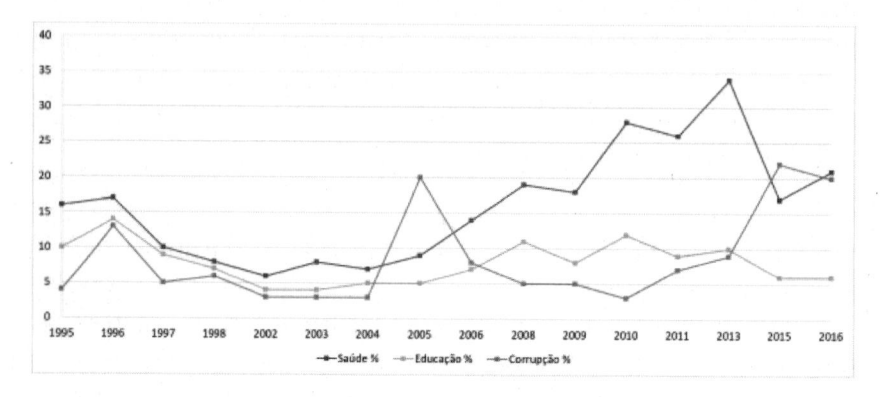

Fonte: Latinobarômetro.[30]

No gráfico 3, observamos as oscilações de três importantes problemas lembrados pelos cidadãos, entre os anos de 1995 e 2016: saúde, educação e corrupção. No primeiro ano avaliado, a percepção da corrupção foi de 4% e no ano seguinte, 1996, houve um salto para 13%. Mesmo com o aumento, a saúde e a educação ainda persistiam como as maiores preocupações dos brasileiros. Não encontramos referências sobre casos de corrupção em 1996 que justificassem o aumento, no entanto, vale ressaltar que foi o ano do falecimento de Paulo César Farias, conhecido como PC Farias, um dos principais atores ligados ao escândalo de corrupção envolvendo o ex-presidente Collor de Melo, que resultou em seu *impeachment* em 1992.

---

[30] P. Em sua opinião, qual você considera o problema mais importante no país? ★Aqui somente: "educação", "saúde" e "corrupção". Série temporal realizada pelo Latinobarômetro. Para a pesquisa de 2016 foram aplicadas 20.204 entrevistas, face a face, em 18 países da América Latina, entre 15 de maio e 15 de junho de 2016, com amostras representativas de 100% da população nacional de cada país, de 1000 a 1200 casos, com margem de erro de cerca de 3% por país. Disponível em http://www.latinobarometro.org/latNewsShow.jsp.

LAVA JATO: ESCÂNDALO POLÍTICO E OPINIÃO PÚBLICA

Nos anos de 1997 e 1998, a percepção da corrupção voltou a registrar baixos níveis, 5% e 6%, respectivamente. Em 2002, o índice foi ainda menor, de 3%, quando ocorreram as eleições presidenciais que encerraram os oito anos de mandato de Fernando Henrique Cardoso (PSDB) e Lula da Silva (PT) saiu-se vitorioso.

Em 2005, a percepção dos cidadãos sobre a corrupção saltou dos 3% para 20%, quando o caso do Mensalão veio a público, ultrapassando a preocupação com a saúde e a educação. No ano seguinte, esse valor foi reduzido para 8%, mesmo com a permanência do Mensalão na cobertura midiática. Além disso, tratou-se de um ano eleitoral e Lula da Silva pleiteava a recondução à presidência, ainda que muitos apostassem que o escândalo de corrupção fosse impedir sua vitória, o que não ocorreu.

Nos anos de 2008 e 2009, o Mensalão parece ter perdido força no debate público e nenhum outro caso de expressão ocorreu. A percepção da corrupção caiu para 5%. Em 2010, ano de eleições presidenciais, a preocupação com a corrupção foi relatada por apenas 3% dos brasileiros. Interessante observar que neste ano, o Caso Erenice Guerra[31] repercutia na imprensa, porém, não com o mesmo alcance que o Mensalão.

Em 2013, o gráfico 3 mostra um aumento na percepção da corrupção que, de certo, foi motivado pela onda de protestos ocorridos no Brasil – as chamadas Jornadas de Junho de 2013 – com muitas pautas reivindicadas, entre elas, o combate à corrupção. No ano seguinte, ainda que não tenha havido mensuração na série histórica em questão, mencionamos que foi o início da Operação Lava Jato. Vale notar, contudo que no ano seguinte houve um grande aumento na percepção da corrupção (22%), superando o percentual da saúde. Em 2016, ainda que a saúde tenha retornado ao topo da preocupação dos cidadãos, a corrupção ainda permaneceu com altos índices, praticamente empatada com ela em 20%.

---

[31] Israel Guerra, filho da ex-Ministra da Casa Civil, Erenice Guerra, estava envolvido em denúncias de tráfico de influências.

PERCEPÇÃO DA OPINIÃO PÚBLICA SOBRE A POLÍTICA E A CORRUPÇÃO EM BELO HORIZONTE

Na pesquisa realizada em 2016, em Belo Horizonte, os entrevistados confirmaram a corrupção como principal problema.

Gráfico 4

Principal problema do Brasil (2016)

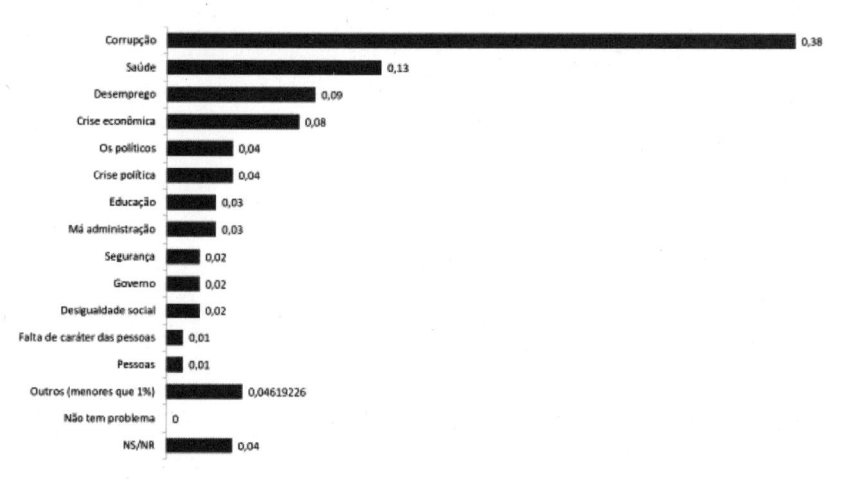

Categoria	Valor
Corrupção	0,38
Saúde	0,13
Desemprego	0,09
Crise econômica	0,08
Os políticos	0,04
Crise política	0,04
Educação	0,03
Má administração	0,03
Segurança	0,02
Governo	0,02
Desigualdade social	0,02
Falta de caráter das pessoas	0,01
Pessoas	0,01
Outros (menores que 1%)	0,04619226
Não tem problema	0
NS/NR	0,04

Fonte: Pesquisa Grupo Opinião Pública[32]

No gráfico 4, observa-se que os entrevistados parecem desvincular o tema da corrupção de outros atores e situações aos quais são comumente associados, como a classe política, que registrou apenas 4% diante dos 38% da corrupção.

---

[32] P. Em sua opinião, qual o principal problema do Brasil?

Gráfico 5
Percepção da corrupção – % (2016)

0.98	0.02

■ Sim   ■ Não

Fonte: Pesquisa Grupo Opinião Pública[33]

E o gráfico 5 confirma a percepção elevada da corrupção pelos cidadãos em 2016. Este ano é importante por confluir dois acontecimentos: os desdobramentos da Lava Jato e o *impeachment* de Dilma Rousseff.

Os efeitos dos escândalos políticos podem ultrapassar os danos nas imagens dos atores envolvidos e resultar em descrença nas instituições (como vimos na seção anterior). Também pode incorrer em desconfiança no governo e na figura do governante, o que se torna mais um obstáculo na avaliação da opinião pública. Acrescentamos a esse cenário a circulação da informação negativa sobre a política que pode, em último caso, resultar em uma percepção desfavorável sobre os atores e instituições, conduzindo os indivíduos a um sentimento de cinismo e desmobilização no conjunto de efeitos negativos da mídia, o chamado *media malaise* ou mal-estar midiático.[34]

---

[33] P. O Sr percebe que a corrupção está presente no Brasil?
[34] NEWTON, Kenneth. "Mass media effects: mobilization or media malaise?". *British Journal of Political Science*, vol. 29, n. 4, 1999.

Gráfico 6
Avaliação de Dilma Rousseff – % (2016)

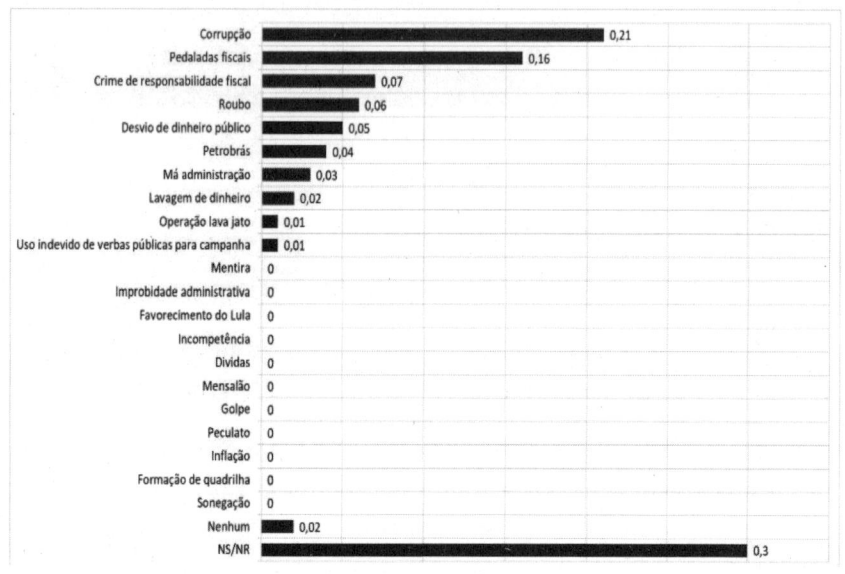

	%
Corrupção	0,21
Pedaladas fiscais	0,16
Crime de responsabilidade fiscal	0,07
Roubo	0,06
Desvio de dinheiro público	0,05
Petrobrás	0,04
Má administração	0,03
Lavagem de dinheiro	0,02
Operação lava jato	0,01
Uso indevido de verbas públicas para campanha	0,01
Mentira	0
Improbidade administrativa	0
Favorecimento do Lula	0
Incompetência	0
Dividas	0
Mensalão	0
Golpe	0
Peculato	0
Inflação	0
Formação de quadrilha	0
Sonegação	0
Nenhum	0,02
NS/NR	0,3

Fonte: Pesquisa Grupo Opinião Pública[35]

Sobre Dilma Rousseff, as opiniões convergem a um tom bastante negativo (Gráfico 6), quando os entrevistados associam sua imagem aos crimes de corrupção, das chamadas pedaladas fiscais e de responsabilidade fiscal, que seria o nome próprio das pedaladas e aparecem em terceiro lugar. Ressalta-se nesse resultado, que a maior parte dos entrevistados associava a imagem de Dilma à corrupção, lavagem de dinheiro, Petrobras, Improbidade administrativa etc., e não às pedaladas fiscais (16%) que foram, de fato, a justificativa formal para seu *impeachment*. Na seção anterior, vimos, ainda, como o nome de Dilma circulou nas notícias relacionadas à Lava Jato, a despeito de ela não ter sido judicialmente envolvida.

---

[35] P. A Câmara dos Deputados irá votar o pedido de *impeachment* da presidenta Dilma nos próximos dias. O Sr(a) sabe de qual crime ela é acusada?

Gráfico 7
Avaliação da situação política do país e da economia – % (2016)

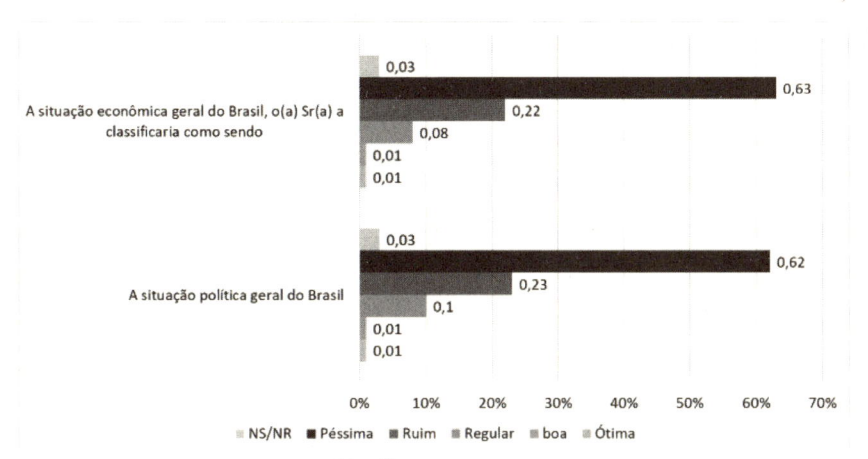

A situação econômica geral do Brasil, o(a) Sr(a) a classificaria como sendo
- NS/NR: 0,03
- Péssima: 0,63
- Ruim: 0,22
- Regular: 0,08
- boa: 0,01
- Ótima: 0,01

A situação política geral do Brasil
- NS/NR: 0,03
- Péssima: 0,62
- Ruim: 0,23
- Regular: 0,1
- boa: 0,01
- Ótima: 0,01

Fonte: Pesquisa Grupo Opinião Pública[36]

Como mostra o gráfico 7, a maior parte das pessoas entrevistadas em Belo Horizonte consideraram a situação da economia no Brasil como ruim (22%) ou péssima (63%). E seguindo o mesmo o tom negativo de avaliação, também julgaram como ruim (23%) ou péssima (62%) a situação política do país. Os gráficos são praticamente espelhados. O público pode, eventualmente, punir um governo nas avaliações e nas urnas quando a performance econômica não é considerada satisfatória.[37]

---

[36] P. Falando agora sobre administrações, você avalia como?
[37] BAPTISTA, Érica Anita. *Corrupção e opinião pública:* o escândalo da Lava Jato no governo Dilma Rousseff. (Tese) Doutorado em Ciência Política. Programa de Pós-graduação em Ciência Política. Universidade Federal de Minas Gerais, 2017; LEWIS-BECK, M.; PALDAM, M. "Economic voting: an introduction". *Electoral studies*, vol. 19, n. 2, pp. 113-121, 2000.

Gráfico 8
Avaliação de governo – % (2016)

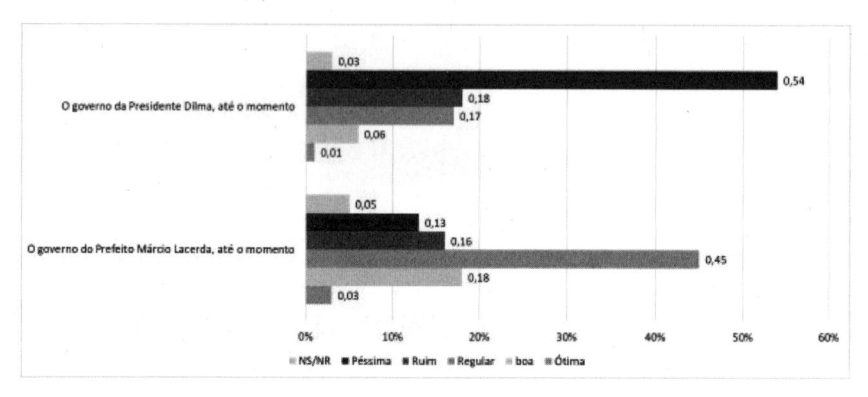

O governo da Presidente Dilma, até o momento: NS/NR 0,03; Péssima 0,54; Ruim 0,18; Regular 0,17; boa 0,06; Ótima 0,01

O governo do Prefeito Márcio Lacerda, até o momento: NS/NR 0,05; Péssima 0,13; Ruim 0,16; Regular 0,45; boa 0,18; Ótima 0,03

Fonte: Pesquisa Grupo Opinião Pública[38]

No gráfico 8, percebe-se que grande parte dos entrevistados classificaram o governo da então presidenta Dilma Rousseff como ruim (54%), entretanto, a avaliação da administração do então prefeito de Belo Horizonte, Márcio Lacerda, foi qualificada como regular pela maioria (45%). Tal relação nos sugere que o estado da economia pode impactar mais a avaliação presidencial, ainda que as administrações locais também sejam castigadas quando não há crescimento do Produto Interno Bruto (PIB), pois as prefeituras dependem de repasse de verbas do Governo Federal.

Gráfico 9
Posicionamento em relação ao *impeachment* de Dilma – % (2016)

Categoria 1: 0,67; 0,27; 0,06

Fonte: Pesquisa Grupo Opinião Pública[39]

---

[38] P: Falando agora sobre administrações, você avalia como?

[39] P: Você é a favor ou contra ao *impeachment* da presidenta Dilma?

Em relação ao *impeachment* de Dilma Rousseff, o gráfico 8 reitera as percepções negativas sobre a então presidenta, uma vez que 67% dos entrevistados belorizontinos concordaram que Dilma deveria ser impedida de continuar seu governo. Quanto a Lula da Silva, quando perguntados sobre a sua relação com o apartamento tríplex e o sítio em Atibaia, ambos no estado de São Paulo, os entrevistados concordaram (70%) que pertencem ao ex-presidente.

Outra imagem igualmente sensibilizada pelo julgamento do público por constantes associações aos escândalos de corrupção foi a do Partido dos Trabalhadores. Na pesquisa nacional realizada pelo Datafolha é possível observar as oscilações na preferência pelo PT ao longo dos anos.

Gráfico 10
Identificação partidária no Brasil: PT – % (1989 – 2016)

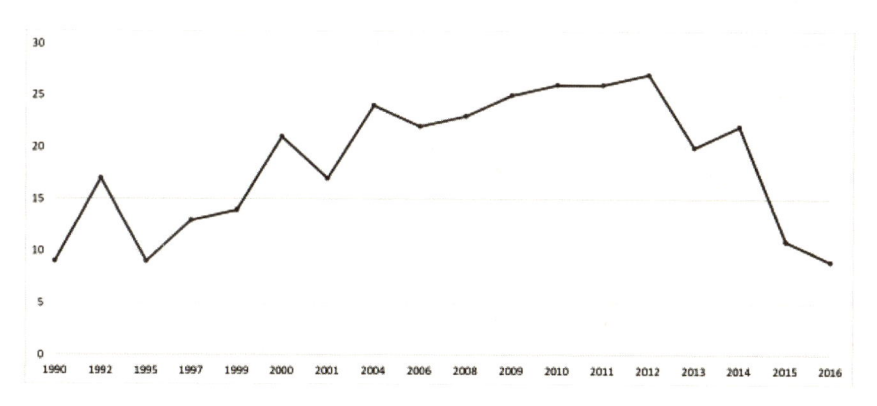

Fonte: Datafolha[40]. Elaborado pelas autoras.

Em 2012, a despeito do julgamento do Mensalão, que implicou diversas figuras importantes do partido, o mesmo manteve um alto nível

---

[40] Série temporal realizada pelo Datafolha. Margem de erro máxima 2 pontos percentuais para mais ou para menos considerando um nível de confiança de 95% Disponível em http://media.folha.uol.com.br/datafolha/2017/06/26/7b9816148d0e227a8453fcfc21b7d410a3a36f87.pdf.

de preferência entre os cidadãos (27%). No ano seguinte, iniciou-se um processo de declínio. Com os protestos de rua das Jornadas de Junho, o PT sofre um declínio na preferência popular e apartidarismo aumenta.

Em 2014, tem início o escândalo da Lava Jato, mas também a acirrada disputa presidencial que ainda garantiu 22% de preferência partidária ao PT. Entretanto, passada a eleição, o partido voltaria a ter um declínio nos índices de preferência popular, provavelmente devido à cobertura negativa que sofria em uma imprensa fortemente focada na Operação Lava Jato. A imagem do PT ainda foi prejudicada ainda mais pelo processo de *impeachment* de Dilma Rousseff. O partido chegou a níveis de preferência inferiores àqueles atingidos durante o escândalo do Mensalão.

Gráfico 11
Preferência partidária – % (2016)

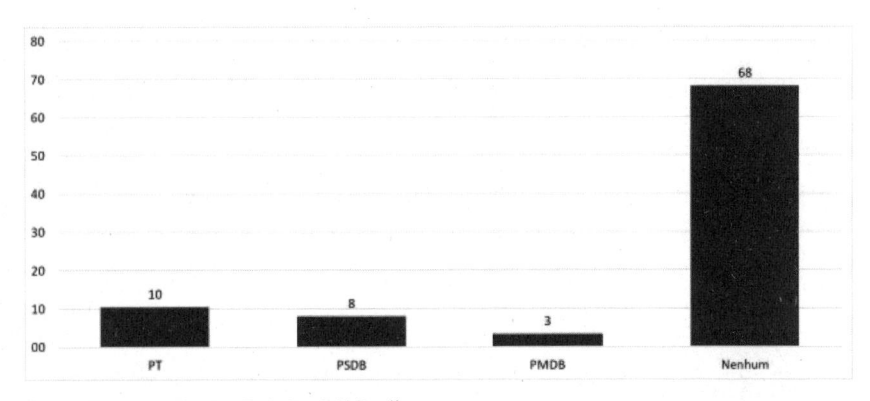

Fonte: Pesquisa Grupo Opinião Pública[41]

Ao retomarmos à pesquisa de Belo Horizonte, os respondentes corroboram os números nacionais, reforçando o cenário de antipetismo criado e o alto índice de pessoas que afirmam não ter preferência partidária, os que se declararam independentes. Aliada a isso, também temos a rejeição dos entrevistados aos partidos, constatada pelas notas baixas dadas às principais legendas.

---

[41] P. O Sr (a) tem preferência ou simpatia por algum partido político? Qual?

Gráfico 12
Notas aos partidos – % (2016)

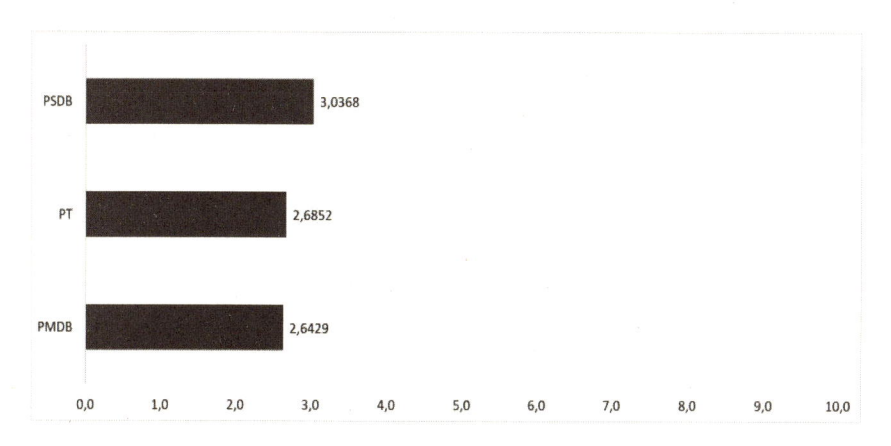

Partido	Nota
PSDB	3,0368
PT	2,6852
PMDB	2,6429

Fonte: Pesquisa Grupo Opinião Pública[42]

No gráfico acima, observamos que as notas dadas aos principais partidos, em uma escala de 0 a 10, variaram muito pouco. O PSDB alcançou a melhor avaliação, mas ainda assim, não atingiu sequer a metade dos pontos. Isso reforça a impressão negativa e a descrença dos cidadãos nos partidos, de modo geral.[43]

Manin[44] lembra que há uma dependência cada vez maior da mídia por parte dos cidadãos, que buscam nela as informações sobre a política. Essa era uma função tradicional dos partidos políticos que mediavam a relação entre os cidadãos e a política. A essa independência pela busca de informações de outras fontes que não os partidos, o autor chamou de "democracia de público", e ressaltou a perda da importância dos partidos e o crescente personalismo na política. Assim, o enfraquecimento

---

[42] P. Que nota de 0 a 10 o Sr(a) dá a cada um desses partidos políticos, sabendo que 0 é uma nota "muito negativa" e 10 uma nota "muito positiva".

[43] BAPTISTA, É. A.; LOPES, N.; MELO, P. V. "Eleições municipais 2016 em Belo Horizonte: a nova política". *9º Congreso Latinoamericano de Ciencia Política*, Montevideo, 2017.

[44] MANIN, Bernard. "As metamorfoses do Governo Representativo". *Revista Brasileira de Ciências Sociais*, n. 29, outubro de 1995.

da preferência partidária poderia levar a uma maior influência da mídia na formação da opinião pública.

CONSIDERAÇÕES FINAIS

O objetivo deste artigo foi discutir o escândalo da Lava Jato e suas implicações na percepção da opinião pública sobre a corrupção e a política. Tendo em vista a recorrência de temas políticos na imprensa, dedicamos a primeira análise a entender as tendências da cobertura midiática da corrupção, especificamente entre os anos de 2014 e 2016, por ocasião da deflagração do escândalo da Lava Jato e do *impeachment* da então presidenta Dilma Rousseff. Em um primeiro momento, nosso objetivo foi compreender o agendamento do tema da corrupção e o espaço de visibilidade conferido ao escândalo da Lava Jato na imprensa. A partir disso, observamos o comportamento da opinião pública frente a alguns temas políticos no referido período.

Como pondera Lima[45], é evidente a participação da mídia na construção de cenários, assim como a sua atuação como ator político. A Operação Lava Jato se insere nessa relação entre a mídia e a política, seja por sua grande repercussão nos meios de comunicação e pelas implicações advindas disso.

A análise da cobertura midiática mostrou como a corrupção foi tema relevante entre 2014 e 2016, sendo a Lava Jato o acontecimento de destaque. Mais ainda, a cobertura se revestiu das características de um escândalo político midiático. A partir disso, sugerimos que a maior percepção da corrupção é motivada, entre outros aspectos, pela recorrência do tema na cobertura da mídia e pela ótica atribuída ao escândalo.

Ainda sobre a mídia, a frequência de notícias sobre a corrupção acompanhou o desenrolar das investigações da Operação Lava Jato. Com relação aos atores, os nomes com mais menções foram de Lula da Silva, Paulo Roberto Costa, Dilma Rousseff e Alberto Youssef. A ideia central parece ter sido culpabilizar tais figuras sem oferecer ao

---

[45] LIMA, Venício. *Mídia:* crise política e poder no Brasil. São Paulo: Editora Perseu Abramo, 2006.

público explicações mais claras sobre o caso de corrupção ou sobre as possíveis implicações na sociedade. Nessa mesma trilha, as instituições privadas mais recorrentes nas revistas analisadas foram as empreiteiras ligadas diretamente à Lava Jato. Contudo, a queda da confiança nas empresas privadas não chegou a rivalizar a aguda crise de legitimidade das instituições representativas, como o legislativo federal e a presidência da república, e isso se deve em grande medida à maneira como a Lava Jato foi noticiada pela grande mídia.

As implicações da percepção da opinião pública sobre a corrupção podem ser observadas por diversos aspectos. Nesta oportunidade, mostramos que os escândalos de corrupção no Brasil – que já carregam uma conotação negativa – e sobretudo a Lava Jato, podem ser associados, junto a outros indicadores, a questões políticas como a redução da avaliação positiva do governo e da confiança na figura presidencial, à redução da legitimidade das instituições democráticas e representativas e à drástica diminuição da identificação partidária. Destacamos, também, como alguns partidos parecem ser mais penalizados em casos de escândalos de corrupção, como é o caso do PT que, sobretudo no caso da Lava Jato, perdeu grande número daqueles que se dizem identificados e/ou simpatizantes da legenda. No mesmo sentido, podemos dizer que os escândalos de corrupção tendem a deixar os cidadãos mais descrentes com relação às instituições políticas, especialmente, os partidos e a classe política.

REFERÊNCIAS BIBLIOGRÁFICAS

ASCH, Solomon. *Social psychology*. New York: Prentice Hall, 1952.

BAPTISTA, Érica Anita. *Corrupção e opinião pública*: o escândalo da Lava Jato no governo Dilma Rousseff. (Tese) Doutorado em Ciência Política. Programa de Pós-graduação em Ciência Política. Universidade Federal de Minas Gerais, 2017.

BAPTISTA, É. A.; LOPES, N.; MELO, P.V. "Eleições municipais 2016 em Belo Horizonte: a nova política". *9º Congreso Latinoamericano de Ciencia Política*, Montevideo, 2017.

BARBACETTO, G.; GOMEZ, P.; TRAVAGLIO, M. *Operação Mãos Limpas*: a verdade sobre a operação italiana que inspirou Lava Jato. Porto Alegre: CDG, 2016.

CASAS, D. P. M.; ROJAS, H. "Percepciones de corrupción y confianza institucional". *In*: ROJAS, Hernando *et al*. *Comunicacion y cidadania*. Bogotá: Universidade de Externado, 2011.

CUNHA, Isabel F. "Visibilidade da cobertura jornalística da corrupção política e indicadores de opinião pública". *In*: CUNHA, I. F.; SERRANO, E. *A cobertura jornalística da corrupção política*: sistemas políticos, sistemas midiáticos e enquadramentos legais. Lisboa: Alètheia Editores, 2014.

HEIDENHEIMER, A.; JOHNSTON A. J.; LEVINE, V. *Political Corruption*. New Brunswick, N.J.: Transaction Publishers, 1989.

JACOMO, André. "Contexto econômico e político: determinantes da popularidade presidencial de Fernando Henrique Cardoso e Lula". *V Congreso Uruguayo de Ciencia Política*, Uruguai, 7 a 10 de outubro, 2014.

JOHNSTON, Michael. *Syndromes of Corruption:* wealth, power, and democracy. Cambridge: Cambridge University Press, 2005.

LEWIS-BECK, M.; PALDAM, M. "Economic voting: an introduction". *Electoral studies*, vol. 19, n. 2, pp. 113-121, 2000.

LIMA, Venício. *Mídia:* crise política e poder no Brasil. São Paulo: Editora Perseu Abramo, 2006.

MANIN, Bernard. "As metamorfoses do Governo Representativo". *Revista Brasileira de Ciências Sociais*, n. 29, outubro de 1995.

MOISÉS, José Álvaro. "Corrupção Política e Democracia no Brasil Contemporâneo". *Revista Latino – Americana de Opinión Pública*: investigación social aplicada, vol. 1, n. 0, pp. 103-124, 2010.

NEWTON, Kenneth. "Mass media effects: mobilization or media malaise?". *British Journal of Political Science*, vol. 29, n. 4, 1999.

SAMPAIO, Thiago. *Popularidade presidencial*. Análise dos microfundamentos do suporte público da presidenta Dilma Rousseff. 2014. 245f. Tese (Doutorado em Ciência Política) – Programa de Pós-graduação em Ciência Política. Universidade Federal de Minas Gerais. Belo Horizonte, 2014.

SANCHÉZ, Fernando J. "Posibilidades y límites del escándalo político como una forma de control social". *Reis*, n. 66, pp. 7-36, 1994.

TELLES, Helcimara. "Corrupção, legitimidade democrática e protestos: o *boom* da direita na política nacional?". *Revista Interesse Nacional*, ano 8, n. 30, pp. 37-46, 2015.

TELLES, H. S.; FRAIHA, P.; LOPES, N. "Meios de Comunicação, corrupção e redes sociais nas eleições para prefeito no Brasil". *In*: CUNHA, I.; SERRANO, E. *Cobertura jornalística da corrupção política*: sistemas políticos, sistemas midiáticos e enquadramentos legais. Lisboa: Alêtheia Editores, 2014. pp. 421- 457.

THOMPSON, John B. *O escândalo político*: poder e visibilidade na era da mídia. Tradução Pedrinho A. Guareshi. Petrópolis: Vozes, 2002.

TREISMAN, D. "The Causes of Corruption: a cross-national study". *Journal of Public Economics*, vo. 76, n.3, pp. 339-457, 2000.

FONTES DE DADOS EMPÍRICOS

BAPTISTA, Érica Anita. *Corrupção e opinião pública:* o escândalo da Lava Jato no governo Dilma Rousseff, 2017. Disponível em http://opiniaopublica.ufmg.br/site/files/biblioteca/Tese-EricaAnita2017-DCP.pdf.

CNI/IBOPE – Banco eletrônico de relatórios das pesquisas de opinião pública nacional CNI/Ibope – http://www.portaldaindustria.com.br/cni/estatisticas/

DATAFOLHA – Banco eletrônico de relatórios de pesquisas de opinião do Instituto de Pesquisas Datafolha – http://datafolha.folha.uol.com.br

IBOPE – Dados das pesquisas de opinião pública – http://www.ibopeinteligencia.com/arquivos/ICS%202017.pdf

GRUPO OPINIÃO PÚBLICA – relatório da pesquisa *O olhar de BH sobre o momento político*. Pesquisa realizada em abril de 2016. 805 respondentes.

LATINOBARÔMETRO – Banco eletrônico de pesquisas de opinião pública América Latina atinobarômetro – http://www.latinobarometro.org/latContents.jsp

SECOM – Banco eletrônico de relatórios das pesquisas de opinião pública nacional Secretaria de Comunicação da Presidencia da Republica – http://www.secom.gov.br/atuacao/pesquisa/relatorios-de-pesquisas

A Editora Contracorrente se preocupa com todos os detalhes de suas obras! Aos curiosos, informamos que esse livro foi impresso no mês de Outubro de 2018, em papel Vintage 70, pela Gráfica Rettec.